见鬼

有鬼君——著

中国古代
志怪小说
阅读笔记

人民东方出版传媒
东方出版社

图书在版编目（CIP）数据

见鬼：中国古代志怪小说阅读笔记/有鬼君 著 . — 北京：东方出版社，2020.3
ISBN 978-7-5207-1250-7

I.①见… Ⅱ.①有… Ⅲ.①志怪小说—小说研究—中国—古代 Ⅳ.① I207.41

中国版本图书馆 CIP 数据核字（2019）第 237344 号

见鬼：中国古代志怪小说阅读笔记

（JIANGUI：ZHONGGUO GUDAI ZHIGUAI XIAOSHUO YUEDU BIJI）

作　　者：有鬼君
封面插图：明　子
责任编辑：王金伟
责任审校：谷轶波
出　　版：东方出版社
发　　行：人民东方出版传媒有限公司
地　　址：北京市东城区朝阳门内大街 166 号
邮　　编：100010
印　　刷：北京联兴盛业印刷股份有限公司
版　　次：2020 年 3 月第 1 版
印　　次：2023 年 3 月第 5 次印刷
开　　本：880 毫米 ×1230 毫米　1/32
印　　张：11.5
字　　数：238 千字
书　　号：ISBN 978-7-5207-1250-7
定　　价：58.00 元
发行电话：（010）85924663　85924644　85924641

目录

辑二　鬼的社会

辑三 鬼世界的政治

辑四　人鬼之间

代前言：鬼世界的九十五条论纲

时间与空间

一、鬼世界是一个三维空间，具有时空的尺度（含时间则为四维），而这个尺度与人类世界并不一致。

二、鬼世界、人类世界以及天界共同构成一个四维空间，这与古人所说的天地人有吻合之处。

三、鬼世界和人类世界两个三维空间时空尺度的不同，造成各自受制的物理规律也相应不同。

四、在鬼世界与人类世界这两个三维空间之外，还依附有两个次级的三维空间，即水族（含江河湖海）、仙界洞府。

五、水族、洞府的时空尺度与人类世界的时空尺度也不完全相同，但与鬼世界是否相同无法确定。

六、陆地的自然神（地祇）基本可归属于鬼世界和人类世界两个空间中。

七、一般来说，从一个空间进入另一个空间时，由于物理规律的不同，会产生能量的变化，这导致了一系列物理形态上的差异，典型的如形质、饮食。

八、鬼世界资源的默认状态是无限的，但并非自动生成。其来源有两个：一个是其空间自身拥有，另一个则来自人类世界。

九、一些更远古的自然物（日、月、星辰）则为所有三维空间共同分享。

政治

十、在鬼世界的政治建构中，道德规范的权重远大于资源占有量，具有绝对的优先性。

十一、由于鬼世界道德规范的绝对优先性，因此其主要功能为道德教化和法律审判。

十二、由于鬼世界的主要功能为道德教化和法律审判，因此其主要官方机构为阎罗殿和阴狱（法院和监狱）。

十三、由于鬼世界的主要机构为阎罗殿和阴狱，因此冥官主要集中于司法（含执法）部门。

十四、由于冥官主要集中于司法部门，因此其余职能部门较为薄弱，甚至没有。

十五、从政治架构来看，鬼世界隶属于天界，但由于两个世界的时空尺度不同，政治运行中优先的原则也不同，因此这种隶属关系更偏重于形式而非实质。

十六、由于冥官集中于司法部门，鬼世界的其余职能大多由上天兼管。

十七、鬼世界的冥官主要来自人类世界的逝者，而非天界的神（仙）。

十八、神（仙）主要以定期或不定期巡视的方式对人类世界和鬼世界进行非常态管理。

十九、鬼世界、人类世界与天界共享一些基本的政治原则。

二十、这些共享的政治原则的核心是道德教化。

二十一、虽然各个空间的政治原则以道德教化优先，但由于各自监控的技术能力差别很大，因此表现为把握宽严的尺度不同。

二十二、在三个空间中，鬼世界的技术监控手段最高，也最为严格。

二十三、人类的命运并不完全由自己掌控，其行为乃至心迹都为鬼世界所监控，并可以做出调整和干扰，因此在某种程度上，人类的命运也是由阴间控制的，但这绝不意味着剥夺了人类自主抉择的能力。

二十四、鬼世界对法治更加尊重，只是并不排斥在特殊情况下的从权，而这在鬼世界的道德规范中也是允许的。

社会（经济、文化、科技）

二十五、鬼世界的社会形态大致可以说是人类社会的镜像，但是在程度上会有不同。

二十六、由于鬼世界的职能侧重于道德教化和司法审判，所以经济职能处于从属地位。

二十七、由于经济职能处于从属地位，且可以分享人类社会几乎所有发展成果，甚至这种分享是无限的，因此鬼世界没有发展经济的动力。

二十八、由于可以分享人类社会几乎所有发展成果，鬼世界的文化发展也缺乏动力，因此其整体的文化水平低于人类世界。

二十九、鬼世界的科技发展也缺乏动力，但是由于物理规律的不同，其医疗水平远高于人类世界，尤其是外科。

三十、鬼世界也有军队，但主要是参与人类世界的实际军事行动，对内很少使用。

人鬼之间

三十一、人鬼各自在自己空间的行为会影响到对方的空间。

三十二、其中一类影响是物理形态的。

三十三、另一类影响是非物质性的，为针对对方空间成员的法令、规则以及任命等。

三十四、人类能控制部分鬼为其服务，但一般需要特殊的符咒及辅助工具，且这一做法违背了鬼世界的道德规范。

三十五、人鬼的交流主动方大都在鬼一边，人主动与鬼世界交流的方式，一是扶乩或由专业巫师通神降灵，二是在寺庙或祠堂焚烧交流文本。这两种方式都不能保证必然得到回应。

三十六、极少数有特殊能力的人或巫师能看到鬼，且具备与鬼交流的能力，可以统称为视鬼人。

三十七、鬼亦能控制人为其服务，主要方式为灵魂附体，一般是临时性的与人类交流，长期的附体对宿主的身体有害，且同时违背了人类世界与鬼世界的道德规范。

三十八、人类可以运用所知的各个空间的运行规则，以趋利避害（驱鬼术等），且在道德上是容忍的；而鬼世界对于这种被人类操纵的情形则不太能容忍。

三十九、两个世界的成员是一体两面的，其转换以转世及死亡的方式呈现。

四十、阴阳两个世界的部分成员可因奖励而直接进入天界，天界的成员也可能因为刑罚而降维进入鬼世界和人类世界。

四十一、转世一般由冥官按照转世的规则决定，人或鬼通常不能自行决定转世的去向。

四十二、因果报应对转世的去向起主导作用。

四十三、死亡与转世之后，个人独特的身体或精神属性亦有可能带入另一个空间，但随机性较大。比如口音。

四十四、求替是比较特殊的转世方式，只有溺鬼和缢鬼可以求替，这个方式符合鬼世界的基本规范，但不太为人类所理解。

四十五、转世之后的人基本不再拥有对鬼世界及前世的记忆，只有特殊情况下才能保留或唤醒记忆。孟婆汤并非消除记忆的唯一方式。

四十六、转世并非要绝对执行，有一部分人死后在鬼世界生活，不参与转世进程。

四十七、不参与转世则能保留生前的记忆。

四十八、由于鬼在阴间的滞留时间受到各种因素的影响，转世的时间进程长短不一，其跨度甚至可以达到人类世界计时的几百年或上千年。

四十九、按照一般的转世原则，大部分人死后在阴间滞留时间较短，很快转世，这导致鬼世界的各种专业人才明显少于人类世界。

五十、两个世界的物品可以穿越转换，人类世界的物品进入鬼世界相对容易些，而鬼世界的物品进入人类世界则相对较难。

五十一、在通常情况下，人类不可食用鬼世界的食物、饮料，而鬼食用人类食物基本不改变食物的物理形态。

五十二、人类所烧纸钱在鬼世界可以使用，最初的兑换率是 1:1，到明清时则有很大的折扣率，这可能是输入型通货膨胀造成的。

五十三、人鬼两个空间在更大尺度上看是重合的，但鬼进入人的空间往往需要特定的出入口，即坟墓。而在阳间执行公务的冥官则大多不需要这样的出入口。

五十四、由于人鬼的空间是重合的，所以很多地方其实是人鬼混居，只是没有特殊能力的人无法辨识。

五十五、由于共享一个大尺度意义上的空间，所以人鬼之间会互相干扰，甚至发生严重的冲突。

五十六、由于专业人员的匮乏，天界和鬼世界需要从人类世界征用各种专业技术人员甚至杂役，大部分为临时征召，少数是永久的。

五十七、冥官进入人类世界主要从事索命工作，有时会有自备的索命工具。

五十八、人类的死亡并非全部由冥官处理，特殊情况下由天界的雷神执行，即执行天罚。

五十九、冥官执行索命任务时，经常会临时雇用人类作为助手，一些经常担任助手的人被称为"走阴差"或"过阴"。

精神生活

六十、几乎所有的鬼对生死都有明确的认识，反之，阳间对此有明确认识的人极少。

六十一、由于共享了人类世界的成员，鬼世界拥有人类世界几乎所有的精神生活，包括各种娱乐活动。

六十二、鬼世界成员之间的爱情与人类世界一样，当然也包括同性恋。

六十三、鬼世界亦有各种精神疾病，甚至包括成瘾症中的烟鬼、酒鬼、赌鬼。

六十四、鬼世界虽然重视教育，但更侧重道德教化，因此文化教育机构极少。

六十五、鬼世界的道德教化主要是外在的规范，并不强调内省。

六十六、由于道德教化以及惩戒的长期作用，鬼在心计上远不如人。

家庭婚姻

六十七、鬼拥有与人几乎完全相同的情感。

六十八、因为鬼拥有与人几乎完全一样的情感，所以鬼世界拥有与人类世界几乎形态完全相同的家庭和婚姻。

　　六十九、在大多数情况下，鬼世界的家庭与人类世界的家庭合起来才被认为构成完整的家庭。

　　七十、即使一个世界的成员离开这个世界，在另一个世界有自己的家庭，但其原家庭成员在潜意识中依然将其视为一家人。

　　七十一、由于无法同时满足分属两个世界的家庭都必须尽的义务，人鬼之间往往发生冲突。

　　七十二、由于人在阴间生活相对困难，人鬼之间的婚姻往往只能存于阳间，而其子嗣也有部分能在阳间生存。

　　七十三、人类世界的家庭有时会整体移至鬼世界，比如在家族集体的墓葬地。

　　七十四、人鬼交接不必然影响人的身体健康。

身体（尸体、形质）

　　七十五、鬼在人类世界中表现出的各种超能力，主要是进入时空尺度不同的空间造成的。

　　七十六、鬼世界亦有死亡，但其寿命显然要远超过人类。其死亡主要有两种方式：大部分死于鬼世界，且多为刑罚造成的非自然死亡，称为聻；一小部分死于人类世界，表现为形体逐渐消散、挥发。

　　七十七、人的死亡表现为形神分离，身体留在人类世界，而魂魄则需要到鬼世界报到。

　　七十八、一般来说，无论是出于主观还是客观原因，形神分离之后的魂魄未经鬼世界的政府部门登记注册，则不具备正式身份，类似佛教所说的中阴身。

七十九、未经登记注册的魂魄，虽然不受阴阳两个空间的管束，但是也无法进入两个空间的成员流转系统，即轮回转世，甚至不能在这两个空间中享有公共生活。

八十、未经登记注册的魂魄并非通常意义上的孤魂野鬼，后者一般指两类情况：一是鬼世界的族群形成之前的魂魄，类似文明社会之前的原始人群；二是衣食不保的鬼，类似人类社会中的无家可归者。

八十一、狭义上的魂魄是介于人鬼之间的临时状态，其形质与鬼近似乃至完全相同，但其与人类接触、交流的时间是有限的，往往是在人死之初。

八十二、人类在特殊状态下（做梦、昏迷、出神等）也会出现形神分离，但不必然导致死亡。

八十三、魂魄的形象大多数情况下与正常人相似，有时是以体型较小的人的形象出现。

八十四、人在死亡后的一定时间内，只要尸体不腐败，理论上都有复生的可能。

八十五、如果尸体已腐败，则魂魄可以但不必然依附于其他人类身体，以不同的形神组合生存于人类世界。极少数情况下可在阴间实施外科手术修复尸体以保证复生。

八十六、在某些特殊条件下，尸体不会腐败，则容易变为僵尸。

八十七、僵尸不是鬼，形质上不具备鬼的特性，与人相比，只是身体更发达，大多心智更低下。

八十八、人类对僵尸的处置方式与对鬼不同，主要是以焚烧的形式消灭。

八十九、除了执行公务的冥官，鬼在人类世界的活动区域主要在墓地周围。

九十、墓葬中的棺椁及随葬品均有可能具备鬼的形象和能力，但它们不是真正的鬼，而更接近精怪。

精怪

九十一、理论上说，人类世界见到的所有生物及非生物都有可能成精。

九十二、成精的基本条件是时间，一般至少需百年，同时辅以各种修炼方法。这也导致很多生物（特别是家禽、家畜）成精的比例较低。

九十三、动物中成精概率最高的大致有狐狸、蛇、老虎等。

九十四、所有成精的动物中，狐狸精与人类的关系最密切、最接近，并且形成家庭、家族乃至社群，其他精灵则尚未进化到这一步。

九十五、植物成精的比例较高，很可能由于其生命周期长。

辑一　鬼的日常

爱他，就和他一起拍戏

在人鬼、人神、人狐之恋中，有很多鬼神狐选择跟情人一起拍戏来表达真爱。爱他，就跟他一起拍戏吧。

举个大家最熟悉的例子，《西游记》第二十三回，南海观音为了测试唐僧师徒取经的诚心，搭了个片场拍戏：

师父喘息始定，抬头远见一簇松阴，内有几间房舍，着实轩昂，但见——

门垂翠柏，宅近青山。几株松冉冉，数茎竹址址。篱边野菊凝霜艳，桥畔幽兰映水丹。粉泥墙壁，砖砌围圜。高堂多壮丽，大厦甚清安。牛羊不见无鸡犬，想是秋收农事闲。

长老连忙下马，见一座门楼，乃是垂莲象鼻，画栋雕梁。沙僧歇了担子，八戒牵了马匹道："这个人家，是过当的富实之家。"

那妇人道："舍下有水田三百余顷，旱田三百余顷，山场果木三百余顷。黄水牛有一千余只，况骡马成群，猪羊无数。东南西北，庄堡草场，共有六七十处。家下有八九年用不着的米谷，十来年穿不着的绫罗。"

第二天一早，众人"忽睁睛抬头观看，哪里得那大厦高堂，也不是雕梁画栋，一个个都睡在松柏林中"。片场拆了，可不就是荒郊野地。

八戒没有经受住观音的考验，很大程度上是受到了片场的诱惑。而搭建一个合适的片场，则是鬼神向人表达真爱的利器。红包什么的，简直弱爆了。

唐荥阳人郑德懋，经常独自骑马郊游。某天出游，被一个漂亮小姑娘拦住，说是崔夫人派她来迎接郑相公成亲。郑德懋说，我不认识什么崔夫人啊，再说，我又没跟人订婚，怎么忽然就要成亲？小姑娘说，崔夫人的女儿"颇有容质，且以清门令族，宜相匹敌"。郑德懋正待拒绝，又有十几个仆人过来，催着新郎官赶紧进门，不由分说，牵着马疾行如飞。郑德懋心里一惊，莫非遇上鬼神了？

仆人们将他带到一处豪宅外，只见"崇垣高门，外皆列植楸桐。……进历数门，馆宇甚盛"。崔夫人再次重申了欲结秦晋之好的意思。郑同学也不知该说什么，只能含含糊糊。崔夫人也不多说，命仆人开席，只见"堂上悉以花罽荐地，左右施局脚床七宝屏风黄金屈膝，门垂碧箔，银钩珠络。长筵列馔，皆极丰洁。……食毕命酒，以银贮之，可三斗余，琥珀色，酌以镂杯。侍婢行酒。味极甘香"。翻译过来大致就是：堂上全都是花毯铺地，左右的人布置脚床、七宝屏风、黄金屈膝，门上垂有竹帘，银钩珠络，长条的餐桌上全是精美的食物。吃罢吩咐人上酒，酒用银器盛着，三斗多，琥珀色，斟酒用的杯子都是镂空花纹的。吃完饭，十几个婢女领着他沐浴更衣，然后行婚礼。郑德懋见新娘"姿色甚艳，目所未见。被服粲丽，冠绝当时"。这时候管她什么鬼，先答应再说啊（"郑遂欣然"）。洞房又是另一番豪华陈设："堂中置红罗绣帐，衾褥茵席，皆悉精绝。"郑德懋开开心心地做了上门女婿。虽然夫妻俩琴瑟和谐，但三四个月后，郑德懋渐渐觉得入赘鬼家有点别扭，想带鬼妻回家。夫人说幽冥相隔，很难跟你回家。郑德懋只能自己先回去，两人相抱痛哭，相约三年后再见。郑德懋乘着女方家的马，瞬间回到家。家人说，公子已经失踪一年了。郑德懋再慢慢找到女方豪宅所在，"唯见大坟，旁有小冢。茔前列树，皆已枯矣。而前所见，悉华茂成阴。其左右人传崔夫人及小郎墓也"。（《太平广记》卷三百三十四"郑德懋"）

在郑德懋所见的真实世界里，只有两座孤坟，连墓木都枯萎了。可是崔夫人母女俩为了这个女婿，搭建了一个完全可以拍出《大宅门》的豪华摄影基地。除了豪宅之外，还有几十个仆人、丫鬟的群演，最厉害的是，他们连食物、酒水都毫不含糊，绝对不用盒饭应付。这还不是真爱？

《太平广记》卷三百四十二的故事更加神奇。隋末大将独孤盛为护卫隋炀帝，被叛臣所杀。近两百年后，独孤盛的八世孙独孤穆，意外地遇到了当初在江都一起遇害的隋炀帝的孙女临淄县主。"曩日萧皇后欲以县主配后兄子，正见江都之乱，其事遂寝。独孤冠冕盛族，忠烈之家。今日相对，正为佳耦。"独孤穆的祖上独抗叛逆，如今他与临淄县主人鬼成亲，也是一段佳话。婚宴照例是"水陆必备"，山珍海味。服侍的丫鬟群演也是几十人。唯一让独孤穆觉得有点不同的是"既入卧内，但觉其气奄然，其身颇冷"。洞房之夜，只觉得她气息微弱，身体很凉。"天将明，县主涕泣，穆亦相对而泣。凡在座者，穆皆与辞诀。既出门，回顾无所见。地平坦，亦无坟墓之象。"第二天离别之后，再看片场一片平坦，连坟墓的迹象都没有。

　　类似的故事相当多，可以说，几乎所有男士在外偶遇型的人鬼恋，女鬼都会倾其所有搭建一个片场，从不马虎。当然，因为绝大多数片场搭建于坟墓之中，很多女鬼只是普通人家出身，不像上面两则故事中女鬼出自贵族豪门，搭建片场的预算不够充裕，只能做到"院宇分明，而门户卑小"（《太平广记》卷三百三十四"杨准"）；或者是"幽朧邃合，床褥明丽。……凡所着衣履，皆其手制"（《夷坚乙志》卷十八"天宁行者"），连服装道具都准备得一丝不苟。

　　不过，在人狐之恋中，狐狸精倒是很少搭建片场。《阅微草堂笔记》卷十五说："如往来城市，则嗜欲日生，难以炼形服气，不免于媚人采补，摄取外丹。傥所害过多，终干天律。至往来墟墓，种类太繁，则踪迹彰明，易招弋猎，尤非远害之方，故均不为也。"狐狸精的修炼，如果"媚人采补"，必须在城市中人群密集处，人来人往的，很难搭建一个片场；如果像女鬼那样，利用野外的坟墓幻化，又容易被猎人伤害。"凡变形之狐，其室皆幻，蜕形之狐，其室皆真。"所以，狐狸精媚人，更倾向于夜奔。反正男人大多经不起诱惑，搭不搭片场，不是很重要。

　　以上说的都是男人与女鬼的婚恋，倒过来的情况却很少见，理由很简单，古代的女子大都不出门。

对阴间的妹子说不

　　人鬼的婚恋故事，自古以来就多如牛毛，不过，男女双方大都不是生死相隔的夫妻，所以大致可以说，虽然有积简充栋的文章歌颂凄美的人鬼恋，但实质上就是阴间与阳间约会的故事。

　　人鬼之间的恋爱，当然也不是全都以约会为结局。或者说，首先是精神上的、柏拉图式的。比如著名的汉武帝与李夫人的故事，按照《拾遗记》的记载，著名方士李少君用奇石雕刻了李夫人的像，"刻成，置于轻纱幕里，宛若生时"。可是这石像只能看不能触摸，李少君劝武帝"勿轻万乘之尊，惑此精魅之物"。所以说，汉武帝与李大人柏拉图式的人鬼恋，并非他们看重精神，而是李少君道术不够。因为在《搜神记》卷二的故事中，一个不知名的道士就做到了这一点。

　　汉代北海郡的一位无名道士，"能令人与已死人相见"。郡中某人妻子去世数年，因为思念不已，就去请道士帮忙。道士说没问题，但是听到鼓声，就得赶快离开，天亮就分手。道士教了这人具体的方法，他果然见到了亡妻。两人"恩情如生"，后来鼓声响起，那人恋恋不舍地离开，外衣被门夹住了，急切之间，只能将衣服留下。过了一年多，这人也去世了。家人将他与妻子合葬，进入墓道一看，他那件衣服就压在妻子的棺材下。

此后，可能是鬼世界的主体意识逐渐强化，女鬼看中了哪位帅哥，往往会直接上门，不再需要借助道士作法。清除技术壁垒之后，人鬼相恋的情况就很常见了。三国时著名的书法家钟繇就有这样的艳遇。

钟繇晚年经常不去上朝，而且脾性也变化很大，他对外人解释说，因为遇到了一个奇女子，美丽非凡。人家就说这多半是女鬼，得杀掉。后来那女子再来时，钟繇就做了准备，可是缠绵一晚，钟先生有点不忍心，可还是一刀砍下去，伤了女子的大腿。女子竟然没有任何表示，一边擦拭腿上的血，一边径直离开了。第二天，钟繇派人顺着血迹去找，在一座大墓中发现了那女子，与活人一模一样，穿着白衣服、花坎肩，正在用坎肩里的棉花擦血。（《搜神记》卷十六）

作者好像不忍心指责著名书法家，故事至此戛然而止。但是另外一些类似的故事中，女方似乎是借男方的阳气，以求复活。所以，人鬼恋这事有时就是双方各取所需而已，不一定非要弄得那么崇高。

对阳间的人来说，面对飞来艳福，虽然有找小三的嫌疑，不过在纳妾合法的古代，实在不算什么。麻烦来自那个世界，因为你实在没法判断那位主动投怀送抱的女鬼在阴间是不是单身，如果不小心睡了那个世界的有夫之妇，那就很危险了。

清乾隆年间，帝都有位官二代，模样俊俏，是个可以刷脸吃饭的主儿。有天出门去看社戏，一直到深夜才结束。回家途中，他到一户民宅讨水喝。那户人家只有一个少妇在家，见俊俏小哥进来，"流目送盼"，主动说自己的夫君出门在外，明天才回来。这妥妥的约会的节奏啊！小哥当然心领神会，两人就上了床。

　　临别时，少妇拿出一个金钏给小哥留念，并让他不要再来。小哥回到家把玩金钏，发现都是铜锈，好像是从土里挖出来的。因为对女子念念不忘，又来到相遇之地，可是民宅已不见，只有一座坟墓。正在惊惶时，有位虬髯大汉出现，二话不说，就扇了他几个耳光，嘴里还骂骂咧咧的。

　　小哥奔逃回家，就此发了失心疯。他父母听他絮絮叨叨的，才知道遇到鬼了。命人带着金钏到墓前，祭拜祈祷，并把金钏又埋入土中。可是回到家，小哥情况更糟糕，被那位虬髯男鬼附体，男鬼说："我老婆的金钏不见了，当时虽然怀疑，可是没有凭据，只好当作被她偷偷卖了。今天你们把金钏还回来，我才知道她是被你家小哥穿过阴阳界给睡了。这样的奇耻大辱，一点祭品岂能了结？"果然，小哥疯癫了两个月后，不治身亡。(《北东园笔录》三编卷三"见鬼")

　　即便天不怕地不怕，胆敢与女鬼约会，也还是先问清楚对方的家世为好，否则就是两个家庭的悲剧了。

防火防盗防男神

比起古代来，现在的节庆并不算太多，只是每逢佳节，商业味太浓。秀恩爱的背后，总能看到某宝、某东在那里使劲。

古人倒是直截了当，《墨子·明鬼下》说："燕之有祖，当齐之社稷，宋之有桑林，楚之有云梦也，此男女之所属而观也。"这是说春秋时期有著名的四大狂欢节，至于"男女之所属而观也"，"属"注释说是"合也，聚也"，就是做那不可描述之事。需要说明的是，这四大狂欢节都是打着祭祀的名义，也就是在神的庇护下获得了生命的大和谐。发展到屈原的《九歌》，就是凡女撩男神了，巫女"浴兰汤兮沐芳，华采衣兮若英"，等候男神下界临幸。

人心不古，后来就更等而下之，男神直接抢亲了。《搜神记》卷四说，吴郡太守张璞，上任经过庐山途中，去山神祠参观，结果因为一句玩笑话，女儿和侄女都被山神庐君抢走。幸好庐君后来主动认错，交还了二女。

《太平广记》卷二百九十八的"赵州参军妻"故事中，男神抢亲就更加霸道了。唐高宗年间，赵州卢参军年轻漂亮的妻子在端午节那天

"忽暴心痛，食顷而卒"。因为死得太蹊跷，卢参军立刻求助于当时著名的术士正谏大夫明崇俨，明大夫给了卢参军三条符箓，让他回家后按次序烧掉，如果三符烧完，人还不能复活，那就是真死了。烧了三条符箓之后，其妻醒转。说自己正要出门时，被车子强行载到泰山山顶。有一帅哥，自称是泰山府君家的三公子。三公子看上了卢夫人，要与她成亲，"令侍婢十余人拥入别室，侍妆梳"。三公子自在大堂与清客们下棋聊天，等待吉时拜堂。

这时有上利功曹上门，说是奉都使令查问三公子，为何强抢民女，令他送还。三公子恶少范儿发作：老子娶妻拜堂，关都使鸟事！赶走功曹。过了一会儿，又有使者上门诚勉谈话，这回清客也有点怕了，劝三公子放人，他还是不听。第三次，两个使者远远地就高喊："太一直符，今且至矣！"估计是"太一"行政级别很高，三公子这下真怕了，赶紧将卢氏放出。几位使者这才将其送还。

不消说，使者三次上门，是明崇俨给的三道符请来的。而三公子之所以放人，并非法力不够，而是因为使者的级别越来越高。即使在神界，同级监督也是无法有效遏制贪腐的。

如果没有高级术士给的符箓，那就花钱消灾吧。桃林县令韩光祚，上任时经过华山，爱妾被华山神的三公子抢走（为什么又是山神，又是三公子）。韩县令求助于巫师，然后花钱铸了观世音菩萨像，连铸三座像，观音菩萨才将其爱妾救活。（《太平广记》卷三百三"韩光祚"）

类似山神、河神抢亲的故事，在志怪小说中有很多，大都是霸道总裁性质的以力取之，男神智取凡女的，以下面这则故事最为出彩：

清嘉庆年间，合浦李县令十二岁的女儿忽然走失。几天后，有人在城隍庙的神龛旁发现了奄奄一息的孩子。救醒之后，小姑娘只知道被人引诱到一座宅院，有人陪着说话吃东西。说着就上吐下泻，高烧不止，昏迷不醒。县令忧心不已，全家一起到城隍庙烧香求庇护。

半夜时分，门房忽报城隍爷拜会。县令心中疑惑，阴官公然拜访，莫非自己命数已到。战战兢兢地出门迎接，只见对方"仪仗服饰，如阳官状"。两位官爷寒暄之后落座，城隍爷开口就叫：岳父大人！令爱是小婿看中了。小婿的前妻已转世还阳，小婿与令爱生前既有夙缘，当为继室。阴阳之间，也找不到人做媒，所以小婿特来求婚，三天后就将迎娶令爱。这算哪门子的亲事啊！李县令还没回过神呢，城隍爷又说了：岳父大人是阳间的县令，小婿是阴间的城隍，成亲之后，自然要助岳父大人整顿地方，阳间的那些疑难案件，在小婿看来，都洞若观火。说完，竟不容县令说话，转身告辞离去。

三天后，小女孩果然病故。李县令与妻子商量，这鬼女婿的态度，似乎没法拒绝，不如风光地嫁了吧。于是请人给女儿塑了一尊像，选取吉日，"鼓乐喧街，彩舆耀目，衣衾妆具，无不齐备，径送至庙"。热热闹闹地将女儿嫁给了城隍爷。此后，李县令在合浦县断案如神，成为全国知名的优秀县令。（《咫闻录》卷十二"城隍娶妻"）

人神恋爱的故事中，我们津津乐道的是女神如何对凡男青眼有加，如何与夫君恩爱，甚至为了夫君不愿回到仙界。可是男神对凡女，几乎全是霸道总裁模式。即便是最后一个故事，城隍爷也是照样不容岳父大人推辞，所谓的帮助断案，无非是添头、彩礼而已。

各种秀恩爱的节日，要紧的是防火防盗防男神，有文化的男神更要防！

鬼不识字？

　　有鬼君曾谈到鬼不怎么爱读书。这不难理解，首先，鬼世界读书无用。冥府的官员大都是从阳间直接录用，阳间的科举选官制度能鼓励士人读书进取，但在阴间就没有效力了。其次，冥府的主要职能是司法，只有在整理录入冥簿时才需要使用文字，而且完全是公文写作。最后，也是最重要的，在阴间最看重的是人品，而不是文化水平。所以，鬼不爱读书很自然。

　　当然，这事也不能一概而论，爱读书的鬼也是有的，有些鬼还颇有文艺范儿。

　　宋人王荣老曾在观州（今河北沧州）做官，有一次要渡观江，可是江中风浪太大，连续七天都是如此。有老人家对王大人说：这里的江神很灵验，您的行李中有什么宝物，敬献给江神，也许就会风平浪静了。王大人想，自己的行李中，有一柄玉麈尾比较珍贵，就献给江神吧。结果扔到河里，一点儿作用没起。又从行李中拿出一方端砚扔到河里，还是没用。王大人把值钱的东西都快扔光了，还是没效果。晚上，王大人被迫在河边休息，想到自己还有一幅黄庭坚草书的扇面，题写的是韦应物的诗："独怜幽草涧边生，上有黄鹂深树鸣。春潮带雨晚来急，野渡无人舟自横。"可是这上面的狂草，我都难以分辨，鬼能认得出吗？姑且一试吧。没想到，扇面扔到河里，他点的一炷香还没烧完，江面立时云收雨散，风平浪静。王大人也顺利地过了江。（《冷斋夜话》卷一"江神嗜黄鲁直书韦诗"）

这个故事说明，这位无名的江神是真正的艺术爱好者。因为在2010年，黄庭坚的行书《砥柱铭》在拍卖场上以三亿九千万元成交，成为中国最贵的艺术品。王大人大概永远也不会想到，自己送出去的物件竟然这么值钱。

藏家有收书画作品的，也有收书的。这一点，阴间比之阳间，亦未遑多让。

隋炀帝杨广在世时，在洛阳建了观文殿，藏书甚丰。唐高祖武德四年（621年），唐军队攻克洛阳后，准备将那里的八千多卷藏书运往长安。负责运书的部将上官魏梦见已故的隋炀帝呵斥他：我的书放得好好的，为什么要运往京师？上官也没当回事。可是，运书的船在黄河竟然遇到大风浪而倾覆，所有的书都淹没在河中。当晚，上官魏又梦见隋炀帝喜滋滋地说：这批书我全到手了。炀帝生前就酷爱藏书，而且只进不出，一本也不许外流。这次整体拿到阴间收藏，大约再没谁会跟他抢了。（《大业拾遗》）

不过，这些风雅之鬼只能算特例。大多数的鬼对文化毫无兴趣，冥府甚至招聘公务员也专选文盲。

明万历年间，有位符姓市民，梦见泰山府君派使者录用他为"某司祭酒"，过了几天，就被冥吏招去与上一任交接。前任祭酒对他说，自己任期已满，将要升职，因为"公心平才赡，举以自代"。符先生说，我是个文盲，目不识丁，怎么能做官呢？前任说，无妨，我也是文盲啊，当年被举荐的时候，也是大字不识一个。做官做久了，自然就能豁然开朗。况且这个职务也无须操劳，自有具体办事人员处理，你只要坐镇办公室喝喝茶就行。（《坚瓠秘集》卷三"东岳祭酒"）

这个故事实在让人难以理解，我们知道，祭酒在古代是学官之职，可是泰山府君治下的学官，竟然连续两任长官都是文盲。可以想见，阴间对文化不仅是不重视，甚至是厌恶。

大概正是因为冥府对文教事业的鄙视，很多办事人员以没文化著称。有些索命的无常因为不识繁体字与俗体字，而拘错了人；有些办差的鬼，则分不清符箓与文字的差别。

古人一直相传有祛疟鬼的咒语，只是各地不同而已。康熙年间，小说《隋唐演义》的作者褚人获患了疟疾，寒热交作，痛苦不堪。他的族兄来探望，在纸上用朱笔写了几个字，折成纸条，让他用纸条拍打手臂，驱赶疟鬼。褚人获试了试，果然症状有所缓解。拍打了一个疗程之后，病竟然痊愈了。他打开纸条一看，上面写了十一个字：江西人，讨木头钱，要紧要紧。这句咒语也出人意料，褚人获说，应该是因为这几个字写得潦草，而疟鬼又不识字，还以为是道教的符箓呢，所以被吓跑了。（《坚瓠五集》卷四"祛疟鬼咒"）

正因为对文化教育的重视，阳间才会对阴间不以文教治理感到惊奇不已。从某种角度来看，阴间的这种文盲式的政治治理方式，因为几乎完全靠拼人品，倒不见得是完全荒谬的。需要说明的是，阴间虽然不重视文教，但并不会刻意歧视有文化的鬼，那些逼得人们不愿意读书识字的社会，恐怕未必比阴间更高尚。我们且看《鹿鼎记》第十七回的这段话：

双儿道："三少奶说，那叫作'文字狱'。"韦小宝奇道："蚊子肉？蚊子也有肉？"双儿道："不是蚊子，是文字，写的字哪！我们大少爷是读书人，学问好得很，他瞎了眼睛之后，做了一部书，书里有骂满洲人的话……"韦小宝道："啧啧啧，了不起，瞎了眼睛还会做书写文章。我眼睛不瞎，见了别人写的字还不识，我这可叫作'亮眼瞎子'了！"双儿道："老太太常说，世道不对，还是不识字的好。我们住在一起的这几家人家，每一位遭难的老爷、少爷个个都是学士才子，没一个的文章不是天下闻名的，就因为做文章，这才做出祸事来啦。"

人生识字忧患始，那个世界对此吃得很透。

鬼会生病吗？

虽然儒家说立德、立言、立功为三不朽，但追求生命的不朽，始终是人类最执着的愿望。有鬼君的同学中，很多是专业从事哲学研究的，对生死问题的思考深度随便就能甩有鬼君几条街。这些同学虽然辩证唯物主义玩得精熟，不过私下里却很期待那个世界的成员能长生不老。抱歉得很，那个世界辜负了他们的期待，因为鬼也是有生老病死的。

纪晓岚就认为鬼是会死的，他说："鬼，人之余气也。气以渐而消，故《左传》称新鬼大，故鬼小。世有见鬼者，而不闻见羲轩以上鬼，消已尽也。"本来《左传》中的新鬼大、故鬼小是指祭祀中地位的高低。到纪晓岚这里就演化成身材的大小，"故鬼小"成了鬼慢慢消散的证据；见不到伏羲、黄帝时期的鬼，也成了鬼会死的证据。在《庸庵笔记》"旧鬼玩月"的故事中，那些上了年纪的故鬼"须眉皓白，而长不满三尺"，说得更加直白了。

鬼既然会死，也会生病。而且麻烦的是，由于冥府严重缺乏专业技术人员，生了病还得跨界到阳间来请医生。

南朝时杭州一带有位名医徐秋夫，在当地声名显赫。有天晚上，他听到外面半空中有痛苦的呻吟声，出门对着发声处张望，黑黢黢的什么也看不见，就问："你是鬼吗？哪里不舒服？是缺衣少食吗？如果生了病，要赶紧治啊！"有鬼君觉得，这位爷的职业病倒是深入骨髓了。

那位无形的鬼说："我是东阳人，生前是个科级干部。因为腰痛而死，现在阴间的湖北做小官。不过，虽然做了鬼，这病根还在，苦不堪言。听说您是名医，专门从湖北过来挂个专家门诊的号。"徐大夫说："可是我连你的鬼影子都看不到，怎么治？"

腰痛鬼说："这好办，您扎个茅草人，扎得精细点，按照真实的穴位扎针就行。扎完针，把茅草人扔到河里就行。"徐大夫照办了，像模像样地在茅草人上扎针，还准备了一些祭品，派人一起扔到河里。当晚，病鬼托梦给他，说徐大夫真是白衣天使，不仅针到病除，还照顾患者的饮食。恨不得在梦里就送面锦旗给他。（《续齐谐记》）

这个故事很有意思，首先，人的病痛是会带到阴间的，即使不致命，其痛苦也毫无差别；其次，给鬼治病可以采用近似巫术的做法，通过给茅草人针灸来治病，遵循的是巫术中的相似律原则。当然，我们要注意的是，这是在大夫不能去阴间出诊的情况下的处理办法。这位腰痛鬼在阴间的官职太低，可能没有资格请大夫出诊。如果是局级以上的干部鬼，看病就有绿色通道了。

唐文宗大和五年，湖北天门一带有位名医王超，擅长针灸，号称针神。有一天中午忽然暴病而死，第二天又复活了。王神医说，自己被召到阴间去出诊了。当时有冥吏领着自己到了一座王宫。见一位长者躺在床上，左胳膊上有一个大如杯口的囊肿。长者命王神医诊治。王神医取出针来，挑去囊肿，很轻松地就治好了，然后就被放回还阳。（《酉阳杂俎》续集卷一）

　　这位高官显然比上一位小官的病要轻，但是由于他的级别高，就能够请医生跨界出诊，而无须上门求医。即使在阴间，医疗体制也是需要不断深化改革的。

　　无论官位高低，病痛是无法避免的。不过，对鬼来说，有些病患却是由阳间造成的，且不无滑稽。

　　宋真宗年间，枢密使盛度病死，可是四肢还有余温，家人也不敢收殓。过了一天，盛枢密使又活了过来。告诉家人，自己是被勾魂使者误抓的。到了阎王殿，发现该死的是另一位同名者，于是就被放回来了。在回来的路上遇到了太祖、太宗时期的宰相沈义伦，老宰相见到盛度很高兴，说，你回去给我家里人捎句话，我在这边一切都好，就是"颇为汗脚袜所苦"。

　　盛度还阳后，病渐渐好了，就去沈家传话。可是沈家后人无论如何也不明白"汗脚袜"是什么意思。后来在收拾老宰相的灵位时，赫然发现灵牌架子上有一只臭袜子。追问之下，才得知是守灵的老兵无意中把袜子扔在这里，后来忘了拿走，导致那边的老宰相一直受脚臭之苦。（《括异志》卷二"盛枢密"）

　　不仅是鬼，还有那些成精的妖怪，也同样无法摆脱病痛之苦。此类故事甚多，《聊斋志异》卷十三的"二班"，说的就是名医给虎精治病的故事。至于狐狸精，都能给人生孩子了，患上产后抑郁症这样的精神类疾病也是很有可能的。

鬼如何在人间骗吃骗喝？

农历七月十五，佛教有盂兰盆会，道教为中元节，都是为那个世界的成员办的饕餮盛宴。《荆楚岁时记》说："七月十五日，僧尼道俗，悉营盆供诸仙。"可见，至少在南北朝时期，佛道对此已基本达成一致了。

不过，一顿大餐不能代替日常的饮食，祖先鬼还好，有子孙后代经常祭拜，得享血食。但对很多孤魂野鬼来说，一年中只有这一天有机会大吃一顿，其余时间要么饿着，要么到处打秋风。虽然鬼的抗饥能力相当强，可是四处觅食也是必需的功课。

最直接的办法就是在各色的饭馆周围逡巡，与阳间的人类争食。比如，早上早点铺笼屉里热气腾腾的馒头、肉包、豆包，可能会引来饿鬼。只不过，饿鬼抢包子吃，吃法与人不同，他们享用的是"馨香"，也就是食物的香味。刚揭开笼屉时，如果看见包子自行扭动，而且一边动一边逐渐缩小，那一定是饿鬼来了。一个如碗大的肉包，顷刻间会变得像核桃那么小，而且吃起来像咀嚼面筋，包子的"精华尽去"。破解之法也有，在揭开笼屉的同时用红笔在包子上点一下就行，不过，如果只有一人点，那还是"不能胜群鬼之抢也"。（《子不语》卷二十二）

除了面食，饿鬼也爱抢其他食物吃，也是吃饭菜的香味，称为"窃饭气"。因为一般家庭都祭灶神（灶王爷），灶神手下的童子会负责看守食物，驱赶饿鬼。当饭菜熟的时候，群鬼像灾民一样扑上来抢着吸食香气，童子也难以招架。不过，这是在有风的前提下，香味四散，饿鬼"以手攫之，如丝絮状，可抟而食"。如果没有风，香气直上，无法散开，童子就能守住食物。

不过，我们也不必过于焦虑，因为现在生活条件好了，食物香气中的油水足，鬼吃一顿能挨很多天，最长的甚至能挨一年。所以大多数时间里，饿鬼没有那么多了！

这些抢吃的饿鬼，只为求一饱，对于吃相就不那么看重了。有些饿鬼，则希望能吃得好些、体面些，这就需要一点机心了。

南宋时，江西抚州有一户人家姓詹，家中最小的詹小哥好吃懒做，在外面赌博输了钱，怕被哥哥们打骂，竟然离家出走。家里人到处找，也没找到。詹母最宠爱小儿子，每日思念不已，可是无论是占卜还是占梦，都显示不祥之兆，大概凶多吉少。中元节那天，詹母准备了祭品、纸钱。到了晚上，屋外似有幽幽的叹息声，詹母想，大概是小儿子回来了。心里默默祷告，要真是我儿，就把这钱取走。果然阴风一起，好像有人伸手把纸钱取走了。詹家以为小哥真的死了，放声大哭，找来和尚做法事超度。过了几个月，詹小哥竟然回来了，原来他没死，是逃到外地打工去了。詹家这才知道，上次是野鬼来骗吃、骗喝、骗钱的。（《夷坚丁志》卷十五"詹小哥"）

有文化的鬼则会更精细一些，只不过，文化程度却成了硬伤。清代有一秀才，赶考途中在河南陈留的一个村子借宿。傍晚时分，在村外散步，忽然遇到一人跟他打招呼。那人张口就说：我是汉代的蔡邕，已死去多年了（蔡邕为陈留人）。不过您别害怕，我不会害您的，只是想请您帮个忙。我的墓虽然在这里，但后人早已失散，"享祀多缺"。以我的身份，怎么瞧得上村里那些俗人呢？不愿像其他没教养的饿鬼那样求食，所以只能饥一顿、饱一顿的。我看阁下这么有学问、气质，所以冒昧打扰，希望"明日赐一野祭"。秀才没想到竟然遇到大名鼎鼎的蔡邕，喜出望外，满口答应。两人就攀谈起来，秀才问起汉末的那些史事，那位解说一番，可是听上去都是罗贯中《三国演义》里的那些故事。秀才有点怀疑了，再问对方的生平，更加有趣了，基本是高明《琵琶记》的情节，比如自己中了状元，被牛丞相逼婚，然后如何与原配妻子团圆之类。

秀才听到这里，心里清楚得很了，笑着对那位说：我手里的钱也不多，实在无力给你弄顿大餐，不过有一句话想叮嘱你，此后要想假冒蔡邕，还是先读读《汉书》《三国志》《蔡中郎集》，免得露馅，这样"于求食之道更近耳"。那位假冒的鬼听得面红耳赤，"跃起现鬼形去"。（《阅微草堂笔记》卷二十四）

不管怎么说，这位冒牌鬼还知道剑走偏锋，选了很多人不太了解的蔡邕。在很多扶乩的故事中，有些冒牌鬼的口气更大，只会打油诗的也敢说自己是李白，分不清丘处机和吴承恩的，也敢说自己写了《西游记》。

无论人还是鬼，骗吃骗喝也要更敬业一点才好。

鬼是素食主义者吗？

　　素食主义者越来越多，他们当然有自己的一套理论，这个不予置评。有鬼君则是无肉不欢，尤其不喜欢素菜馆中的菜名，比如他们的菜谱上有黑椒牛排、美极鹅肝、干烧石斑鱼、外婆红烧肉……孔子说，必也正名乎！很难想象食客吃着这些荤面素底的菜，是出于什么心态。

　　鬼当然也有吃素的，《茶经》上说："南齐世祖武皇帝《遗诏》：我灵座上慎勿以牲为祭，但设饼果、茶饮、干饭、酒、脯而已。"齐武帝是信佛的，所以希望将来在那个世界的食物也不要沾荤腥。在一些禁忌的场合，使用荤油甚至会有灭顶之灾。比如《稽神录》卷一"庐山卖油者"所述：

　　庐山脚下有个卖油郎，是个大孝子。可不幸的是，某天被雷劈死了，他母亲觉得上天实在不公，就到庙里去哭诉。晚上她梦见有人托梦给她：你儿子做生意以次充好，一直把鱼膏（鱼油）混在油里面，牟取暴利。而且庙里经常从他那里采购祭祀用油，因为鱼油荤腥，腥气上达天庭，所以灵仙不再降临。为了惩戒他，所以执行了天罚。

　　不过，享用荤食应该是那个世界的主流。早在先秦时期，就常常用

"血食"一词指代祭祀，那时祭祀都是宰杀牲畜，取血以祭的。至于天子祭祀社稷时用太牢（猪牛羊），更是极为隆重的仪式。

当然，由于受到佛教、道教的长期影响，很多人家在祭祀神鬼时，为了表示恭敬，往往会用素食瓜果等作为贡品。有些荤素不拘的鬼神就会特别提醒。

南宋宁宗时，浙江建德县村民李五七，家境优越，经常供奉各种神祇。有一次，他到婺源去拜谒五侯庙（即五通庙），没想到回家时跟来一批鬼神。大约有上百号，其中一个穿着王爷的服饰。这家伙大马金刀地在李五七家里厅堂坐下，对老李说：我是婺源的"五显官太尉"，因为你事神至诚，所以护卫你到家，想暂时在你家借住几日。老李一听，竟然有神仙上门这等好事，喜出望外。于是安排香案，摆上面食蔬果等贡品。那五显神吃了几日，大约觉得没啥油水，嘴里没味道。又现形对老李说：我在庙里的时候，为了让各方信徒虔诚，所以不得不吃斋食素。现在既然离境，只有你一家供奉，就不必拘礼了，有什么鸡鸭鱼肉都可以上来。老李见神仙吩咐，也不敢怠慢，于是每天杀鸡宰羊，美酒佳肴流水一般地献上。那一帮鬼神大吃大喝了几个月，李家渐渐财力不支。更可恨的是，他的妻女竟然暴病身亡。李五七觉得有点不妙，莫非这帮神仙就是打着送温暖的旗号下乡大吃大喝？仙界的四风也太不正了。于是，他再去婺源的五侯庙去告状，状子烧了不多时（向鬼神界告状的专用手段），就见有两个下级军官押着那位"五显官太尉"来了，还上了枷锁。显然连双规都免了，直接逮捕了。老李回家后，果然再也没有神鬼来骚扰了。（《夷坚志》补卷十五"李五七事神"）

我们需要注意的是，故事中主动要求上荤菜的五侯神（五通神）向来属于淫祀，也就是民间自发的，不合礼制的祭祀。五通神在淫祀中属于对食、色有特别爱好的，那些由官方认可且大力宣传的神灵，大多行事严谨，当然也不怎么接地气。

除了荤素，有些鬼神还有更高的要求，比如要吃暖锅！邵北崖《桃渚随笔》载：松江某人扶乩请仙，有位陆成衣降乩说，我在邻村做土地爷，区区小官，香火能不断就很满意了！但是祭祀用的贡品千万不要用冷的。供桌上摆些冰凉的猪肉、鸡鸭，当我是樊哙吗？麻烦你们转告我家里的孩子，以后过年过节，除了烧纸烧香之外，祭品的荤素我是无所谓的，条件好就上点鸡、鸭、鱼、肉，条件差就炖点萝卜、豆腐也行，但一定要热菜。（《履园丛话》卷十五"祭品用热"条）

作者钱泳还为这位土地爷洗地，说：古代祭祀用的青铜鼎彝，都是有盖子的。祭祀的时候，把那些极品放在里面，盖上盖子，下面用火加热。等到祭祀的时候揭开盖子，就像现在的暖锅一样。所谓"歆此馨香"也。若祭品各色俱冷，哪有香气上飘呢？我们家里祭祖，冬天就一律用暖锅的。

鬼神爱吃荤并不难理解，可是冷饮他们也要吃，这就有点奇怪了。《夷坚志》补卷二十二"紫极街怪"条记载，南宋时期，江西饶州有个小摊贩，结束了一天的生意后回家，买了一根"酥油雪糕"，准备带回家给母亲吃，可是路上遇到一个男子，强行索要他的雪糕，小贩不给，这人就强抢，将小贩殴打一顿，还将其嘴里塞满烂泥。后来经算卦的指点，小贩才得知这是街上一个树怪干的。有鬼君原本对"酥油雪糕"在南宋是否为冷饮有点怀疑，不过网上检索得知，宋代的冷饮已较为发达了。在没有确切的反证之前，还是将"酥油雪糕"视为冷饮吧。

最后的例子就来个彩蛋吧，介绍一款阴间的工作餐："馔以四簋，切猪肉作丝，蒸鸡卵作饼，余则蔬菜，其味悉如人间。"（《右台仙馆笔记》卷十二）显然，冥官不是素食主义者。

冥府唱堂会

我们一般把阴间称为阴曹地府，说明其主要功能是对人生前在阳间的一生功过做出判决，决定其是投胎转世还是继续接受惩罚或直接升为神仙。这个说法暗含了阴间只是一个从事刑名的政府法律部门，而且只是人死后的一个中转站。显然，这是受到佛教轮回转世观念的影响形成的。虽然担任阎罗王的很多是阳间的忠臣英烈，但地狱的框架是佛教帮我们搭起来的。实际上，轮回转世只是古人对阴间看法的一个面向，在另一个面向里，地府是一个完整的社会，甚至可以说是阳间社会的镜像。他们的生活与人世间比起来，并不见得枯燥无味，甚至阳间的人还经常客串参与进来。唱堂会就是很好的例子。

据说，最早的堂会记载在汉代就有了，不过，由于戏曲的鼎盛期在明清，唱堂会在那时才逐渐成为重要节假日的喜庆娱乐节目。志怪作品中记载的唱堂会故事也大多发生在这一时期。

袁枚的《子不语》卷十七"木姑娘坟"就记载了这么一个故事。京城的戏班——宝和班名气很响，某天有人来预约，请他们晚上到海岱门（哈德门）外唱戏。宝和班众演员跟着来人出城到了荒郊野外，见到一所大宅院。里面宾客盈门，唯一有些特别的，就是灯火都是绿荧荧的，有点瘆人。婢女吩咐戏班，因为小姐不喜欢吵闹，所以只能唱小生花旦戏，不能唱铜锤花脸的、敲锣打鼓的热闹戏。戏班子搭好台子开始演出，可是从晚上九点唱到半夜也没见叫停，而且没有茶水酒饭供应。众人唇干舌燥，不免有些怨怼。唱花脸的老顾心中不耐烦起来，自己化了妆，出场唱了一出关云长的《借荆州》，一时间锣鼓大振。霎时间，厅堂里灯火全灭，宾客们也一个不见了。大家点起烛火一看，原来是在一座荒坟前演出。吓得众人急忙逃回城，第二天一打听，才知道这是某府一位木姓姑娘的坟。

在《续子不语》卷六"石板中怪"中，某位女鬼（怪）被幽禁千年，机缘巧合得以出逃，于是在阳间大肆骚扰生人，幸好有法力高强的和尚动用符咒将其镇住。人鬼双方坐下来会商，女鬼除了要求主人做法事超度之外，最大的愿望是"吾已千年未曾看戏，可为我演戏七本，我才看和尚面上，甘心饶汝"。被骚扰者只能请戏班子为女鬼连演七场大戏。女鬼的这个要求有点近乎讹诈了，一千年前的戏大约是唐代梨园教坊《霓裳羽衣曲》之类的歌舞剧吧，与清代的京剧、昆曲、黄梅戏相比，算是两种娱乐节目了。

以上两个故事说的都是相当个人化的阴间世界，我们可以理解为只是个体的爱好，最多只是家庭娱乐。不过，唱堂会在明清时期，不仅是重要的娱乐活动，而且是重要的社会交际手段。与现在的高级会所、夜总会的功能很相似。对鬼魂来说，他们的交际手段与阳间也没有什么差别。

比如《耳谈》卷一"太白酒楼下鬼"说的就是鬼魂的社会交际情况。山东济宁有位弹琵琶的盲艺人，某天被两人强邀到郊外演奏。耳听满座宾客行酒令、猜枚、调笑，一派酒桌上的热闹场面。盲艺人开始只是浅斟低唱，"轻拢慢捻抹复挑，初为霓裳后六幺"，众宾客都哄然喝彩。可是艺人越弹越投入，"银瓶乍破水浆迸，铁骑突出刀枪鸣"，曲调开始雄浑激荡，听众连忙阻止。艺人正自入神，哪里停得下来。突然满屋寂然，一个人也不见了。艺人停下来一摸，摸到一口棺材，吓得魂飞魄散。第二天他才知道，这棺材是刚刚自缢而死的一位妇女的。因为新鬼加入阴间社会，众旧鬼为庆祝她来到"新世界"，所以安排了这场琵琶独奏助兴。这可以说明，鬼在阴间并不孤单，他们也有自己的社会生活和娱乐。作者还解释说，因为鬼的阴气太重，而雄浑激荡的旋律阳刚气太盛，鬼受不了。这大概也可以解释第一个故事中木姑娘为什么不喜欢听花脸戏了。

如果从另一个角度看，我们可以说，这种阴间召唤生人唱堂会都属于善意的邀请（尽管他们付的报酬都是纸钱，也无法提供人间的饮食）。毕竟他们只是临时邀请，并且设置了一个尽可能接近阳间的环境。如果粗暴一点的话，完全可以直接把艺人或手艺人弄到阴间去。比如《续玄怪录》卷四"木工蔡荣"中，说一位姓叶的木匠暴卒，就是因为阴间宫殿倒塌，冥吏们直接到阳间抓了个手艺好的木匠到地府工作。当然，这也许是官方抓差和私人邀请之间的差别吧。既然是善意的邀请并且布置一个虚拟的环境，有时不免被生人看出一些破绽。比如《履园丛话》卷十五"鬼戏"中讲的唱堂会的故事。戏班的吹笛手发现看戏的观众，喝酒都是用鼻子吸，而且走动时都是飘来飘去的，足不沾地。为试探一下，将大锣使劲一敲，立时人迹绝无，才发现整个戏班正在古墓边卖力地演着《西厢记》。

以上说的都是阴间请阳间的戏班或演员客串，但这并不是说阴间就没有自己的演艺工作者。当他们能自给自足时，未必需要临时征召阳间的艺人。《醉茶志怪》卷三"鬼戏"说的就是一个商贩误闯阴间堂会的故事。这位商贩在荒郊野外迷了路，偶遇一场皮影戏的演出。商贩边抽着烟袋边蹭戏看，也没有人来驱赶。有意思的是看戏的主角，"二少女扶一老妪，白发龙钟，居中对座。旁虚二座，似尚有眷客未来者"。这场景倒有点像简化版的贾母看戏。老太太一边喜滋滋地看着，一边吃着瓜果零食。商贩觉得老太太腮帮子一鼓一鼓的不太像人类，心中起疑，将手中烟杆用力一敲，只见"妪与二女头并落几上，然牙齿震震，啮物如故"。显然嗑瓜子的动作一时还停不下来。

皮影戏算是小打小闹，按上面这个故事的说法，很可能是某家族聚会请的戏班子而已。实际上，阴间的演出剧目并不像我们以为的那样只是照搬阳间。

康熙年间，有位姓何的举人被任命为酆都知县。何知县到任之后清查账目，发现一则不合理支出："平都山洞，每年官备夹棍、拶子、手铐、脚镣、木枷、竹板各刑具，于冬至前，畀置洞内，冥府自能搬去。"就是说，阳间每年要置办刑具给冥府使用。何知县大怒，说：这肯定是刁民搞的花样，结伙敛财，阴间与阳间的刑具怎么能通用呢？差役们解释说这是惯例，可是何知县不信，一定要自己去勘察。进了山洞，"黑甚，扶壁缓步而进。忽露一隙之光，随光进去，渐渐明亮。逾时，见一井平地，似有行人往来踪迹。随路顺行，至一衙，局面宏敞"。

衙门里迎接他的赫然便是阎罗王。何知县心里慌张，就想离开。阎罗王说，您是阳间的父母官，来都来了，就让我聊尽地主之谊。此间戏班颇不俗，请大人看场戏如何？何知县推托不得，只得入座。这时，两个小旦呈上戏单，请阎罗王点戏。阎罗王对其中一个小旦说，今天有贵客光临，汝等要小心服侍，卖力演出。小旦答应了。演出开始，何知县发觉阴间所演的戏，虽然程式不变，但故事完全不同，莫非阴间全排了新戏？阎罗王解释说：你们阳间的戏里多忠臣义士，这些人到了阴间，都有冥职，不能再演他们的戏了，所以全是新编的历史剧。何县令看得过瘾，一直到天亮演出结束，才恋恋不舍地告辞离开。

《宋人轶事汇编》卷一引一则笔记，介绍了宋真宗时的一次演出：

> 真宗皇帝东封西祀，礼成，海内晏然。一日，开太清楼宴亲王、宰执，用仙韶女乐数百人。有司以宫嫔不可视外，于楼前起彩山幛之。乐声若出于云霄间者。李文定公、丁晋公坐席相对，文定公令行酒黄门密语晋公曰："如何得倒了假山？"晋公微笑。上见之，问其故，晋公以实对。上亦笑，即令女乐列楼下，临轩观之，宣劝益频，文定至霑醉。《邵氏闻见录》卷一。

李迪和丁谓官居宰相，也只是在宋真宗善意许可下，才有机会观赏特供的演出。高端堂会，无论阴阳，都不容易见到。

冥府也要反低俗

反低俗是政治正确的表现之一，媒体一般会集体炮轰当事人，有点像六大门派围攻光明顶，最后击败的是海沙派、巨鲸帮这等江湖上的小角色。不过，这也不算奇怪，武林中多人齐上的情况很多，《碧血剑》第九回温青青就曾评论仙都派的两仪剑法说："原来仙都派跟人打架，定须两个人齐上。倘若道爷落了单，岂不是非得快马加鞭回到仙都山去，邀了一位同门师兄弟，再快马加鞭地回来，这才两个人打人家一个？"

如果换一个角度看，六大派围攻明教，其实是为了恢复江湖的秩序，维护武林的公序良俗。那么对大家反三俗的初衷，就比较好理解了。在人类社会不同的历史阶段，三俗的定义虽然不断变化，但是净化心灵的运动倒是从来没停过。春秋时曹刿劝谏鲁庄公入齐观社、汉代开始的禁淫祀、明清以来树立节妇烈女的标兵……政府为净化社会操碎了心啊。比起政府来，志怪小说中对于心灵净化纯洁的要求似乎更高，绝大部分志怪故事都要强调因果报应，强烈要求人们脱离低级趣味。

可奇怪的是，这些故事一方面劝诫人类存天理、灭人欲，另一方面又不避讳地谈到鬼在冥界的吃喝玩乐。为什么冥府从不搞反三俗的运动？要搞清这个问题，咱们得先了解他们究竟怎么个三俗法。具体来说，在阳间所谓"五毒俱全"的五毒——吃、喝、嫖、赌、抽，在冥界似乎都没什么忌讳。吃喝咱们就不多说了，只举一例。

清代某刑部郎中吴云作的小公子无意中得罪了鬼魂中的黑社会，群鬼在他家吵闹：你家公子随地小便，溅到我们老四的身上了，"咱们兄弟今来替他报仇，要些烧酒喝喝"。吴家人没办法，只得答应，准备了好酒，可是这帮青皮鬼又耍无赖，说是要"前门外杨家血贯肠做下酒物"，吵闹一晚，直到吴郎中请城隍出面，才收拾了他们。（《子不语》卷八"话官说鬼"）在其他故事里也曾遇到鬼要求吃暖锅的，没有荤菜就破口大骂的，不过像这种指定要某品牌小吃的，还是少见。可见就是当地的无赖鬼。

至于嫖妓，《谐铎》卷六"香粉地狱"对冥界妓院有很详细的介绍，《聊斋志异》卷六"考弊司"提到，某人入冥告御状后，顺便就去了趟妓院。可见妓院已经开到冥府法院边上了。可即便如此，很多好色鬼还不满足，要到阳间来吃花酒。据《耳谈》卷十三"李赛金"记载：

一位姓刘的监察御史很喜欢荆州籍名妓李赛金，经常翻她的牌子。后来刘御史去世一年多后，有公差来找李赛金，说刘御史要请她出台。李赛金忘了刘御史已经去世，点头答应。说完就死了，三天后又醒来，说刘御史请她作陪游女，"崖峦泉石，幽僻险仄靡不到"，"谑谈酬语，悉能记忆"。然后再派公差将其送回，可是那些在阴间付给她的嫖资，醒来后却化为乌有了。

类似的例子还有不少，刘御史在冥界还有跟班，显然在那边也担任一定级别的职务。可是他到阳间召妓并没有什么限制。

冥界的赌鬼，好像也不受限制。有位沈秀才赴京赶考，在天津武清住店，晚饭后出门散步，见不远的小庙门口有十几个人席地而坐，吆五喝六地大赌，喧闹声震天。过了一会，庙里有人提了灯笼出来，赌徒们哄然散去。有几个人一边跑一边嘟囔：在哪里不好开赌？偏要靠近倪节妇住处。另一位说，咱们这场子开了很久了，要不是你们闹得太凶，倪节妇也不会出来。这群赌徒跑着跑着，忽然就不见了。沈秀才这才明白，这帮赌鬼真的是鬼。第二天再一打听，原来赌鬼提到的倪节妇，是当地守寡五十年的著名节妇，在小庙出家为尼。（《北东园笔录续编》卷五"鬼畏节妇"）

这个故事蛮讽刺的，一方面冥界的赌鬼们可以肆意聚众赌博，无所顾忌，另一方面却又以敬畏节妇的方式鼓励阳间严守五伦，以净化民风。仿佛阴阳两界遵循的是不同的伦理规范。

鸦片是在明代传入中国的，到清代鸦片之危害人所共知。可是，鸦片烟馆竟然也开到了阴间。有位姓焦的士兵出门办事，他在军营里已经喝得醉醺醺的，路遇一间鸦片烟馆，焦某鸦片瘾发作，就进去打算吸几口。他向店主买了一点大烟对着灯点烟，可是烟枪不太对劲，吸不动。他以为烟不好，就放上自己随身带的大烟，可还是吸不动。焦某有点恼火，在那里絮絮叨叨地骂人。这时进来一无头人买大烟，焦某眼神迷离也没看清楚，随口怒喝：什么玩意，用衣服盖着脑袋，故意吓人吗？那位无头人也没搭理他，买了烟就走了。可是店主答话了：你觉得他丑，那再看看我怎么样？说着走近焦某，"口眼砰砰作响，舌出于口，目出于眶，累累然如铃下垂，血淋漓满面"。焦某大惊之下，酒全醒了，一路狂逃数里，昏倒在郊外。原来，他误入了开在冥界的鸦片烟馆。（《醉茶志怪》卷三"焦某"）

以上几个事例都可以看出，对吃、喝、嫖、赌、抽这类严重危害群众身心健康的恶习，冥府不仅不加以禁止，而且纵容其发展，妓院开在法院边上，冥官可以到阳间嫖妓，赌徒可以随意开设赌场，烟馆公然在阴阳两界营业……比较起来，那几位要吃血肠的无赖鬼，倒显得人畜无害了。而另一方面，几乎所有入冥后复生的人，都接受了阴狱一日游的警示教育，还阳之后不断向周围群众宣讲要洗心革面、重新做人。

这是不是说，冥界的生活是两张皮？冥官向人宣讲鬼理的时候道貌岸然，实际生活却糜烂不堪？又或者说，所有那些展示阴狱的惨烈、果报轮回的严苛、道德教化的效用，全是冥界给阳间人类设置的片场？又或者说，鬼和人遵循不同的规范，那些恶俗色情、低级趣味、挑战公众底线、污染社会风气的事，鬼做了没关系，人做了，就要被熊熊的地狱之火毁灭。

有鬼君的看法是，冥界向来严以律人，宽以待己，可惜的是，在我们的潜意识里，冥界纯净得像白开水一样，永远占据道德的制高点。而这正是冥府上下所期待的。

那些养"蛙儿砸"的，你们问过它亲妈了吗？

旅行青蛙的游戏曾风靡一时，不必有鬼君废话，反正当时手机已经被汹涌的母性刷屏了。问题是，这些把旅行青蛙当儿子养的，你们征求过它亲妈的意见吗？

在古代的志怪体系中，能够成精的动物，比较知名的有狐狸、老虎、蛇、猫等。如果设立一个成精动物的排行榜，青蛙也许进不了前七，但是一定能进前二十五。

张读的《宣室志》可能是较早记录青蛙成精的：

太原商人石宪，某年夏天行经雁门关，天气酷热，他有些中暑，就在树荫下休息。梦见一个长相古怪的和尚，和尚对他说，我在五台山修行，那里远离尘俗，是清净之地。施主你严重中暑，不如随我一游，或许可以消暑祛病。石宪就跟着他去了，走了几里路，果然见到"穷林积水"，见群僧都泡在水里。和尚说，这是玄阴池，我们在其中修炼，大有神益。群僧将玄阴池作为禅堂，在水中集体诵读梵文经书。石宪听得入神，也想尝试，一下水就觉得其寒无比，立刻就醒了，暑气也去了大半。他继续赶路，经过一片树林时，听到蛙叫声，很像梦中那些和尚诵经的语调，于是循着声音找过去，果然发现了梦中的玄阴池，池中满是修行的青蛙。

也许作为群体的青蛙还只修炼到精怪阶段，反正石宪觉得过于诡异，将玄阴池中的青蛙全部杀了。

但是在包邮国，青蛙的地位就完全不一样了。据学者研究指出："明清两代，江南地区青蛙神之祀极为盛行。江南所信仰之青蛙神，其职能已社会化，能祸福人，治休咎，甚而能司水旱如河神，其性格亦类人，唯形象则仍保留动物之特征耳。"（《中国民间诸神》第 373 页）

《聊斋志异》卷十一有"青蛙神"的故事，开头就说：

> 江汉之间，俗事蛙神最虔。祠中蛙不知几百千万，有大如筵者。或犯神怒，家中辄有异兆；蛙游几榻，甚或攀缘滑壁，其状不一，此家当凶。人则大恐，斩牲禳祷之，神喜则已。

惹了青蛙神，要杀猪宰羊祭祀祈祷，才能避祸，否则家里会爬满大小不一的青蛙，你怎么办？（其实办法还是有的，只是需要有足够的胆量和胃口，参见《夷坚三志》壬卷四《漳士食蛊蟆》。）

《聊斋》这篇说了两个故事，其中之一说的是普通人家与蛙神结为亲家。一个叫薛昆生的小朋友，才六七岁就被青蛙神看中，强行结下娃娃亲。薛家几次想要退婚，都遭到蛙神的拒绝，说是要定这个女婿了。小薛成年之后，迎娶蛙神之女，没想到女方不仅相貌"丽绝无侪"，而且异常旺夫，薛家从此日渐兴旺，成为当地豪族。村民们不小心得罪了蛙神，都会去薛家恳求薛昆生夫妻，他们俨然成了蛙神的白手套。唯一的缺点是，家里到处都是青蛙，家人、仆役都不敢随意踩踏。另一个可以预见的结果是"薛氏苗裔甚繁，人名之'薛蛙子家'。近人不敢呼，远人则呼之"。

青蛙神在江南地区盛行，有人认为是因为"蛙之为物，实有功于农田，生稻畦，搜食稻根诸虫，禾苗乃长。故有司严禁渔捕"（《壶天录》卷下）。据说青蛙神的旗舰庙在杭州涌金门一带，最为尊贵，称为"青蛙将军"或"金华将军"。《庸闲斋笔记》卷九记载：

陈其元（《庸闲斋笔记》作者）调任金华县教育局局长，先到杭州办理任职手续，借住在金刚寺附近（靠近杭州城站火车站）。当晚，他正与房东闲谈，忽然仆人跑来说，青蛙将军光临他的宅舍，请他去接待。陈其元一脸蒙圈地来到卧室，房东一家老小闻讯也赶来围观。只见一只小青蛙踞坐在书桌上。陈其元一看，不就是一只青蛙吗？众人说：不对，你看这只青蛙，身上有金色的斑点，足分五趾，这是青蛙将军的标准制服啊。于是帮着准备香烛、烧酒，一起拜服于书桌下。青蛙将军端坐了一会儿，架子摆足了，然后跃到酒杯前，两爪抓起酒杯细细品酒。喝完这杯，"身色渐变为淡红，腹下则灿若金色"。众人说，这是将军换制服了。青蛙将军喝完，又跳到卧室中挂的一幅画上，端坐到半夜时分。众人再用漆盒请它下来，烧着香将其送到金刚寺，寺僧再迎到佛像前供奉。

不要以为青蛙神喝酒很奇怪，《铸鼎余闻》卷四说青蛙"或祀以酒，竟能吸饮逾时，体稍变赤，如醉状"，《集说诠真》说它"嗜烧酒，注满器中，少顷渐尽，两颊有红晕，则神醉矣。又嗜看戏，且能自点，以红单书戏目，必周视，足蘸酒溅之，或一二出，或三四出，人谓多点为歆其祀也"。

明清江南农业领先全国，除了经济、政治等原因之外，对青蛙将军不仅尊崇，连好酒贪杯以及偏爱看戏都照顾到了，别的地方能比吗？

　　关于"蛙儿砸"的亲妈问题，有鬼君绝非说笑，此类动物、植物成精、成神的，往往群聚生活，有一亲妈（亲爹）作为族长。《聊斋志异》卷七"鸽异"中，张公子与鸽神交好，因此所养鸽子大异于常鸽，后因为没有照顾好鸽子：

　　　　梦白衣少年至，责之曰："我以君能爱之，故遂托以子孙。何乃以明珠暗投，致残鼎镬！今率儿辈去矣。"言已，化为鸽，所养白鸽皆从之，飞鸣径去。天明视之，果俱亡矣。

　　得罪了鸽神，鸽子、鸽孙也留不住；得罪了青蛙神，你养的青蛙仔在外旅游，可能连明信片都不给你寄一张。

　　至于怎么讨好青蛙神，有鬼君也不知道烧香、供酒是不是有用，儿子都这么跩，它亲妈能是善茬吗？

你怎么还有脸撒狗粮？

每年的春节与情人节都很接近，George、Michael 回到家乡，与北上广的情侣 Linda、Mary 变身异地恋。假如狗蛋或张处在家乡遇到女同学桂花、翠芬，情人节岂不是为再续青梅竹马提供了最好的机会？

情人节嘛，除了规定动作之外，海誓山盟是少不了的，这个文青最擅长，情书情话写得锦绣一般。妹子们听听就好，千万别太较真。真正情深的，不靠嘴皮子：

南宋人刘庠艳福不浅，娶了绝色美女郑氏为妻。刘庠是个普通人，既没钱也没权，而且还不求上进，不擅长理财（"不能治生"），家道逐渐中落。落魄之后，每天就知道在外与狐朋狗友喝得酩酊大醉。郑氏在家中枯坐，怨恨不已。

某天，郑氏在家中忽然发了热病，昏迷不醒，治愈后就变了性子，每天在家默默地独处一室，只要见到刘庠就切齿痛骂，丝毫不留情面。刘庠自知无趣，索性搬到别处去住了。郑氏索性把门一关，不再与外面往来。可是，邻居总听到她在屋内与人窃窃私语，以为她有私情，"穴隙潜窥"，却没有看到任何迹象。几个月后，刘庠偶尔回家，见家里满是金银财宝、绫罗绸缎，大吃一惊。郑氏说：你走后的这几个月，每晚夜深时分，就有一翩翩少年进来，自称五郎君，跟我云雨一番。这些财物都是他给的。刘庠大怒，正要发作，转念一想，自己没本事挣钱，这小王八蛋出手阔绰，能带着自己奔小康。心念至此，当然是选择原谅她。

于是，刘庠每天就拿着钱出去吃喝玩乐，夜不归宿，眼不见为净吧。有一天，五郎君白天来到刘家，正撞上刘庠，就警告他，不准再碰自己的老婆。刘庠又怕又贪钱，连声答应，索性在外置办宅子、纳妾，还给五郎君塑了一尊金像，朝夕祭拜。刘庠没孩子，请五郎君帮忙，五郎君胆儿也肥，直接偷了某元帅的第九子给他。元帅大怒，派人搜查捉拿。刘庠的邻居偶然发现，刘家孩子裹着的绸缎不像是市井中常见的，心中怀疑，去官府举报，元帅派人捉拿刘庠夫妻，严刑拷打，将其家产抄掠一空。案子还未宣判，五郎君召集群鬼，夜半劫狱，将刘庠夫妻救出，顺便把牢里的囚犯全放了。

这就是造反啊！元帅简直要气疯了，派兵将夫妻俩抓起来，没想到，群鬼晚上再次劫狱救出两人（这夫妻俩一定是一脸迷惑）。不仅如此，群鬼还将元帅管辖下的所有官衙、草场等付之一炬，救火的人则被雨点般的瓦砾、砖石击退。元帅斗不过群鬼，无可奈何，只能放了刘庠夫妻，准许当地祭拜五郎君。从此，五郎君与郑氏生活在一起，而郑氏名义上的夫君还是刘庠。（《夷坚支志》甲卷一"五郎君"）

先简单解释一下，这个故事中的"五郎君"大约就是五通神。五通神的源流，吕宗力、栾保群先生编的《中国民间诸神》中有较为详细的梳理，大家可自行参看。五通神的最大爱好就是"淫人妇女"，而且"其女于神来之时，如醉如迷。已嫁者夫妇不得同衾枕，在室者父母不得至床前"（《闻见偶录》）。五通神还被视为财神，因为"苟能祀我，当使君毕世巨富"（《夷坚丁志》卷十三）。上面故事中五郎君的行事，都比较符合，基本可以断定是五通神。

比起其他故事中的五通神，这个五郎君似乎不能用是欺男霸女来简单概括。首先，没有证据证明他对郑氏用强，最多可算乘虚而入；其次，他对刘庠的安置也很到位，不但花钱如流水，还帮刘庠解决子嗣问题；最后，最重要的，他不惜开罪阳间的权贵，两次劫狱不说，还把元帅治下的领地搅得一团糟，只为了能和郑氏生活在一起。

撇开五通神的正邪不谈，单凭他正面对抗堂堂封疆大吏，有鬼君就相信他对郑氏绝对是真爱。

那些在情人节秀恩爱、晒玫瑰花、撒狗粮的情侣，你们为了情人，敢发动第三次世界大战吗？

真的女神，都是凭实力单身

不知道七夕秀恩爱的民俗是不是还在延续？有鬼君每逢佳节必暗黑，不过这次稍微温和些吧！

江东士人魏元虚北漂在保定一带，做文员、打零工，因生活困顿，亲朋势利，不免有些黯然。某晚出门散步，回来时发现租住的"老破小"忽然变了样，"燃烛辉煌"。他进门一看，如诸位所愿，"瞥见艳女披服鲜华，据榻而坐"。"白富美"一见魏元虚，立刻笑语盈盈地迎上来：不瞒相公，我乃狐仙，与你的前世有缘，曾蒙你替我渡劫。现在我修仙已成，是来报恩的。魏元虚心想：你们狐狸精有点新意好不好，每次都是凤缘这个调调，又想骗我上床，到时命也保不住。想到自己的身体即将被掏空，不禁瑟瑟发抖。又一转念，北漂的日子过得如此艰难，"即死于佳丽亦得"。这样想想，心里倒也释然了。

心魔既去，嘴皮子就油腻了：仙子，那你打算怎么报答我呢？狐仙说：咱们先月下小酌，慢慢叙谈如何？说着，拎着一个篮子来到庭院，从篮子里源源不断地拿出"玉杯、象箸、珍馔、醇醪"。两人对饮起来，狐仙说：你前世是帝都土著，我那时正在修炼。咱们做了露水夫妻，后来我遭遇雷劫，躲在你身下，雷公误杀了你，我才得以活命。我到西山修炼了两百多年，才得正果。刚得知你北漂艰难，所以来助你脱困。在月光的映衬下，狐仙"光彩焕发，冶容婉丽，国色无双"，魏元虚看得心里越发油腻起来：既然这样，咱们重修旧日欢好，结两世姻缘，岂不甚妙？狐仙说：这不行，我刚炼成内丹，已脱离俗世，不能再犯淫戒。况且"盗子之元精而绝躯命，宁勿惧耶？"魏元虚说：我前世为了救你，连命都不要了，你现在就不能为我破一次戒吗？再说，女仙下嫁凡人的比比皆是，牛郎织女都生两个娃了。你已是仙人之躯，怎么可能伤害到我。一边说着，一边手上也蠢蠢欲动。狐仙侧身躲开："好色者不在乎淫，子试思接狎之后，身颓气弱，情竭兴衰，有何意味？莫若缅其秀色，采其丰神，如对名花，可玩而不可亵，则意淡情长。况妾能与子清谈，作解语花观，不更胜耶？"魏元虚淫欲上脑，哪里还听得进去，直上前去抱狐仙，可是对方有影无形，抱了个空。狐仙笑着说：既然已成仙，身体当然清虚。你说的那些仙女下嫁，都是穷书生意淫出来的。然后给了魏元虚一点银子，自己化为清风而去。

　　两个月后，魏元虚钱花光了，狐仙又来给了他一些银子，并准备了给他捐官的钱。不过，狐仙说得很明白："无论神仙，不当做贼。即地下藏镪，亦有主者。惟暴客劫掠之资与贪墨非义之财，乘其数目未明时，分润些微，斯不为造物所忌。安能暴富耶？且富者多累，今使子不饥不寒，不与神仙等耶？"每个人的钱是有定数的，做神仙也不能随便偷人的钱。就这样，魏元虚在狐仙的资助下，不仅衣食无忧，而且谋得一个官职。他去上任时，狐仙还替他安置好住处，并将其妻女接来同住。可是每次都来去匆匆，根本没给他展示油腻的机会，让他怅惘不已。

过了一年多, 魏元虚到外地公出, 在驿站里诚心斋戒, 希望狐仙能来相会。半夜时分, 狐仙果然来了, 但却是告诫他要知进退, 到某年某月, 就得辞官回家。魏元虚满口答应, 两人又喝酒叙谈, 魏元虚看着狐仙, "益觉妖媚超凡", 不由扑通跪下: 仙子一而再再而三地照拂我, 感人至深。可是, 咱们若不云雨一番, 终究是憾事。你就成全我一次吧。狐仙说: 真是个痴心的人, 如果这次遂了你的愿, 以后我们不再相见, 你也同意? 魏元虚说: 我对 2025 这些将来的事没什么想法, 先救急再说。狐仙听了默然, 不再抗拒。魏元虚上前抱住, "代为解襦, 登阳台涉鸿沟, 悉臻实境, 非复曩时空虚矣"。以下省略八百字。

第二天一早, 魏元虚醒来, 发现怀里的竟然是自己老婆。他老婆也莫名其妙, 说原本在家中睡得好好的, 忽然像中了梦魇, 不知怎么就到了这里。两人讨论起来, 猜测这次可能得罪狐仙了, 于是回家在其牌位前焚香谢罪。但狐仙再也没有出现, 魏元虚当然也不会做春秋大梦了。

魏元虚按照狐仙的指点, 提前告老还乡, 悠悠林下十几年。六十多岁的某一天, 他收到一封信, 打开一看, 只有一具小的招魂幡, 上面写着他的名字。他知道自己命数已到, 安排好后事, 无疾而终。出殡那天, 有人见到 "有女服缟素, 长号而来, 至丧前俯伏悲恸, 魏孺人亟出抚, 仅存白衣裳一袭, 而其人杳矣"。狐仙来吊唁, 了却了两世的夙缘。(《客窗闲话》卷三 "魏元虚")

大家可能会注意到, 有鬼君这次用 "狐仙" 而不是 "狐狸精"。学者李剑国先生在《中国狐文化》一书中曾辨析了狐精、狐妖、狐仙的区别。可是在时人眼中, 这三者没什么差别, 他们大概只分能不能睡。这不奇怪, 明清的狐狸精, 几乎没有不跟人上床的, 差别只在人的身体会不会受损。所以狐仙无论怎么跟魏元虚解释, 他就是不信。有鬼君觉得，这个锅蒲松龄来背比较适合。《聊斋志异》中的狐狸精，无论出于夙缘还是报恩，或者一夜情，甚至报仇，几乎个个都以跟人上床了结。站在人类的视角，会迷之自信地认为这是自然规律。可我们总是忘了，狐狸精具备完全的自我选择能力，在她们眼中，人只是练级工具中的一种而已。不用跟人睡，也可以靠修内丹升级。事实上，在《子不语》与《阅微草堂笔记》中，不跟人睡的单身狐狸精多的是。

　　不屑于跟人睡的，都是凭实力单身的女神。

为什么很少见到胖鬼？

　　在这个看脸的时代，胖基本被视为一种负能量，当年玉树临风的李奥纳多，并没有什么丑闻，仅仅因为发福照爆出，无数粉丝就因之心碎。在很多人眼里，胖成了现代社会的原罪。

　　即便在志怪故事中，鬼的形象也都是瘦骨嶙峋、面色惨白、衣衫褴褛的，很少见到方面大耳的富态鬼。这是为什么？难道以瘦为美的风潮连阴间也占领了？胖子连做鬼的资格也没有吗？并非如此。

　　清代杭州西湖边有座庙叫德生庵，庙门外堆积了几千口棺材，像小山包一样。袁枚曾在那庙里住过，很好奇地问和尚：这么多棺材，难道不会闹鬼吗？和尚说：此地全是富鬼，终年安生。袁枚不能理解：城里哪有那么多富人？焉能有如许多富鬼？况且这里的棺材一直没下葬，肯定都是穷人。和尚说：所谓贫富，不是看生前的。凡是死后能接受酒食祭祀、纸钱烧化的，就可算富鬼。这千余口棺材虽然没有下葬，可是庙里每年有三四次化缘为他们做道场，还有盂兰盆会这样的满汉全席。个个吃得脑满肠肥的，哪里会生邪心？那些遇到过鬼的人，他们口中鬼的形象哪有衣冠华美、相貌丰腴的（就是胖子的意思了）？凡是出来作祟的，大多是蓬头垢面、褴褛穷酸、长脚伶仃的。袁枚一听，这话很有道理啊，果然，他住在庙里一个多月，从来没有鬼来骚扰。(《子不语》卷二十二"穷鬼祟人富鬼不祟人")

有人会说，这不对，和尚说的是胖鬼，不是说胖人，这不能证明阳间的胖子比瘦子更有福。没错，这个故事只是说明阴间生活舒坦的都是胖鬼。

还是清代，有个叫赵曾翼的士人，很有才华，但是长得一般，是个胖子，所以有点惭形秽。郁闷之下，他写了首诗质问阎罗王，为何如此不公。当晚，他做梦入冥，见到了故友康锡侯。康告诉赵：我因为生前酷爱丹青，所以死后被阎罗王礼聘为幕僚。所有众生投胎之前，我都要先为他们画好五官，然后投胎。说着拿出两本画册对赵说：你看看这画册，就知道我的良苦用心了。赵翻开第一册，标签是"贵者相"，里面的相貌都是丑陋不堪的。稍次于贵者的，虽然不猥琐，但是"麻胡黑胖"(麻子、胡子拉碴、面色黝黑、胖子)。再看第二册"贱者相"，大多面貌姣好、眉清目秀，"各有一种顾影自怜之态"。赵很不高兴，说：你怎么能颠倒贵贱、播弄造化呢？这是以权谋私啊！康笑着说：老兄的见识太差！你看当世的那些台阁诸公，必然有内秀，哪里需要靠外貌来显贵呢？只有那些命中注定贫困潦倒的，才需要一副好皮囊，"上可以沐贵人光宠，下亦插身粉黛场中，窃断袖分桃之爱"。古往今来的第一美男子卫玠，不就是年纪轻轻被人看死的吗？总之，求全必然会招造物之忌，不如留点缺憾，为一生求福。

赵虽然觉得故友说得有道理，可是心里总是别扭。康见他磨磨叽叽的样子，爽快地说：这样吧，我帮你把长相改一改，改得瘦一点、俊俏一点，不过福分也就相应地削掉了。赵大喜过望。于是康稍微改了几笔，赵还不满意，要求再改改，康说：我和你十年好友，不忍心看着你下半辈子过于落魄，不能再改了。

这时，赵从梦中醒来。此后他的样子果然慢慢变得英俊不少，身材也好了。可是从此文思大减，连续三十多年科考失败，至死也没有中举。(《谐铎》卷六"面目轮回") 所以，无论从阴间和阳间来看，胖子的福分都不低，随便歧视胖子是不对的，更别说大部分胖子的心态都好。即使在动漫里，也有很多招人喜爱的胖子形象。

如何做好女神的云备胎

　　人鬼、人狐之恋，有鬼君谈得比较多些，而人神、人仙之恋较少涉及，这一方面是有鬼君眼界不够开阔，书读得不够；另一方面，人神、人仙之恋实在是不接地气，没有什么实操性。最大的漏洞在于，在这类故事中，绝大部分男士都不过是女神仙的云备胎。

　　有鬼君这么说并非比喻，而是有大数据支撑的。古代小说的研究者统计：从先秦到清，人神恋的故事只有二三十篇，人仙恋的故事也不超过三十篇，远不及人鬼恋、人妖（含人狐）恋故事的数量（见《古代小说中异类姻缘故事的文化阐释》）。换个说法就是，半均卜来，一个朝代发生的人神恋或人仙恋的概率，不超过两次。而单单清代，就出了二十六个状元。

　　现在的适龄男士，一见到心仪的妹子，就"女神、女神"地叫，然后是各种线上线下谄媚。殊不知，这预示着追上妹子的概率已跌到马里亚纳海沟了。还不如开启圣人模式，安心单着，考进清华、北大。

　　概率低只是一重打击，更加致命的打击在于，那五六十个人神恋、人仙恋的故事告诉我们，在神仙姐姐面前，凡人根本无从追求。也就是说，这题根本就超纲了，无论是真诚还是套路，神仙姐姐都不 care。比如最出名的董永与织女的故事，原始出处应为《搜神记》卷一，是这么记载的：

董永因贫困无助，卖身葬父，"道逢一妇人曰：'愿为子妻。'"然后在董永家住了十天，织了一百匹布，然后就"凌空而去"。出门前对董永说："我，天之织女也。缘君至孝，天帝令我助君偿债耳。"这算什么鬼？汉代以孝治天下，卖身葬父的人多了，凭什么是董永，他比别人更努力吗？而且，十天里，没有任何夫妻生活的场景，我们只知道她在织布，织完就走了。老天爷，你还不如派个工人来呢！

在同卷另一则著名的故事中，杜兰香也是莫名其妙地带着侍女、香车、宝马来见张硕，开口就说："是我娘要我嫁给你的。"她娘是谁？可能是西王母。因为她自称"阿母处灵岳，时游云霄际。众女侍羽仪，不出墉宫外。飘轮送我来，岂复耻尘秽。从我与福俱，嫌我与祸会"。因为母上大人的命令，所以才"岂复耻尘秽"。而且威胁夫君，听我的就有福了，嫌弃我就有灾祸降临。也不想想，谁敢随便得罪西王母的乖宝宝啊？过了几天，又对张硕说"我本来是要做你妻子的，感情不会疏远。只因为年命不合，怕稍微有点不和谐。"母命难违也是她说的，"年命未合"也是她说的，你让张硕如何谄媚呢？

即使神仙姐姐安分地下嫁，凡男也决不能秀恩爱！同样是这一卷里，天上玉女成公知琼下嫁弦超，一见面就说得清楚："我，天上玉女，见遭下嫁，故来从君，不谓君德。宿时感运，宜为夫妇。"做夫妻是上帝分派的任务，当然也是缘分所在。更约法三章说："我神人，不为君生子，亦无妒忌之性，不害君婚姻之义。"作为妻子，既不吃醋，又不肯养娃，是不是有点不合理？两位一起生活了七八年，弦超过得像她不存在一样，照常娶妻生子，神仙姐姐隔天过来。除了弦超本人，其他人只能听到声音，见到影子，谁也看不到她。弦超守口如瓶多年，后来只是稍微露了点口风，神仙姐姐立刻收拾行李走人。

《太平广记》卷六十五引《通幽记》说，神仙姐姐找到赵旭，说自己是天上的青童，被上帝处罚到下界寻夫君，因为赵旭"气质虚爽，体洞玄默，幸托清音，愿谐清韵"。这话很明确地说明，凡男只有被拣选的资格，而绝无反向拣选的权利，而且所谓的"气质虚爽，体洞玄默"云云，全凭神仙姐姐一句话，妥妥的云备胎。后来因为赵旭仆人泄露天机，神仙姐姐也是甩手就走。

既然神仙姐姐这么难伺候，所以有人就真的不伺候了。《太平广记》卷六十四引《逸史》记载：神仙姐姐太阴夫人，奉天帝之命，下界"自求匹偶"，她选中了当时穷困潦倒的年轻人卢杞，认为此人有"仙相"。命人将其带到仙界水晶宫，给他三个选项："常留此宫，寿与天毕；次为地仙，常居人间，时得至此；下为中国宰相。"第一项是做自己的夫君，寿与天齐；第二项是做地仙，可以时时来水晶宫幽会；第三项是在下界做宰相。卢杞说，这还要选吗？自然是寿与天齐。太阴夫人很高兴，上奏天帝，天帝派使节再次验证卢杞的态度，没想到使者说完三个选项，卢杞默默无言，使者催他立刻答复，卢杞忽然大声说：我要做人间宰相！太阴夫人闹得灰头土脸，只能将其送回。后来卢杞果然在德宗朝拜相。

这个故事没有提到卢杞当时的心态，猜想起来，也许是太阴夫人盛气凌人的态度，激起了他的逆反心理。有鬼君觉得，如果理性一点儿的话，做地仙实为上佳之选。

年轻人啊，遇到神仙姐姐，还是不够冷静！

　　当然，在以上这几个故事中，人神与人仙之间也并非全无感情，只是在抉择时刻，神仙姐姐总是能理智，甚至有些冷血地对待这些云备胎，所以研究者会总结说，结局总体上都是怅惘而别。不过，只要思凡下界，神仙姐姐就会暴露练门，破解这练门，不能靠臭男人，还得是狐狸精。

色鬼在阴阳界的分布是均匀的

　　反对性骚扰的运动一度非常受关注，从自己的专业出发，有鬼君其实想说的是，色鬼在空间的分布是均匀的。直接地说就是，鬼、怪、精、仙等对女性的骚扰从来就没有停止过，当得起罄竹难书了。甚至，极其恶劣的是，这种骚扰完全是霸王硬上弓，女性几乎没有反抗的能力；而反过来，女鬼、女妖很少强迫男性，基本上是因为男人管不住脐下三寸。即使在鬼界、精怪界，直男癌精神也异常强悍。

　　清代的乌鲁木齐，有一个卖丝绸的小贩，他老婆长得挺好看。忽然得了怪病，每天昏昏沉沉卧床不起，可是食量惊人，一顿要吃好几个人的饭。过了两年多，才清醒过来。她说自己的魂魄被判官捉去，被逼着做了判官的小妾。另外找了一个饿鬼附体在她身上，所以她才食量大涨。即使她寿数已到，有冥府文书拘拿时，判官又安排另一个饿鬼附体，而让前一个饿鬼领着文书去转世投胎。按照判官的设想，小贩老婆的肉身可以接力的方式一直在阳间躺着，自己则安心地霸占其魂魄。后来，城隍对文书进行复核，才发现了判官的诡计，判其入狱。小贩老婆才得以神志清醒。(《阅微草堂笔记》卷十六)

在长达两年多的被强占过程中，小贩老婆连形神都被强行分离了，请问，你该怎么要求她勇敢地站出来反抗呢？可是倒过来就不一样了：

唐懿宗咸通年间，河南鲁山县有个灵女观，里面供着一个女仙，"低鬟鬐蛾，艳冶而有怨慕之色"。鲁山县主簿皇甫枚陪着朋友夏侯祯去灵女观祭拜。夏侯祯一见女仙的塑像，立刻被击中了，举起酒杯喃喃自语：小生我尚未婚配，今天见到女神，愿为女神裙下之臣。夏侯祯回去之后就中邪了，仆人赶紧去报告皇甫枚。皇甫枚一见他目瞪口呆的模样，就猜到了原因：你是不是得罪灵女了？夏侯祯口不能言，只能点点头。皇甫枚命令小吏到灵女观去祷告：夏侯祯确实因为喝多了，有言语骚扰，可是女神如果处罚他，是仅仅因为一句话就毁了一个知识分子啊（"以一言而毙一国士"），有违上天好生之德；如果答应他的请求，纳为夫婿（即到冥界做夫妻），似乎又显得女神不守贞洁，难免引起舆论旋涡（"以一言舍贞静之道，播淫佚之风。……必贻帏箔不修之责言"）。天下的男人多的是，何必盯着偶然口不择言的呢？还是放过他吧。祭奠完毕，夏侯祯也康复了。（《三水小牍》卷上）

这个故事中，灵女是被骚扰的一方，但皇甫枚却更理直气壮：把事情闹大，不仅你作为女神的人设崩塌，而且伤害了一个对国家有益的知识分子。这两条理由是不是有点眼熟，当然，因为咱们现在好像也没超出皇甫枚的思路，这真是化解性骚扰历史最悠久的套路了。唯一遗憾的是，皇甫枚没有读到明代才出版的《封神演义》，否则他会知道，商纣王因为在女娲庙写淫诗调戏女娲，整个国家都被灭了。

这个故事里凡人骚扰女神，已经算是胆大的了。可是，贵为一线女神的嫦娥，也是三番五次地被骚扰。看来，无论在神、鬼、人哪一界，都是男权当道。

　　至于狐狸精，当色鬼精虫上脑时，当然也不会放过。《聊斋志异》卷十的"长亭"，说的就是人与鬼合谋给狐狸精下套的故事。大意是说，一位姓石的道士，擅长驱鬼。某狐狸精一家的小女红亭为男鬼所祟，老狐狸精求救于他。他还未施法，男鬼先找到他做了一笔交易：人与鬼是一体两面的，咱们何必自相残杀，便宜了狐狸精呢？我对红亭也就是玩玩而已，他家的长女长亭，"光艳尤绝"，你可以讹老狐狸精一笔，让他答应把长女嫁给你，才同意驱鬼。届时我假装被你赶走，你岂不是财色兼收？石道士依计而行，果然如愿。

　　至于妖怪甚至土偶成精骚扰女性的事，也是多如牛毛，举不胜举。比如北宋权臣蔡京的孙媳妇，就被一只猿猴精骚扰，道士虽然制住了它，却也不敢杀："此妖上通于天，杀之将有大祸。今窜之海外，如人间之沙门岛，永无还期，谴罚如是足矣。"（《夷坚支志》戊卷九"蔡京孙妇"）

神仙可以谈恋爱，但七夕不行

　　曾见到微信公号"一默如雷"发了篇《神仙为什么不谈恋爱》的文章，简单地说，他的观点是，由于天庭的资源有限，"所以，神仙不允许恋爱、结婚应该是天庭的一条基本戒律"。当然，他也列举了《西游记》中天庭成员偷偷恋爱被惩处的情况。

　　神仙之间是否不许恋爱、结婚呢？当然不是。《荆楚岁时记》说："天河之东，有织女，天帝之子也。年年织杼役，织成云锦天衣。天帝怜其独处，许嫁河西牵牛郎。嫁后遂废织纴。天帝怒，责令归河东。唯每年七月七日夜，渡河一会。"这里说得很清楚，天女嫁给牛郎还是天帝赐婚的。怎么可能不允许结婚呢？

　　我们要清楚，天庭并不是洪秀全搞的山寨式的太平天国，并没有制定禁欲的法规。《西游记》中提到的那些受惩处的情事，违犯的是其他法规。比如天蓬元帅因为调戏嫦娥，被贬入凡间，这和爱情无关。在任何正常社会，调戏妇女都是违法的，更何况是嫦娥这种级别的女神。另一个我们可能忽略的是，天庭并不是平等的社会，等级制是非常严格的，否则蟠桃宴人人都可以参加了。跨身份等级的婚恋，即使在今天的印度，也是要出问题的。所以在严格的等级制下，谈恋爱确实是一件比较奢侈或冒险的事。《神仙为什么不谈恋爱》举的"奎木狼和披香殿侍女之间的恋爱"，就是因为等级不匹配，所以两位才相约下凡。抗战时期，因为环境艰苦，我军曾明文规定，军官结婚必须符合"二五八团"的标准：年龄二十五周岁以上、党龄（或军龄）八年以上、职务团职以上。这个规定并不是禁止恋爱结婚，而是设定了门槛。

　　而神仙的等级，恐怕比"二五八团"要复杂得多。按照道教的说法，神仙有八类：天神（如玉皇大帝、西王母、日月星辰之神）、地祇（山神、土地、河海之神等）、物灵（龙凤麟龟、花神、树神等）、地府神灵（泰山府君、酆都大帝、十殿阎王等）、人体之神（三尸神）、人鬼之神（关公、岳飞以及行业神）、仙人（八仙为代表）、真人（王重阳、丘处机等）。

　　这么一分，等级就清楚了，在下界赫赫有名的吕洞宾、何仙姑，因为是后天修炼才得以升仙的，其实在神仙界的地位并不高。上面提到的奎木狼，是二十八星宿之一，属于天神，而披香殿侍女，虽无明确说法，但最多不过是主人在下界收服的妖精，大约接近物灵。双方根本不属于同一等级，怎么能通过天庭的政审呢？

　　至于神仙与凡人之间的婚恋，这之间的差距有多大，就不必有鬼君多嘴了吧。在等级制无法消灭的情况下，即使做了神仙，门当户对的婚姻也还是最佳的选择。

　　关于天庭等级制的严苛，可以简单举一个例子说明，《玄怪录》卷二"李沇言"条说了一个故事：上仙太元夫人（疑为太元圣母，西王母的娘）属下的仓库主任，下界到凡间游玩，找了个"微有仙骨"的美女为妾，本来也就是露水姻缘。没想到这位仓库主任胆大包天，为了炫耀，竟然将太元夫人的一件衣服偷来给小妾穿着出席宴会。结果被严厉处罚，那位小妾直接被处死，打入无间地狱。

按照民间传说，牛郎织女是神仙凡人之恋，双方的身份差距太大，受惩处也是必然的。比起上面说到的太元夫人对仓库主任及其小妾的处罚，西王母还允许双方每年见一次面，简直仁慈得不得了了。

有鬼君反复说了这么些天界的婚姻家庭制度的原则，最主要的目的不是与人发生争执，而是要说七夕的问题。刚才引的《荆楚岁时记》的说法，牛郎织女之所以分开，是因为织女自出嫁后就好吃懒做，天帝震怒，才如此处罚。在明代小说《牛郎织女传》中，也沿袭了这个说法。更有甚者，织女红杏出墙的事也不少见（见《太平广记》卷六十八引《灵怪集》）。

简单地说，把七夕提升为中国的情人节，并且发出一系列"岁月静好"式的感慨，有鬼君觉得比较违和。

某年七夕，有报道说某宝在那天卖萤火虫人造"岁月静好"，但因为高温，快递的萤火虫大多死伤惨重，被称为"最残忍的七夕礼"。还有一层可能大家都不知道，这么多的萤火虫，难道不会是冤魂所致吗？且看这个故事：

明嘉靖年间，黎闻野担任山东乐平县令，此人刻薄寡恩，为了打击响马盗魁，滥用酷刑，杀了不少非死罪之人，最终以酷吏而被免职。因为宦囊颇丰，虽然免职，但在家里做员外爷也很清闲。七月七日晚，他在院子里乘凉。月色朦胧中，忽有大群萤火虫飞来，绕着他上下飞舞，煞是诡异。黎员外情知古怪，不过他胆儿肥，厉声呵斥道："这样乱飞成什么体统，能聚成半月形吗？"那群萤火虫宛如排练团体操一般，立刻聚成上弦月的形状。黎又大喝道："这没什么，有本事再聚成满月形。"萤火虫果然又聚成满月之形，然后又依次显现出下弦月和群星荟萃的样子。黎员外这回傻了，吓得赶快进屋关门睡觉。第二天一早，就有纪委成员将其双规，虽然没有入刑，但是一年后就忧惧而死。（《坚瓠余集》卷二"萤异"）

萤火虫如果自行组合成各种形状，不见得是什么好事，只有冤魂聚化才可能有这种主动意识。当然，如果萤火虫一会聚成 S 形，一会聚成 B 形，那反而是安全的，不过庆祝七夕的小清新大约会觉得煞风景吧。

每当七夕，除了满屏的"岁月静好"，另一个所谓的时尚乐趣就是充满恶意地虐单身人士。不过，古人早就为单身人士报仇了。

《玉台新咏》有诗云："东飞伯劳西飞燕，黄姑织女时相见。"说的是牛郎织女难相见，其中黄姑指牵牛星。昆山县恰好有个黄姑镇（似今属浙江平湖），于是传说牛郎织女就降于此地。可是织女一到凡间，王母娘娘就用簪子在河中一划，河水暴涨，牛郎无法渡河。这条河后被人称为百沸河。乡民因为两颗大星下凡，就造了一座织女祠，里面安放着牛郎织女两座塑像。

南宋高宗年间，因金兀术入侵中原，不少士大夫到此避难。一位姓范的书生见到这座庙，不免犯了书呆子气，在墙壁上留下一首诗："商飚初至月埋轮，乌鹊桥边绰约身。闻道佳期惟一夕，因何朝暮对斯人。"前两句是写景，秋风初起，月落乌啼，庙里的织女风姿绰约。后两句就不对了，意思是，传说中明明讲得很清楚，牛郎织女的佳期只有一晚，为什么你们要在庙里放两座塑像，让这夫妻俩朝夕相对？这不科学嘛！写完之后还向乡民解释，乡民一听有道理啊，于是把牛郎的塑像搬走，只留下织女的塑像，独守空房。（《坚瓠二集》卷二"织女祠"）

另一位耿介的秀才，更是在七夕那天，赋诗为单身人士代言："一拳打破支机石，两手拆坍乌鹊桥。四十鳏夫犹未返，双星不许度今宵。"
（《小豆棚》卷十一"杨椒水"）

死鬼不死，死神永生

鬼会死吗？人类如果把这个问题抛给鬼世界，他们也会有些踌躇的。因为这个问题可以无限追问，就像《时间简史》里霍金讲的那个段子一样：据说是罗素在做一次关于天文学方面的演讲时，一位老妇人站起来说："你讲的都是蠢话，这个世界实际上是驮在一只大乌龟的背上的一块平板。"罗素微微一笑，问道："那么这只乌龟是站在什么上面的呢？""你很聪明，年轻人，真是聪明啊，"老妇人说，"我来告诉你吧，这乌龟还是站在一只乌龟上面，这是一只驮着一只，无限驮下去的乌龟塔啊。"

"人死为鬼，鬼死为聻"，这是最为常见的说法。《五音集韵》："人死为鬼，人见惧之。鬼死为聻，鬼见怕之。若篆书此字，贴于门上，一切鬼祟，远离千里。"但这个说法就像大乌龟背上的平板一样，人—鬼—聻之后，是不是也有一个乌龟塔一样的建构呢？

描述鬼世界已经够难了，在这些材料里再找出"聻"的蛛丝马迹，几乎是不可能的。幸好，有些材料里有所提及。

唐文宗大和二年，扬州一位抄写员许琛，因为机缘巧合，入冥了解了一些鬼死之后的情况。许琛被阴差追摄入冥，"至一所楔门。高广各三丈余，横楣上，大字书标牌，曰'鸦鸣国'，二人即领琛入此门"。进去之后，发现里面阴森暗惨，既没有任何人（鬼），也没有任何房屋，只有无数的大槐树，槐树上站满了乌鸦，鸦鸣不已。这片槐树林方圆几十里，穿过后才来到常规的冥府。然后冥官发现抓错了人，许琛命不该绝，再派阴差带他还阳。阴差告诉许琛，返程无须经过鸦鸣国。那里因为日月都照不到，所以常年昏暗，只能根据乌鸦的鸣叫声判断昼夜。这些乌鸦，因为在阳间命数已满，被冥府捉来做报时器用的。鸦鸣国之所以看不到人（鬼），是因为那是鬼的墓地，所有死了的鬼，都集中在这里。"人死则有鬼，鬼复有死，若无此地。何以处之？"

阴差并没有直接说"墓地"，这是有鬼君引申的，但意思大致没错。这个细节粗看很平常，可是如果拿人间的墓地来比对一下，不知会不会汗毛竖起。许琛以魂魄入冥，按理能看到阴间所有的东西。但他与阴差穿过长达三四十里地的坟区，除了槐树和乌鸦，什么都没看到。而实际上，整个树林里全是他以魂魄之眼都无法看到的死鬼（聻）。也就是说，即使在鬼世界，也存在生死问题，也存在未知的领域。人类一直认为生死是终极问题，没想到这所谓的终极问题只是乌龟塔上最表面的一只而已。这不仅让人恐惧，简直令人崩溃！

不妨摘录《三体》中关于"墓地"的那段诡异对话：

谁的墓地？这个墓地的建造者的墓地。这是一艘宇宙飞船吗？曾经是飞船，死了以后就是墓地。你是谁？和我们说话的是谁？我是墓地，墓地在和你们说话，我是死的。你是说你是乘员已经死去的飞船本身，或者说是飞船的控制系统？(没有回答。)附近区域还有许多物体，它们也都是墓地吗？大部分是墓地，不久后都要成为墓地，我不认识它们。你们是从远处来的，还是一直在这里？我从远处来，它们也从远处来，从不同的远处来。

从哪里来？海。这片四维空间是你们建造的吗？(没有回答。)你们说自己从海里来，海是你们建造的吗？这么说，这片四维空间对于你，或者说对于你的建造者，是类似于海洋的东西吗？是水洼，海干了。为什么这么小的空间里聚集了这么多的飞船或者说墓地？海干了，鱼就要聚集在水洼里。水洼也在干涸，鱼也将消失。

所有的鱼都在这里吗？把海弄干的鱼不在。

有鬼君常常觉得，上古、中古的志怪会开出各种奇妙的脑洞，到了明清时期，这些脑洞会逐渐被补上。比如《咫闻录》卷七"鬼死"的故事：

有个姓韩的村民，整日游手好闲、偷鸡摸狗。他邻居姚姓寡妇"矢志坚贞，不出户庭，勤操女红，数年，囊蓄百金"。小韩手里没钱了，就打起了邻居的主意，晚上翻墙过去，想把钱全偷走。可是姚氏整晚都在纺纱，而且边上还站了一个戴着黑帽的人，没法下手。小韩纳闷：姚寡妇以贞洁知名，怎么家里会有野男人呢？只见黑帽人不断用手勾断棉纱线，可姚氏似乎并未看到，断了再织，连续几次之后，站起来痛哭不已。一边哭一边哀叹夫君早死，家境窘迫，不如一死了之。这时黑帽人起劲了，用红丝带在房梁上挂了个绳圈，招手示意姚氏上吊。

小韩忽然意识到，黑帽人其实是吊死鬼，来找替身的。大喊有贼，姚氏清醒过来，回头见墙壁上有隐隐约约的人的印记，但是一动也不动。她用水浇上去，黑帽人在墙上的面目逐渐清晰，而且"时有碧色血水流出，颗颗凝如露珠"。过了一会，竟然有小鬼抬着棺材来收尸，把墙壁上的黑帽人像纸一样揭下，还告诉姚氏说："阴阳道隔，鬼为阳气所冲，魂魄破裂，不能救矣。"这个吊死鬼因为被姚氏阳气所冲，心胆俱裂，所以再也救不活了。作者则认为，这是因为姚氏守节，所以神明护佑，吊死鬼死于她之手，是邪不压正。

忽略作者"存天理、灭人欲"的解释，我们会发现，相对于上一个故事，这个故事里鬼的死亡明显形而下了，不仅介绍了具体的个案，而且还描述了死因，至少显得合情合理了。而在善于讲故事的蒲松龄笔下，死鬼的生活世界就更丰富了。故事比较复杂，有鬼君只说说相关的情节：

戚秀才与女鬼端娘有了私情，还在阿端的帮助下，重新与去世多年的鬼妻相聚。可是端娘被死鬼（聻）缠身，得了鬼病。戚秀才在鬼妻的帮助下，找到死后在阴间行巫术的王老太，请她为鬼祛聻（简单理解，就是降维版的驱鬼）。可是，王老太的法术只生效了很短一段时间，端娘依旧病势缠绵，很快就去世了。"已毙床上，委蜕犹存。启之，白骨俨然。生大恸，以生人礼葬于祖墓之侧。"

端娘以鬼身去世之后，再托梦给戚秀才的鬼妻，"言其夫为聻鬼，怒其改节泉下，衔恨索命去，乞我做道场"。就是说，端娘最初在人间的夫君，连降两个维度，成为聻鬼，因为端娘成为鬼后不为他守节，一怒之下，将端娘也降维为聻鬼。端娘请他们夫妻俩超度她，让她升维为鬼。

这个道场的神奇之处在于，这是戚秀才的鬼妻在阴间操持的，连做道场的和尚都是阴间的鬼。戚秀才要做的，只是预先烧些纸钱，供妻子在阴间办道场开销。"日方落，僧众毕集，金铙法鼓，一如人世。妻每谓其聒耳,生殊不闻。"超度完成,端娘得到解脱,转生为城隍之女,也就是从聋鬼升格为鬼。(《聊斋志异》卷五"章阿端")

简单地说就是,鬼死了之后为聋鬼,聋鬼也会为祟,骚扰鬼甚至索命,而鬼也有各种祛除聋鬼、超度聋鬼的法术。

如果连起来看,这三个故事对于聋鬼的描述虽然还只是蛛丝马迹,但细节确实是越来越丰富,层级也越来越清晰。

即使做了这些梳理,有鬼君依然很沮丧,对聋鬼的生活世界,大概只能找到这些影子。也就是说,最多只能感觉乌龟塔的第二层存在,遑论了解。幸好,读到《淞滨琐话》卷三"柳青"中记载鬼魂的一段话:"吾辈为一气之所流通,不能久而不灭,故世有鬼死为聋之说。窃谓神仙由修炼得来,尚且劫至则消,何况鬼哉!与其为聋,不如仍复为人,虽然昧厥本来,犹是气完神足。"这位鬼兄显然是受到气之学说的影响,将人、鬼、聋都用气的流转、聚合来解释,甚至把神仙也拖下水。然而我们知道,气的一元说是中国古代哲学的一支,按照现在的归类,就是朴素唯物主义。在马克思主义理论观照下,朴素唯物主义的上限是显而易见的。而鸦鸣国中聋鬼的墓地,则留下了无限丰富的思辨空间。

有鬼君想起某次旁听中国哲学界的大会,一位教授说得很好:中国古代的唯物主义必须是朴素的,想不朴素都不行!

阴间的心机姐

人机围棋对弈，人类惨败。对电脑只是一小步，对人工智能可能是一大步。有鬼君已经在畅想多年后在机器人的监督下挖煤的那一幕（虽然机器人多半无需人类如此供养，不过挖煤还是蛮有喜感的）。

人类大约从发明文字以来就开始傲娇，在任何时代都觉得自己处在众生的顶峰。周敦颐的《太极图说》说："万物生生，而变化无穷焉，惟人也得其秀而最灵。"这类话说得太多了，以至于我们很难想象还有什么生物或非生物比人类更聪明、更有智慧。即使对冥府世界的成员，我们也有一种智力上的碾压感。比如在睡虎地秦简《日书》中，提到的鬼怪形容可憎不说，且个个都蠢萌无比，很容易对付。这大约比较接近事实，在古代志怪作品中，面对鬼的时候，人只要能壮起胆子，智力上的优势是很明显的。

但是，冥府世界并非人工智能的世界，虽然整体智力程度不如人类，但作为个体存在的鬼，偶尔有几个脑子活络的鬼，还是正常现象。

纪晓岚曾听他老师谈及，老师的亲戚中有个胆子很大的读书人，从不怕鬼。只要听说哪里有凶宅，一定要赶去住几天。有人提到北京西山某寺庙后院常有鬼怪出没，此人一听，连忙带着铺盖跑到那里复习应考。确实，每晚都有奇形怪状的鬼怪在他床榻旁出没，此人虽然不怕，但也抓不住对方。某晚，他听屋外有动静，推窗一看，见树下站着一美女。他哈哈大笑：吓我不行，又想来色诱？没用的。没想到美女一开口，倒真把他吓到了。美女说：我是你祖姑奶奶，还色诱你？几十年前我去世葬在这里。你读了十多年的书，马上就要科考了，正是进学中举、光大门楣的时候，你却不务正业，每天晚上跟鬼斗，白天睡觉，怎么能考得好？祖宗们泉下有知，怎么甘心？我之所以现身，就是要正告你，好好收心读书，不要再做荒唐事了。

此人听祖姑奶奶一番话，确实有道理，如醍醐灌顶，立刻收拾行李回家。可是向父母问起这位漂亮的祖姑奶奶，父母根本不知有此亲戚。此人这才明白，原来是被鬼给骗了，又打算进山去跟山寨祖姑奶奶理论。朋友劝他说：那群鬼因为斗不过你，所以才幻化来骗你。他们既然已经怕了，穷寇莫追，就放他们一马吧。此人想想也对，就此老老实实地在家读书。(《阅微草堂笔记》卷十一)

鬼幻化之后骗吃骗喝的情况很常见，不过像这个故事里，不以力胜，而是智退莽夫的情况，倒是比较少见。可见，鬼并不像我们平常想象的僵尸那样，四肢发达，头脑简单。而有些阴差，因为经常到阳间索命抓人，大约学习到不少人类的心计，对于计谋的运用史是让人佩服。

京师有位富翁江潮，某天忽然被索命的阴差捉去，说他命数已到。江潮对阴差说：生死有命，我也没什么遗憾的，不过事出仓促，我来不及安排后事，能不能缓期一天，容我处理家事，与家人告别？我走前多烧点纸钱给你。阴差答应了，可是拘票上的日期没法更改。怎么匀出这一天呢？

阴差对江潮说，无妨，你跟我先到冥府走一趟。带着他来到阎罗殿，故意对冥官说：徽州的江潮带到了。冥官一看拘票，勃然大怒：我让你带京师的江潮，谁让你把徽州的拘来？怒斥阴差，命他速速将人带回阳间。阴差得令，顺理成章地将江潮带回阳间。江潮烧了一堆纸钱给阴差表示谢意。第二天，阴差又来，江潮死而复生，哪舍得马上就去，继续求饶，说自己的小儿子在沧州，能不能再宽限十天？阴差说，你再多烧纸钱，我自有妙计。江潮烧了纸钱，果然十天之内没有鬼来索命。到了第十天，是另外一个阴差来拘他，说之前那位回去后就失踪了，冥官找了十天也没找到，只能让我来办差。

想来之前那哥们儿发了一笔横财，索性旷工十天，在阴间逍遥去了。（《耳谈》卷七"江潮"）

阴差匀出那一天的办法确实很巧妙，虽然挨了训斥，却成功地拖延一天。我们一直说"阎王叫你三更死，谁敢留你到五更"，那只是因为我们对阴差的打点不够，或者阴差不够灵活而已。

如果说上面两个故事中的恶鬼还只是耍点小聪明，用点心机的话，下面故事中的鬼，则是转识成智了。

某地乡里一户人家的婢女，因为思春不得，心情郁郁而死。死后魂魄不散，时常出来采补。不过这女鬼采补之术颇为独特，她从不现形、现声，也不附体让人精神失常，只是进入男人的梦中，在梦中与人上床。男人醒来后，最多只是反省自己没有树立远大的理想，心怀龌龊，很难想到已被采补。而且，这女鬼从不过度开采，阅人无数，却从未害过一条命。只要男子梦中纵欲稍过，便身形消瘦，"则别媚他少年，亦不至杀人"。她在当地采补几十年，虽然偶尔有人隐隐觉得不对劲，但一方面梦境恍惚，没有证据；另一方面因为从未有人因此丧命，所以也不会想到请道士驱鬼。

纪晓岚感慨地说，这女鬼"可谓善藏其用，善遁于虚，善留其不尽，善得老氏之旨矣"。赞叹她得老庄之精髓，评价相当高了。（《阅微草堂笔记》卷十四）

李世石输棋之后，有人点评说：阿尔法狗五局全赢才是好事，至少它还没聪明到会输……也有人说：不要相信人类的光明面，但一定要对他们的阴暗面有信心。这女鬼如果下围棋，应该也是高手，因为她知道"善留其不尽"，不竭泽而渔，追求采补的可持续发展，这留有余味正是围棋的精髓所在，真正有大智慧的是这位无名的女鬼。

鬼有形还是无形？

　　有个朋友在某高校的分子遗传学实验室做研究，她的那些理工科的同事对于只能通过文献记载，而不懂用科学实验来验证鬼魂的方法，很是不屑。可能在他们眼里，如果不能给鬼称重、分析成分乃至检测DNA 序列，基本就可以无视了。

　　不过，古人虽然没有那么理性，但他们对鬼世界最大的困惑之一，就是虽然接受鬼魂存在的判定，却不能以看见的方式来验证，鬼魂的形质问题很自然地浮出水面。在古书中，我们会看到各种互相矛盾的记载，鬼有时有形有质，有时有形无质，有时甚至无形无质。古人对这些说法难道不感到纠结吗？

　　显然，上古时代的人基本上是不会纠结的，在秦汉以前的记载中，鬼与人的衣食住行没有太大差别，简单点说，就像远方的亲戚一样，逢年过节来享用一下祭品。即使到魏晋，在东晋干宝的《搜神记》中，几乎所有故事也都默认鬼是有形有质的。在著名的"宋定伯捉鬼"故事中，也不过是说"鬼略无重"，虽然很轻，但还没到无形无质的地步。唯一比较明确地将其视为气的，只有卷十六的"紫玉韩重"条，吴王夫差之女紫玉死后又现形，其母想要拥抱她时，用了"如烟然"的说法，比较近乎无质了。

南朝宋刘义庆所编的《幽明录》中一则记载，能比较清楚地说明当时人对鬼之形质的看法：有个新鬼，刚到阴间，不知道如何觅食，饿得"形疲瘦顿"，最初，他还像在阳间一样，到信奉佛道的人家帮忙干活，推磨、舂米累了一整天。可是两户人家都看不到他，以为是神佛显灵，派小鬼来帮忙，没有一点食物供奉。后来，吃得心宽体胖的朋友鬼告诉他，必须到阳间作怪，才有吃的。这家伙跑到一户人家，将人家养的狗抱在空中，于是举家惊恐，准备了"甘果酒饭，于庭中祀之……鬼果大得食。此后恒作怪"。在这个故事中，虽然人都看不到鬼，但鬼的胖瘦与伙食的好坏密切相关，他们显然是有形有质的。

但在宋代，可能是随着道学的兴起，人们对鬼神的形质有了新的认识。张载最先提出"鬼神者，二气之良能也"，也就是说，鬼神是阴阳之气聚合而成的，有生有灭。二程、朱熹也有很多类似的说法，此后，人们一直沿用这个路数来解释鬼的形成以及消亡。这个路数就像现代学者区分不同思想流派所用的光谱一样，非常富于弹性。志怪小说中的鬼，就可以很顺畅地在有形有质、有形无质、无形无质以及无形有质之间不断摇摆。

到了清代，鬼在形神之间不断游走的倾向越来越明显，有些人甚至可以利用对鬼的形质的认识来对付他们，《子不语》卷四记载，康熙年间的陈鹏年未出仕时，某缢鬼求替身被他破坏，缢鬼大怒，对他吹气，"冷风一阵如冰"。他想到鬼不过是气之聚合，于是也运气对吹回去，"妇当公吹处，成一空洞，始而腹穿，继而胸穿，终乃头灭。顷刻，如轻烟散尽，不复见矣"。很像武侠小说中比拼内力，最后他将缢鬼吹得如轻烟一般消散掉。郭沫若还曾写诗称赞他："正气传吹鬼，青天德在人。"

虽然鬼的形质可以不断变幻，但其中变化的规则总是需要更为合理的解释，清末的经学大师俞樾曾盛赞一位擅长招魂术的巫师的说法：

> 夫人之生也，为血肉之躯，其质重浊。……及其死也，此块然之质埋藏地下，而其余气尚存，则轻清而上升矣。大凡其气益清，则其升益高。……苟有一分浊气未净，即不能上与太清为体，于是有赫然森列而为明神者焉。其品愈下，则浊气愈多，而去人亦益近。至于寻常之人……不过依其子孙以居。汝平时所一召而即至者，皆此等鬼也。若夫凶恶之人，清气久绝，纯乎浊气。生前有形有质，尚可混迹人间；死后形质既离，便非大地所载。其气愈沉愈下，堕入九幽，去人亦远。(《右台仙馆笔记》卷四)

按照这位巫师的说法，鬼之所以形质不一，主要是因为人死后形神分离，上升之气清浊程度不同。最纯净之气能直接升到天上；稍有杂质的没法上去，就成为神。随着气的浑浊度的提高，神降为鬼，与人类也越来越接近。而品行最差的人，因为其气浑浊度太大，$PM_{2.5}$ 爆表，连大地也承受不起，只能沉沦到地狱中。

俞樾的看法可能是前科学时代最后的总结了，之后，此类问题由科学和辩证唯物主义一劳永逸地解决了。各个时代的文科生大多是懒惰的，会把科学的结论奉为最终的解释，比如欧洲天文学上一路走来的地心说、日心说、银河说、大爆炸理论等，每次他们建立或推翻一个理论，我们都崇拜得五体投地并立刻到处传播，文科生是多么期待科学永远进步，再提出新理论来投喂给我们啊！

走邪路的鬼

　　清道光年间，顾杏园被任命为广西浔州（今桂平）太守，上任途中经过安徽无为，在蟂矶夫人庙附近停泊过夜。蟂矶夫人就是三国时嫁给刘备的孙权之妹孙尚香。船夫夜里梦见有官员参拜孙夫人，建议把这个履新的太守淹死，因为此人将来会引发一场大灾难，导致生灵涂炭。孙夫人拒绝了，说："此等大劫，虽上帝亦只听其自然，岂我辈所可挽回耶！"顾杏园于是顺利赴任。这是《清稗类钞》中的一则故事，后来真实的历史是：冯云山因为在浔州当地宣传拜上帝教被捕。桂平知县秉承浔州太守顾元凯的意思，"以其书内载敬天地、戒淫欲诸款，类于劝善，无叛逆情"，将冯云山释放，押解回广东花县原籍。冯云山竟然将押解的两位官差也忽悠得入了教，潜回广西继续传教。不久，洪秀全、冯云山发动了金田起义。《清稗类钞》中的顾杏园应该就是顾元凯，显然这个故事中的"大劫"即太平天国，而顾太守的角色，就像《水浒传》中放出了一百零八位妖孽的洪太尉一样。

　　"死生有命"的观念在古代早已深入人心，所以，在孙夫人看来，这场灾难不能通过弄死一个太守来规避。不过，古人对这个观念也有自己的困惑，在战争、灾荒、瘟疫等大规模的群体死亡的事件中，这些死者的命运都是一样的吗？

在《萤窗异草》三编卷三"讼疫"条中，有位姓刘的刀笔吏，因为父亲、叔叔都在一次大瘟疫中去世，就曾到阴间城隍处兴讼，痛斥疫鬼的残忍。他振振有词："人生寿夭有命，岂于疫而独无命耶？若有命在，何死者命皆当夭，夭者偏皆遇疫？如云无命，又何以有造生造死之说？岂先造疫，而后造命乎？抑不必造命，而独造疫乎？"既然生死有命，上天何必还造出瘟疫来呢？难道这些人非得死于瘟疫吗？你们所谓的命运就是这么一刀切的吗？城隍被他问得没话说，只好求救于疫神部门。疫神部门还给出了解释，瘟疫还是依照法制，由上天安排的。问题主要出在具体办事的疫鬼不知轻重，有些人不该死于瘟疫的也被弄死了。现在各级领导高度重视，已开展了自查自纠运动。此后疫鬼还与刘某订约，以更为人道的方式在人间传播瘟疫。

上面说的疫鬼与人达成和谐共处，其实在古代并不常见，更多是用激烈对抗的方式。这个传统古已有之，《周礼·夏官·方相氏》云："方相氏掌：蒙熊皮，黄金四目，玄衣朱裳，执戈扬盾，帅百隶而时傩，以索室驱疫。""索室驱疫"就是指到处搜查驱除疫鬼。《后汉书·礼仪志》中还介绍了方相氏驱逐疫鬼的具体操作办法：方相氏身披熊皮，头戴黄金四目的面具。率领着一百二十个童男，一边做出各种砍杀的动作，一边念叨："各种鬼怪们听好了，我们已经请来了你们的天敌，有十二天神。抓到你们，要开膛破肚，零敲碎割，识相的就赶紧滚蛋，否则成了天神的口粮，可大大不妥。"

当然，上古时期，人们很少与鬼讲道理，像子产那样说出"鬼有所归，乃不为厉"的情况是不多见的。这主要是因为那时人们对鬼世界还不够了解，或者说，阴间还没有被阳间的文化所规训。到了中古之后，随着阴间制度建设的逐渐完备，以及阴间阳间交流规则的逐渐成形，各种类型的鬼几乎都受到阴律以及阳间公序良俗的制约。即使是对抗式的驱鬼仪式背后，也都以对鬼世界的基本认识作为理据。除了人们熟知的因果报应、转世投胎之外，即使是溺鬼、缢鬼求替，也有章可循（可参《聊斋志异》卷一"王六郎"条）。在《道听途说》卷九"谋代鬼"条中，某缢鬼曾自述："凡境内有欲自缢者，土地以告无常；无常行牒，授意应替者。此间数十里内，更无他鬼，妾是以奉牒而来也。"缢鬼替生也需要等待指标（可惜阴间对GDP没有要求，否则大可将投生名额以竞拍方式放出）。

　　可是，对于疫鬼，古人始终觉得不容易沟通。这一方面是由于瘟疫造成的后果过于惨烈；另一方面，与战争、饥荒造成的群体死亡事件相比，瘟疫的危害显得更加没有章法，无法用理性来预测或趋避。《坚瓠补集》卷二"逐疟文"条记录的驱逐疟鬼的祷词说："夫疟者虐也，烈如暴暑，酷如猛吏。……疟汝亦知其丑与。来病君子，则汝为小人；遘厉圣人，则汝为狂鬼。以世所甚尊之士，而汝敢侮之；以世所甚不美之名，而汝辄居之。"敢于对君了、圣人下手，也正说明了疟鬼的不可理喻。正因为疫鬼的不可理喻，各地的冥官往往将其视为邪恶的入侵者，比如《阅微草堂笔记》卷二就记载了土地神没有能够保护当地居民，致使疫鬼闯入孝子节妇之家，"损伤童稚"，因而被免官。在卷四中，则讲述了某村因为建立义冢，以致群鬼感恩，在疫鬼来袭之时，与其恶斗，最终保护了全村居民的健康。

　　疫鬼的不可理喻、不守法度，更增加了其行事的诡异。在志怪作品中，关于疫鬼的记载，惊悚指数都很高，而且更加让人心寒的是……不少与家禽有关！

《夜谭随录》卷二"那步军"条说，某天冬夜，一位士兵在胡同站岗，胡同口有栅栏围着。三更时分，有两个黑衣人赶着几百只鸭子要过栅栏，士兵大喝："现在是什么时候了？不许通行。"黑衣人理也不理，兀自赶着鸭子通过栅栏，就像没有任何阻隔一样。士兵忽然意识到黑衣人和鸭子是无形的，寒毛直竖。第二天，当地就爆发了大规模的天花，小孩子几乎无一幸免。

《耳谈》卷十五"华容驱鹅妇"条说，华容县的某村，有位村妇夏夜在屋外乘凉。半夜时分，见一个小姑娘赶着一群鹅经过。村妇心想，哪有半夜才赶鹅回家的？多半是小偷偷鹅。于是要挟小姑娘给她两只鹅，否则就要声张抓贼。小姑娘不得已给了她两只，继续赶着鹅走远了。村妇平白得了一笔小财，沾沾自喜，第二天一看，两只鹅竟然是"两婴儿病痘死者"。不久，当地就爆发了天花，小孩子也几乎都病死了。

即使在阴间，疫鬼也比较另类，他们是走邪路的鬼！

辑二　鬼的社会

按需死亡之翻墙死

　　按照冥府的一般规则，人之死亡，都是阴差索命的结果。只是阴差并非只有世俗所传黑无常、白无常这一类，其实，黑白无常这种特殊造型阴差反而很少出现，更多的时候，阴差的形象与阳间的人类没什么差别。有时候，阴差来不及执法，也常常默许冤魂自行报复。既然自行报复，那么死法就千奇百怪了，比如翻墙死。

　　明嘉靖年间，倪民悦担任蕲水县令。夏天到了，他去邻县某地避暑休假。当地有一地主陶天驭，家里种的梨树结了一只硕大无比的梨子，他知道倪县令就在此地，就想将此祥瑞献上。仆人捧着梨子，跟着老陶路过邻居王仲七家门口。老王多事，故意把梨子打落在地摔坏，这下没法给县令献宝了。老王还笑话老陶：邻县的县令跟你有什么关系啊，不如给我吃了倒好。老陶更加恼火，迁怒于仆人没拿稳梨子，一顿暴打，下手没轻重，竟然把仆人打死了。老陶索性到县里诬告是老王动的手，在衙门上下一番打点。酷刑之下，老王被迫承认是自己打死了仆人，不久就死在狱中。

　　过了不到一个月，老陶从外面回来，狂呼"老王不要打我"。到家之后，还没关门，又翻墙出去，没想到墙内外落差太大，他翻过去直接摔死了。等收尸的棺材送来，他骨断筋折，"诸体青肿，七孔血流"，显然死后还被老王狠揍。（《耳谈》卷十四"王仲七冤报"）

陶天驭之所以翻墙摔死，是因为被王仲七的冤魂追杀，神志不清，慌不择路。但即使是阴差执行公务索命，出公差，有时也会出现翻墙死的状况。

还是明代，浙江临海人范少参科考失利，从杭州回家，经过一座山隘时，已是深夜，他就在山上打个盹。天快亮时，有个当兵的走来，问他为何睡在山上，范少参很不好意思地说，落第秀才，白天没脸从这里过。当兵的说，您将来科举连战连捷，要做大官呢，不必担心。范少参想对方不过是说些套话而已，问他做什么的。当兵的说，我奉命到这里抓个犯人，听说在山下，这就和您一起下山吧。到了山下一户人家，当兵的对范秀才说，我这就进去抓人，待会儿有老虎经过，你听到有哭声传出，就是得手了。我出来的时候，你也赶紧跟着跑。范秀才觉得奇怪，就在门口等着一看究竟。"少顷果有猛虎咆哮而过"，就见当兵的从那户人家家里抓了个人，直接翻墙出来，然后就听屋内传来哭声。他心里一惊，也跟着狂奔，跑着跑着，当兵的和他抓的人都不见了。他忽然意识到，这个当兵的，其实是阴司派来索命的阴差。（《涉异志》"关山隶"）

这个故事里，阴差带出的人，当然就是死者的魂魄。一般来说，魂魄被带出家门，意味着与肉身的正式分离，宣告死亡。可是阴差索命，为什么非要翻墙出入呢？不妨大胆猜测一下。

清代咸丰年间，有一秀才夜晚在院子里散步，忽然见一人翻墙进来，秀才冲过去呵斥说：什么人？那人说，我是公差。秀才说，即使你是公差，也不能随便翻墙啊！那人也不答话，直接拿出证明文件，原来是冥府索命的拘票，上面也列着秀才的名字。秀才一看，吓得瘫软在地，跪求阴差放他一马。(《庸闲斋笔记》卷九"恒太守遇鬼")

活人的小命都掌握在阴差手里，他翻墙提个人怎么不行了？

伥鬼，一曲忠诚的赞歌

按照反腐案件的总结，"打老虎"反腐有很多招数的，比如调虎离山、先打外围剪其羽翼等等。那些被双规的羽翼，大多对老虎毫无忠诚可言，很快就会把"老虎"供出来。

不过，在志怪小说中，那些作为"老虎"前驱的伥鬼，往往赤胆忠心。

清道光年间，杭州西湖南高峰一带忽然有老虎出没。村民们出高价请人捉老虎，有山里人应募。准备了毒弩，制成机关放在老虎可能出没的地方（毒药的制作方法过于诡异、无稽，这里不介绍了，有兴趣者可自行翻检）。选一个胆大的爬上机关边上的大树，其余几十人拿着火枪在山下埋伏。终于等来了虎啸声，不过先出来的是伥鬼，来到放置毒弩的地方，自言自语说："此不利于大哥。"将机关破坏后，继续前行。树上的人等伥鬼走远，再下去重新设置好机关，然后爬上树等着。老虎过来时，触发机关，被毒弩射死。在前面探路的伥鬼听到声音，再转回来，见到有人在树上，怒气冲天，要上树为大哥报仇。树上的人点起事先准备好的爆竹，山下的人听到爆竹声，再冲上来，一边开枪一边冲

杀，赶走伥鬼。(《右台仙馆笔记》卷十二)

在这个故事里，真正杀虎只需一人，其余几十人都是为了对付为大哥报仇的伥鬼。山里人早就预料到了伥鬼的忠心。而有些伥鬼，为老虎的服务不仅忠心，甚至到了贴心的地步。

元成宗大德年间，江西永新州有个医生林行可，因为医术高明，经常有人请他出诊。某天晚间，有位老太来请他出诊。林医生跟着老太走了几里路，来到一片树林前。老太说，你在这里等一下，我去把病人喊出来。林医生纳闷，谁会住在树林里啊。模糊的月光下，就见老太走到林中一座坟前，一晃就不见了。林医生更加奇怪了，正好不远处有座东岳庙，赶快躲进庙里，关好门。这时老太领来一只老虎，找了半天也没看见医生，长叹一声说：真是可惜，三年了，我就想着为你骗这个医生来吃，想不到你福薄至此。林医生躲在庙里大气也不敢出，直到天亮才连滚带爬地回家，此后坚决不出诊了。(《异闻总录》卷一)

这个老太的智商当然需要充值(踹开庙门就行了)，但身为伥鬼是无疑的，而且比之其他伥鬼，她能花三年时间为老虎谋划，不仅仅是忠心，已经很贴心了。

为什么这些伥鬼都如此忠心耿耿呢？当然可以简单地说因为他们的魂魄受制于老虎，所以丧失了自我分辨的能力，形同傀儡。可是老虎何德何能，可以指挥伥鬼呢？下面这个故事，从更宏观的角度解释，似乎比较合理。

唐代的一位监察御史柳并外出巡视。唐代的监察御史掌"分察百僚，巡按郡县，纠视刑狱，肃整朝仪"，级别不高，但是权限很大，你懂的。

柳御史这次巡视是微服私访，除了几个仆人，只有一个秘书随行。

众人经过一座荒山，就在一座废弃的驿站休息。大家都在屋里席地而卧。半夜时分，忽然有个小鬼悄悄进来，只有一尺来高，长得像猴子一样。小鬼拿着一面小旗子，插在秘书脑袋边上，然后离开。除了柳御史，其余人都睡着了，什么也不知道。柳御史心知有异，等小鬼离开后，悄悄起身把旗子拔掉扔出屋子。过了一会儿，一只老虎进来，在每人身上闻一下，什么也没做就离开了。又过了一会儿，那小鬼又进来在秘书脑袋边上插了面旗子，柳御史又悄悄拔掉，老虎又白跑一趟。这么反复了三回，天终于亮了。

柳御史知道，那小伥鬼应该是前来给老虎定位的，可能这位秘书命数已到。他叫来秘书，告诉他事情的经过，说：你大概难逃一劫了，我把防身的剑给你，你自己逃命去吧。这秘书虽然从事文字工作，胆子却不小。他告别御史后，自行进山要深入虎穴，找老虎算账。

秘书进山后，发现一座茅草庵，进去一看，里面没人，但桌上有文房四宝和一卷文书，边上还有一张虎皮。拿起文书一看，里面全是人名，有的打了钩，有的没有，自己的名字也在其中。原来这是勾魂的冥簿啊。秘书心中明白了，那老虎是勾魂使者所化。他将冥簿和虎皮都拿上，仗剑而去。走了没几里路，一个胡僧从后面叫住他，胡僧说自己就是勾魂使者，并不是非要吃他。而是"天配合食之"，昨晚没吃成，已经误了工期了。即使他卷走冥簿，命数还是难以抗拒的，不如用巫术技巧免灾。

胡僧的巫术不复杂，让秘书用剑自刺，将血涂在外衣上，将外衣和虎皮扔给胡僧。胡僧穿上虎皮，化为老虎，撕咬那件带血的外衣。吃完之后又恢复人形，然后告诉秘书，衣服已经代他被杀，此后不再有事了。秘书又回到御史身边，老虎果然没再出现。（《太平广记》卷

四百三十三引《原化记》"柳并"条）

　　这个故事很清楚地说明，伥鬼为老虎服务，或者说魂魄受老虎控制，其实他们都是天曹的棋子，不过是严格执行上天的命令而已。伥鬼对老虎所谓的忠诚，自然也就落了空。当然，上天最后还是被糊弄了，即使天网恢恢，有冥簿作为操作说明书，有伥鬼的精确制导，巫术还是有缝隙可钻的。不过除此之外，有鬼君还有另一层感慨，唐代真是气魄宏大，万邦来朝，连勾魂使者都可以启用胡僧作为外援。

　　当然，就像天网恢恢之下，巫术也可以有存在的空间一样，伥鬼的忠诚也会打折扣的。在我的公众号中《老虎与伥鬼的合作模式》一文中提到的马拯的故事，还有个结尾。老虎被杀之后，那群伥鬼奔走回来，趴在虎尸身边痛哭流涕，被马拯痛斥："汝辈无知下鬼。遭虎啗死。吾今为汝报仇，不能报谢，犹敢恸哭。岂有为鬼，不灵如是。"忽有一鬼答曰："都不知将军乃虎也，聆郎君之说，方大醒悟。"就其虎而骂之，感谢而去。

　　这个细节很有意思，更加证明这群伥鬼是乌合之众，毫无头脑。当初全心全意以老虎为老大哥，尽心服侍的是他们；老虎死了之后如梦方醒，痛斥老虎罪行累累的也是他们。灵魂被掌控的伥鬼，做个骑墙派是再自然不过了。

灵学会对假冒箕仙零容忍？

古人有一种说法叫"卜以决疑"，意思是遇到什么拿不准的事情就去求神问卜。占卜的方法有很多种，比如占梦、星象、术数、风水等等。其中体现中国特色而又最具互动色彩的，大概要算扶箕了。

扶箕又称作"扶乩"或"扶鸾"，就是把筷子插在簸箕上，悬挂起来，占卜的人扶着摇动的箕（大部分箕是自己会动的），筷子就在下面的沙盘上乱画。扶箕的人根据筷子在沙盘上画出的形状来猜测、判断所问事情的吉凶，后来逐渐发展为筷子直接写出判词，大家记录下来就可以了。还有的不用筷子和沙盘，直接用笔和纸，这样就更方便了。有时箕仙精神特别亢奋，笔就会自己蹦起来在墙上写。

最早的箕仙是个叫"紫姑"的女人。传说紫姑是一个大户人家的小妾，因为正房嫉妒，将其虐待致死，后来成鬼再成仙，经常通过扶箕显灵。紫姑的地位虽然不高，但在神仙界享有盛誉，显灵事迹极多。不过信奉她的基本为乡下人，庄稼人经常向她请教点农事方面的问题，像什么时候栽种、收割一类的。

读书人中开始兴起扶箕，大概始于宋朝，到明清时达到鼎盛。有学

问的人扶箕，他们主要询问的是科举考题、功名前程、生死寿夭之类关乎自己命运的大问题。（以上参考许地山《扶箕迷信的研究》）

由于扶箕的广泛流传，所以请来的神鬼就五花八门。《五杂组》卷十五说："箕仙之卜……大率其初皆本于游戏幻惑以欺俗人，而行之既久，似亦有物凭焉，盖游鬼因而附之，吉凶祸福，间有奇中，即作者亦不知其所以然也。"很多游魂野鬼，假冒自己是吕洞宾、何仙姑……扶箕者一方面很难判断游魂的来历，另一方面也视为文字游戏，所以作假就作假吧，马马虎虎就行。

清乾隆年间，有个围棋高手程思孝，到京城游历，打遍京城无敌手。有一次，程国手参加文人雅集，有人扶箕请仙，请来的神仙自称张三丰，有人问箕仙，是否会下棋？箕仙说会啊，可以跟你们凡人手谈一局。众人欢然叫好，这是跟箕仙对弈啊。大家商量好对弈的规则，程国手在棋盘上下，箕仙则在沙盘上写出自己下子的位置，"如纵第九路横第三路下子，则判曰九三，余皆仿此"。布局阶段，程国手就觉得箕仙深不可测，下的全不是凡人的定式。"以为仙机莫测也，深恐败名，凝思冥索，至背汗手颤，始敢应一子，意犹惴惴。"跟箕仙下棋，紧张得不行。到中盘阶段，发现箕仙不过尔尔，遂放手攻杀，箕仙竟然溃不成军，全局覆没，举座哗然。箕仙忽然在纸上大书："吾本幽魂，暂来游戏，托名张三丰耳，因粗解弈，故尔率答，不虞此君之见困，吾今逝矣。"我只是路过此处，大家不过玩个请神游戏而已，何必较真呢？（《阅微草堂笔记》卷十一）

纪晓岚记载的另一则故事，有一位姓吴的人家扶箕请仙，来的箕仙自称是王重阳的弟子丘处机，一个客人问道："《西游记》真是您写的吗？是讲炼金丹秘诀的吗？"乩仙说是。客人又问："您的书是元初写的，为什么里面写的祭赛国、朱紫国、灭法国，都是明朝制度呢？"箕仙忽然不动了，再问也不回答，原来已经逃走了。丘处机的弟子李志常写过一部《长春真人西游记》（简称《西游记》），与神魔小说《西游记》完全不同。客人大概原本就有此疑问，所以想直接请教作者，没想到分分钟把箕仙带到沟里去了。（《阅微草堂笔记》卷九）

还有一次是纪晓岚自己遇到的，也是文人雅集，有人在扇面上画了鸡冠，请纪晓岚的同事李露园题诗。李露园是康熙五十三年的举人，写诗信手拈来："紫紫红红胜晚霞，临风亦自弄夭斜。枉教蝴蝶飞千遍，此种原来不是花。"大家都说句句语带双关，写得好！后来在另一次雅集上扶箕请神，有人恰好请箕仙以鸡冠为题写一首诗，没想到箕仙写的就是李露园这首。纪晓岚大吃一惊，都不需要查重了，百分之百啊，这不是抄袭吗？然后箕仙再也不动，想是已掩面跑开。（《阅微草堂笔记》卷七）

为什么有这么多冒名的箕仙呢？《续子不语》卷十"关帝血食秀才代享"间接地回答了这个问题。有一回，一个秀才请扶箕请仙，请来了关帝。秀才请教了一段关于《春秋》的问题（《春秋》问题不去孔庙请教孔子，却来问关羽，可见秀才混蛋），关帝很快回答了他。秀才回家越想越觉得不对，关王爷何等尊贵，怎么我一请就到，难道是山寨的？不行，我要写状子到天帝那里去告状。正写着呢，有位小鬼现身讨饶："大哥，您先别告，我就是假冒关帝的游魂。因为流落到关帝庙，每天打扫打扫房间。天帝看我可怜，让我代替关帝，吃点供品什么的（圣帝怜我勤苦，命我享受庙中血食，并非关帝也）。关帝只有一个，各地关帝庙里的神仙，都是就近取材，选些品德好、文理通顺的鬼做替身。普通人是别想请到关帝的，只有皇帝亲自祭祀，关帝才会下来寒暄一番。"

也就是说，仙界为了提高游魂的就业率，给他们一碗饭吃，实际上对假冒关帝是默许的，并非零容忍。按照佛教的说法，这叫"月映万川"。

当然，并非所有的箕仙都是假冒的，有些记载，看起来是请到了真神：

> 扬州谢启昆太守扶乩，灰盘书《正气歌》数句，太守疑为文山先生，整冠肃拜。问神姓名，曰："亡国庸臣史可法。"时太守正修葺史公祠墓，环植松梅，因问："为公修祠墓，公知之乎？"曰："知之。此守土者之责也，然亦非俗吏所能为。"问自己官阶，批曰："不患无位，患所以立。"谢无子，问："将来得有子否？"批曰："与其有子而名灭，不如无子而名存。太守勉旃。"问："先生近已成神乎？"曰："成神。"问："何神？"曰："天曹稽查大使。"书毕，索长纸一幅，问："何用？"曰："吾欲自题对联。"与之纸，题曰："一代兴亡归气数，千秋庙貌傍江山。"笔力苍劲，谢公为双勾之，悬于庙中。（《子不语》卷十九"史阁部降乩"）

这个故事在《熙朝新语》卷十一小有记载，很可能真是史可法降临。只是没法验证。

鸦片战争后，西方文化入侵，扶箕也"与时俱进"，以请国外神仙为荣。《扶箕迷信的研究》记载：拿破仑、华盛顿、托尔斯泰，都曾到中国箕坛来作客。民国时期，大连有帮人扶箕请仙，谁知请来的是耶稣，耶稣他老人家满嘴英文，谁也听不懂，只好再请一位神仙来翻译，结果竟然请来了济公。耶稣不说犹太语说英文，酒肉和尚做翻译，据说当时还有基督徒在场。

　　1917年，北洋政府时期，上海一些知识分子陆费逵、丁福保等创办了上海灵学会。据介绍，上海灵学会融合了西洋催眠术、通灵学、东洋妖怪学以及中国本土扶乩占卜术。灵学会成立的盛德坛招引五大洲各路神仙降临，在社会上颇有影响力。当然，对于请来的中外神仙的成色，是无须深究的。

　　总的来看，扶箕是文化人的自娱自乐，他们自己相信，圈外人看着热闹就好，大可不必查重、零容忍，反正大清朝也不是灵学会搞垮的。

鬼世界的通行证

先引两段话：

初，昭王有疾。卜曰："河为祟。"王弗祭。大夫请祭诸郊，王曰："三代命祀，祭不越望。江、汉、睢、章，楚之望也。祸福之至，不是过也。不穀虽不德，河非所获罪也。"遂弗祭。孔子曰："楚昭王知大道矣！其不失国也，宜哉！《夏书》曰：'惟彼陶唐，帅彼天常，有此冀方。今失其行，乱其纪纲，乃灭而亡。'又曰：'允出兹在兹。'由己率常可矣。"（《左传·哀公六年》）

二十七年春，吴伐陈，楚昭王救之，军城父。十月，昭王病于军中，有赤云如鸟，夹日而蜚。昭王问周太史，太史曰："是害于楚王，然可移于将相。"将相闻是言，乃请自以身祷于神。昭王曰："将相，孤之股肱也，今移祸，庸去是身乎！"弗听。卜而河为祟，大夫请祷河。昭王曰："自吾先王受封，望不过江、汉，而河非所获罪也。"止不许。孔子在陈，闻是言，曰："楚昭王通大道矣。其不失国，宜哉！"（《史记·楚世家》）

　　这两处记载说的是一件事，楚昭王出兵征战时生病，专业巫师建议他运用巫术将病灶转移到大臣身上，他拒绝了。巫师占卜后，认为是黄河为祟，请他祭祀黄河祈福消灾。他也拒绝了。理由是"祭不越望"，即诸侯只能祭祀自己国境内的山川，楚国境内的就是江、汉、沮、漳四条河。祭祀黄河是越级了。"祭不越望"作为官方祭礼的原则，虽然后来大家不当一回事，但当初制定这个原则，至少说明其他诸侯国境内的神灵保佑不了自己（黄河属于天子的，级别更高），更进一步说，这也许意味着在神灵世界也有着一定的行政区划。

　　这么说也许可以部分解释中国地方神祇的发达，除了少数一统江湖的大神，很多大区级、省部级、厅局级乃至科级神灵，都有自己的势力范围或曰空间限度，也就是有自己的行政区划。各级神灵有些有直接的上下级统属关系，有些只是条线关系，有些地方上的小神，甚至可以成为独立神国，不受制约。

　　周振鹤先生说，中国行政区划的两个原则是"山川形便""犬牙交错"，这主要是为了中央政权治理的方便。神灵世界的政区地理，可能没法找出规律，但是大可以依附于人类世界的行政区划。比如作为城市保护神的城隍，据吕宗力、栾保群先生的《中国民间诸神》所述：

　　　　明太祖朱元璋登基之初，极力利用民间信仰以巩固自己的统治，自然不会忽视城隍神的作用。他对礼臣说："城隍神历代所祀，宜新封爵。"于是大行封赏，除了六个王爵外，所有的府城隍皆封公，州城隍皆封侯，县城隍皆封伯。至洪武三年，他整顿祀典，取消诸神的爵称，城隍也都按其行政建制称某府某州某县城隍之神。

同时他又下令仿照各级官府衙门的规模建造城隍庙，供奉木主，"以鉴察民之善恶而祸福之，俾幽明举不得幸免"……又命令各级官员赴任时，都要向城隍庙宣誓就职，从而借助人们对当地城隍神的信仰来强化各级地方官的地位及其行政权力。（166 页）

必须承认，朱元璋的这一政策，是冥府地方行政制度建立的坚实基础。当冥府的城隍神与天下的府州县同构时，行政治理的条线就非常清晰了。

明代江西鄱阳县有一座晏公庙，本来无人注意，不知从什么时候起，庙神忽然显灵，香火旺盛。有位姓刘的副知府回乡探亲，听说此事，就特意来试试，果然灵验无比。刘知府觉得没道理这么灵验，就在庙里烧了一份状子投诉，要求庙神说清自己的身份，否则就派人拆了这座庙。当晚就有人托梦给他：我是浙江新安的商人，因为沉船淹死在庙旁。因为"淹滞庙中不能归"，只好附于庙神混口饭吃，您贵为知府，行公文到冥府，就能给我开路条，让我回乡。第二天，刘知府就写了一份公文在城隍庙烧化，果然，当晚那商人又托梦给他：冥府办事效率很高，城隍已经给我开了路条，这就可以返乡了。此后，庙神就再也不灵验了，恢复了往日的衰颓。（《涉异志》"晏公庙"）

纪晓岚被发配至新疆的时候，有一次兵丁捧了一叠空白的公文，请他写行于阴间的路引："凡客死于此者，其棺归籍，例给牒。"兵丁解释说，这是惯例，没有这些路条，客死边疆的魂魄就没法回到内地。纪晓岚看他们提供的范文，文辞粗鄙，就说，这是那些师爷托词骗钱的吧，拒绝帮他们写。过了几天，兵丁说，城西的墓地有鬼在哭呢，因为没法回乡。他根本不信，过了几天，兵丁报告说，鬼哭声已经到内城了；又过了几天，连他住处的窗外也听到半夜鬼哭。他这才有点信了。
同事也劝他说，你说的未必没有道理，可是"鬼哭实共闻，不得照者，
实亦怨公，盍试一给之，姑间执谗慝之口"。不妨开出公文来，要是鬼
还哭，那你也有话可说。没想到，他写完交给师爷拿去焚化后，当晚果
然消停了。纪晓岚这下真信了，还写了首诗："白草飕飕接冷云，关山
疆界是谁分，幽魂来往随官牒，原鬼昌黎竟未闻。"纪晓岚还特别说明，
因为路引是用于冥府的公文，所以不能用朱红的印章，必须用黑色的。
（《阅微草堂笔记》卷一）

　　讲究！

　　"幽魂来往随官牒"，这话说得非常清楚。《阅微草堂笔记》卷
二十三也说道："闻殁于塞外者，不焚路引，其鬼不得入关。"可见，鬼
魂的迁移是需要路条的。这也从侧面证实了冥府按照管辖区域划分的地
方行政管理制度确实存在。而且，不仅从边疆到内地需要路条，内地的
迁移也需要：

　　清代太仓州知事德龄安有个浙江籍的师爷，一天忽然被鬼魂附体，
发癔症，大呼小叫："回去吧，回去吧，胡不归！"一听这鬼魂的口音，
还是陕西的。德龄安问他：你要回就回啊，干吗附体到别人身上？鬼魂
说：我叫莫容非，是前任太仓州赵刺史的远亲。千里迢迢来投奔他。没
想到他不念亲情，一文不拔，我流落街头，穷困而死。德龄安说，那你
应该找赵刺史报怨去啊，缠着师爷干什么？莫容非说，赵刺史调走了。
我没有路条没法出境，只能附体师爷，这样容易惊动您，您给我开一张
路条，我就放过师爷。德龄安二话不说，让书记员写了一张证明："咨
明一路河神关吏，放莫容非魂归故乡。"盖上印章，师爷的病立刻就好
了。（《子不语》卷二十三"鬼求路引"）

　　我们还可以注意到的是，冥界是接受阳间和冥府双重管理的，阳间开具的路条，冥府的"河神关吏"一应关卡都承认其合法性。这是一个非常有趣的管理体制。《聊斋志异》卷三"李伯言"的故事也印证了这一点：

　　山东沂水人李伯言入冥临时担任三天阎罗王，帮助冥府审案。差使结束，准备还阳，路上被几百个"阙头断足"的鬼拦住。众鬼自称是异乡之鬼，思念故土，"恐关隘阻隔，乞求路引"。李伯言说自己已经交卸了职务，没法开具证明了。众鬼说，无妨，幽明一理，南村的胡水心正准备做道场，您还阳之后，请他在清醮之时，口头代为开具路条，也能生效。

　　无论个人还是团队，鬼魂的迁移都需要官方的路条。

　　幽明一理，信夫！

如何在阴间寻衅滋事

据说清明节，最新潮的祭奠品是路由器，在经历了温饱型的冥币，小康型的别墅、护照之后，我们终于意识到，那个世界也要与时俱进地步入信息时代。不过有趣的是，虽然两个世界各自都有了"高大上"的信息传播手段，然而两者之间的信息交流方式，似乎还停留在过去。托梦、现形、附体等，仍是鬼魂向人类传播信息的主要方式。作为最常见的人鬼通信方式，托梦具有超越时空、即时传递、接收便捷等优点。如果勉强比附的话，则与 20 世纪 90 年代流行的 BP 机相似，只能单向传递，仅限于鬼托梦给人，反过来则不行。

人如何向那个世界传递信息呢？似乎也很原始，在志怪小说中，主要的方法有两种：扶箕和具牒。扶箕是一种占卜的方法，许地山先生著有《扶箕迷信的研究》一书，收集了大量的事例。但作为占卜的方法，扶箕只是提问而已，我们最多只能将其看成临时性的咨询活动。更为人们所看重的，可能是具牒。

具牒，简单地说就是以应用文（公文）的形式向阴间传递信息、表达诉求，特别是在阳间很难实现的要求。当然，我们在家中或寺庙烧香祈福时，也可以表达诉求，但那是口头传达，而具牒则是行诸文字，既有仪式感，也有有图有真相的意思。《淮南子·本经训》说："昔者仓颉作书，而天雨粟、鬼夜哭。"以正式的行文传递到阴间，那边多半会认真对待的。

按照操作者的身份，可以分成三类：一类是道士作法时，以符箓的形式征召天神求雨、驱鬼；一类是政府官员以公文的形式要求阴间配合公务活动；第三类则是平民百姓越界的上访。这次先说最后一类。

古人在遇到冤屈、阳间所有的路都走不通时，往往会诉之于天。如果能写一份状纸，比简单地口头哭诉，效果肯定会更好些。如《稽神录》卷五"刘璠"条载，高级军官刘璠因为犯法被发配到海陵，海陵太守褚仁规担心他惹是生非，诬陷他谋反，判了死刑。行刑之前，刘璠对监斩官说："我是被冤杀的，请转告我的妻儿，将来收殓我的尸体时，在棺材里多放点纸笔，我要到阴间去鸣冤。"此后褚仁规果然接连遇到怪事，最终因为为政残暴被赐死。

上面这个故事也许可以解释成巧合，在另一个故事中，则明明白白地将具牒上访的作用说清楚了。《全汉文》卷六十三"上表诉冤"条记载，西汉景帝时，长安令段孝直家里有一匹千里马，爱逾珍宝。景帝的亲戚雍州刺史梁纬看中了这匹马，多次强行索要不成，便将段孝直构陷下狱。段在临死前，让妻子准备"纸三十张，笔十管，墨五挺，安墓中"，准备打一场上访的持久战。两个月后，景帝大会群臣，已经死去的段孝直忽然在朝堂上现身，痛陈自己"上诉皇天，许臣明雪。若不闻于陛下，何以免此幽沉"，并且一口气列出梁纬的不法之事二十一条，"于殿前上表，帝览讫，忽然不见"。冤魂现身，朝堂震动，景帝下令彻查无误，于是在段孝直墓前将梁纬明正典刑。

在这个故事里，段孝直的报复显得光明正大，因为他并没有借助阴间的超能力直接杀死仇人，而是明明白白地将其罪状列出，其中暗含的前提是，那个世界也是讲道理的、尊重法律的，并非一味地不成章法。正因为那个世界也讲法，所以具牒上访并非只针对阳间的冤屈，如果生人受到阴间鬼魂的骚扰，也同样可以跨界告状。《北东园笔录初编》卷四"与鬼讲理"条记载，一次浙江乡试，科场有女鬼现身，到处找某位秀才，要报仇索命。考生最担心科场鬼闹事，所以大家找到要被索命的人，绕来绕去地想让他自行退考。那人得知后，说出原委。原来秀才家里雇了个挑夫，挑夫的妻子是个悍妇，动辄打骂丈夫。秀才看不下去，怒斥挑夫说："夫为妻纲，你是夫纲不振。她打你，你就不能打她吗？"挑夫一时激愤，回去扇了老婆一个耳光。那悍妇大怒，认为天下只有老婆打老公的，如今竟然倒行逆施了。哭闹了一夜，最后上吊身亡。现在那悍妇鬼来考场报复了。众秀才一听，这还有天理吗？于是一起写了篇文章，与女鬼讲道理，"向空焚之"。在最后还警告说："若再夜出为祟，当同诣明远楼诉诸关帝，押汝入无间地狱也。"此后，这女鬼就不再来闹了。作者梁恭辰感慨地说："鬼之情状，与人无殊，可以情动，亦可以理遣也。"

也正因为那个世界有理可讲，所以祟人闹事的鬼还是害怕人们具牒告状的。《右台仙馆笔记》卷五记载，浙江慈溪冯孝廉家有鬼骚扰，他虽然不惧，但是烦扰不堪。于是写状纸准备到城隍庙上告。晚上写了个草稿，准备第二天誊写清楚。当晚就听到书桌上有纸笔窸窸窣窣移动的声音。第二天起来一看，草稿被撕碎了，笔也秃了。冯孝廉哈哈大笑："鬼也怕我写状纸啊！"换了纸笔写好状纸，到城隍庙焚烧了。当晚就听到有锁链稀里哗啦的声音，此后那鬼再也没有出现，显然是被地府抓走了。

　　虽然具牒上访有实际效用，但阴间并不鼓励兴讼，有些官司还是采取调解的方式。《子不语》卷五"城隍替人训妻"条说，杭州的周秀才，娶了个悍妻，不孝敬公婆。每逢佳节，就穿着孝服拜见婆婆，诅咒她早死。周秀才生性懦弱，无力驯悍，只能每天写状纸焚烧，祈祷城隍爷主持公道。连写九张之后，城隍托梦召他，耐心地解释："尔妇忤逆状吾岂不知，但查汝命，只一妻，无继妻，恰有子二人。尔孝子，胡可无后，故暂宽汝妇。汝何哓哓！"意思是他命里只有这一个妻子，将来还有两个孩子，命数所在，悍妻杀不得。为解决矛盾，城隍"命蓝面鬼持大锁往擒其妻……召两旁兵卒执刀锯者，皆狰狞凶猛。油铛肉磨，置列庭下。……厉声数其罪状，取登注册示之。命夜叉：'拉下剥皮，放油锅中。'"经过一番来自地狱的威胁恐吓，悍妻终于改邪归正。

　　这个故事将人鬼交流的两种主要方式都展现了，人以具牒，鬼则以托梦。两个世界的交流，借助文字或梦境，都需要通过某种中介的作用。这样做有几个好处：一是简单、经济，对人来说，人力、物力的成本都很低；二是可以绕过复杂的官僚系统，将诉求直接送达。如果绕过中介，直接上访会出现怎样的后果呢？《聊斋志异》中的《席方平》一篇告诉我们，亲身上访会遇到无穷无尽的推诿、截访、黑监狱，那就颤抖吧！

睡在我们身边的鬼，从不办暂住证

有鬼君曾经在九十五条论纲中提到过，由于人鬼在形质上的差异，人很难长期在冥界生活，而鬼却能很好地融入人类社会。按照这个逻辑推演，混迹于阳间人类社会的鬼应该非常多。事实上，我们周围的鬼确实很多。惊不惊喜？意不意外？

有鬼君引用过很多次的掠剩使的故事中，鬼是这么说的："凡市人卖贩利息，皆有常数，过数得之为掠剩，吾得而掠有之。今人间如吾辈甚多。"（《稽神录》卷三"僧珉楚"）

"今人间如吾辈甚多"，已说明人鬼混杂的情况，至少在唐代就很普遍了。当然，这里说的混居于人类之中的鬼，其实是长期出差的掠剩使，严格说来，还不能算是移民。到了宋代，市民社会的发达，大批的鬼迁居阳间，人鬼杂处的局面蔚为可观：

南宋高干史崇离休后，回故乡临安盐桥定居（今杭州市下城区庆春路中河北路口的庆余亭）。他带着下属一起逛街，见到一个卖烤鸭的人竟是自己旧日雇用的厨子王立，不过这厨子在史崇做官时就死了，下葬都一年了。王立看见旧主，连忙上前请安，并端上一只烤鸭。史崇问：你身为鬼魂，怎么能光天化日之下在帝都乱窜？王立说：我这不算什么，如今临安城中，十分之三都是鬼（"以十分言之，三分皆我辈也"）。或扮成官员，或扮和尚、道士，或扮商贩，或扮失足妇女，每天与人来往，和平相处。

史岂又问：你这烤鸭是真的吗？王立说：当然是真鸭，就在农贸市场买的，每天买十只活鸭，天不亮到作坊里就着炉火烤熟，然后卖掉。天天如此，尚可糊口。不过，白天好过，晚上难熬。没地方住，只能睡在屠户的肉案下面，有时还要被狗追着到处逃。史岂感慨不已，给了他两贯钱，让他找个安身之处。此后，王立常常给他送烤鸭。时间久了，史岂觉得有点不对劲，我一大活人，每天跟鬼来往，莫不是将不久于人世？王立就跟他说，您不用担心，您家里孩子的奶妈就是鬼。说着拿出两个小石子，"乞以淬火中，当知立言不妄"。史岂不大相信，因为这个奶妈在他家已经生活了三十年，现在是六十多岁的老太了。回到家后，他假装开玩笑地对老太说，外人传说你不是人，是鬼？老太大怒：是啊，六十多了，也该做鬼了。虽然恼怒，却没有畏惧之色。正好有仆人在一旁熨衣服，史岂试着将小石子扔到熨斗的炭火里，果然就见老太的脸色变了，身体像逐渐气化一样越来越淡，"如水墨中影"，然后就消散在空气中。（《夷坚丁志》卷四"王立燻鸭"）

这个故事对人鬼混居的生活描述得很细致，至少有几点是可以肯定的：一、他们的确是来自冥界的移民，并非出差公干。二、他们遵循阳间的生活秩序，即使生活不如意，也不随意使用法力，入乡随俗，就像吴太伯来到吴越要断发文身一样。三、他们可以长期在阳间生活而不被发现。四、他们身份的暴露，往往是因为被同类说破。

不过，最令人震惊的，是杭州城中鬼的比例竟然高达总人口的百分之三十，南宋时的杭州是首屈一指的国际大都市，生活便利，工作机会多，群鬼汇集也是可以理解的。所以下面一个南宋的故事还是发生在杭州。

南宋孝宗年间，河北人王武功，在湖北武昌一带做官。他雇了一个十几岁的小仆人，名叫山童，这孩子聪明伶俐，很讨人喜欢。后来，王武功生了个儿子，又雇了贾氏为奶妈。可是孩子出生不久，山童忽然不告而别，怎么也找不着了。当年冬天，王武功调任临安，在钱塘江边遇到了山童。山童请他到茶馆叙话，王武功说，你在我家里做得好好的，我待你也不薄，怎么不说一声就走了呢？山童说：不敢向您隐瞒，我其实是鬼，原本在您家里做事很安心。可是您雇的奶妈贾氏也是鬼，她怕我泄露她的身份，对我百般构陷，我只能避开。您将来对她要提防着点。说着就告辞离开。王武功半信半疑地回到家中，正跟夫人说起此事，贾氏抱着孩子进来，向主人夸耀自己带孩子带得好，"以儿肥腴夸为己功"。王武功把孩子交给夫人抱着，转脸笑着对贾氏说，山童说你是鬼，这是真的吗？贾氏拍掌大骂：官人怎么能相信那个小王八蛋的话？一边骂一边走到厨房，众人跟着进来，只见贾氏如烟气一般，瞬间就消散了。（《夷坚志补》卷十六"王武功山童"）

这个故事中，虽然山童曾暗示贾氏可能对孩子不利，但多半是构陷，因为在山童离开的那段时间，孩子并未有什么异常，反而养得肥肥胖胖的。很可能是鬼魂之间的矛盾导致互相揭发。两个故事都表明，鬼魂的身份被说破后，就立刻消散。就像被警察查到没有暂住证一样，是要被驱逐的。

这种鬼移民到阳间，与人类共同生活的情况，志怪作品中称作"生身活鬼"。"生身活鬼"一般并无恶意，像《聊斋志异》卷八中的"吕无病"，甚至是贤妻的典范。《夷坚志补》卷十六的女鬼"蔡五十三姐"，嫁为人妻之后，生了一男一女，自己掏钱让游手好闲的丈夫做生意，生活富裕。可是遇到一个道士，运用法术说破她的身份，导致她"寂寞灭无迹"。

可以猜测一下，很可能在阴律的规定中，鬼移民到阳间是绝对的禁忌。因为只要被说破，他们基本是以尸骨无存的方式湮灭，而在关于鬼的形质的记载中，身体的发散、消逝，往往意味着鬼的死亡。也就是说，他们在阳间"寂寞灭无迹"，也许并非我们想象的那样，可以回到冥界，而是触发了阴律中的死刑判决。而这一结局带来的遗憾是，他们根本没有机会说明自己移民阳间的原因，他们是鬼魂史上的"失踪者"，随风而逝了。

压不住的棺材板

这两年，网络上有一句俗语"×××的棺材板压不住了"，有点像"×××哭晕在厕所"的升级版。具体的用法当然不是很严格。因为想到这句俗语，有鬼君浏览了一下那些涉及棺材板的志怪小说，发现棺材板压不住的情况还真是不少。建议各位键盘侠在深夜敲出这几个字的时候，留心身后是否有什么动静。

棺材板无论如何都压不住的是僵尸。僵尸修炼成功之后，常住在棺材中，半夜出来活动，或祟人，或游荡……对他们来说，棺材盖至关重要，甚至能决定其生死。

杭州钱塘有个叫李甲的，生性好勇斗狠。有一次跟朋友喝酒闲扯，酒桌上有人说：附近有一套二手房出售，笋盘，比市价便宜很多，不过听说那套房子闹鬼，所以没人敢买。李甲说，可惜我没钱，否则就去买了来住。那人也喝多了，对李甲说，你要是敢独自在那房子里住一晚，我就买下来送你。众人起哄，这事就说定了，李甲第二天住进去。

第二天下午，众人一起来到那套宅院，摆下酒菜，把李甲锁在屋内，自行到邻家等着。李甲看了看这套房子，正厅旁有个小门，里面黑洞洞的。他想也不必自行探险，不妨就在院子里一边喝酒一边等着。

　　三更时分，鬼果然出现了，个子不高，脸如白灰，双眼漆黑，披头散发，直奔酒桌而来。李甲丝毫不惧，拔出宝剑，大战恶鬼。恶鬼转身进了小门，李甲追进去，没想到里面另有机关，一具棺材盖从空中飞来，在他头上盘旋。李甲对着棺材盖乱砍，可是那玩意太沉，慢慢压下来，如泰山压顶。不得已，李甲大声呼救。众人听到求救声，开门进来，见李甲已被压在棺材盖下。众人将他拽出来要背着走，棺盖竟然不依不饶，追着众人。这时，公鸡叫了一声，棺材盖忽然不见，李甲这才逃得性命。

　　第二天，房主来解释说，小门后面的园子里放着棺材，棺材板常常飞出来作祟，压死了不少人。众人于是请示官府，将棺材烧掉，从此不再闹鬼。(《子不语》卷十五"棺盖飞")

　　这个故事中提到的鬼，应该就是僵尸之属，一般来说，除了僵尸，一般的鬼怪不会这么热爱棺材板，甚至将其作为武器。乡民最后以焚烧棺材的方式处理，也是对待僵尸出祟的常规做法。

　　在《右台仙馆笔记》卷六的一则记载中，棺材板则更加威力惊人：

　　上海宝山罗店镇（现美兰湖地区，地铁七号线终点站附近）有个叫罗大林的小贩，自幼膂力过人，生性粗豪。不过因为家里穷，一直没钱娶媳妇。当时罗店镇有处豪宅闹鬼，有好事者怂恿罗大林打赌，只要去宅子住一晚，就众筹资助他娶亲。宅子的主人也拿出三间店铺作为酬劳，请他驱鬼。罗大林慨然应允，当晚，他入住闹鬼的豪宅。二更时分，有黑衣鬼闯进来，在屋子里四处溜达。罗大林原本躲在床上的帐子里，这时突然窜出，双手抓住黑衣鬼的手。那鬼动弹不得，就对着罗大林吹气，吹出的气冰冷无比。罗大林不敢松手，只能侧头避开，然后对着鬼吹气，那鬼也扭头避开。一人一鬼，就这样你来我往地斗起气功。僵持了好一阵，周围传来鸡鸣声，那鬼身子立刻缩小了一点，随着鸡叫声此起彼伏，鬼的身子越来越小，身体也越来越硬，根本没法吹气了。罗大林也不敢放手，就这么一直抓着他，直到天亮，众人开门进来，只见罗大林抓着的原来是一块棺材板。于是将其焚烧，此后这豪宅就不再闹鬼了。罗大林得了店铺和娶亲的钱，从此日子好过多了。唯一遗憾的是，因为与棺材板僵持之时，一直歪着脖子，此后再也正不过来了。

这个故事里没有提到僵尸，严格地说也没有鬼，是棺材板成精了。这种情况并不常见，但理论上没毛病。逝者的墓葬中往往陪葬的花样太多，在地下得阴气滋润，除了尸体可以修炼成僵尸，棺材板、陪葬的明器等，都可能精气凝聚。

然而，这个故事其实暗藏着一个尾巴。棺材板并不是输给了罗大林，而是输给了鸡鸣，这说明棺材板之所以成精，是因为有僵尸带它练级，才会有此特征（几乎所有的僵尸，都是怕鸡叫的）。也就是说，豪宅附近是有僵尸的，可是在这个故事中，僵尸始终没有出现，或许，这僵尸继续升级了，至于下落如何，不可考。

关于鬼魂、僵尸与棺材板的关系，还有很多细节可以讨论。其实这个道理不难理解，墓葬与棺材相当于他们的住房。最近这些年，只有七十年产权的房子已经深刻地改变了我们的三观、改变了阶级构成、改变了国家的经济命脉。对于拥有住房永久产权的鬼魂和僵尸来说，他们与棺材的关系，恐怕不是飞几块棺材板就能说清楚的。

最后附一则与鬼魂无关的棺材的故事，回到现实中来，继续为七十年产权的房子而奋斗。

陆秀才退龄，赴闽中幕馆。路过江山县，天大雨，赶店不及，日已夕矣。望前村树木浓密，瓦屋数间，奔往叩门，求借一宿。主人出迎，颇清雅，自言沈姓，亦系江山秀才，家无余屋延宾。陆再三求，沈不得已，指东厢一间曰："此可草榻也。"持烛送入。陆见左停一棺，意颇恶之，又自念平素胆壮，且舍此亦无他宿处，乃唯唯作谢。其房中原有木榻，即将行李铺上，辞主人出，而心不能无悸，取所带《易经》一部灯下观。至二鼓，不敢熄烛，和衣而寝。

少顷，闻棺中有声，注目视之，棺前盖已掀起矣，有翁白须朱履，伸两腿而出。陆大骇，紧扣其帐，而于帐缝窥之。翁至陆坐处，翻其《易经》，了无惧色，袖出烟袋，就烛上吃烟。陆更惊，以为鬼不畏《易经》，又能吃烟，真恶鬼矣。恐其走至榻前，愈益谛视，浑身冷颤，榻为之动。白须翁视榻微笑，竟不至前，仍袖烟袋入棺，自覆其盖。陆终夜不眠。

追早，主人出问："客昨夜安否？"强应曰："安，但不知屋左所停棺内何人？"曰："家父也。"陆曰："既系尊公，何以久不安葬？"主人曰："家君现存，壮健无恙，并未死也。家君平日一切达观，以为自古皆有死，何不先为演习，故庆七十后即作寿棺，厚糊其里，置被褥焉，每晚必卧其中，当作床帐。"言毕，拉赴棺前，请老翁起，行宾主之礼，果灯下所见翁，笑曰："客受惊耶！"三人拍手大剧。视其棺：四围沙木，中空，其盖用黑漆棉纱为之，故能透气，且甚轻。(《子不语》卷十二"棺床")

阴间的赌场和赌鬼

之前看到有新闻说，内地反腐，导致澳门博彩业营收大幅下滑。有鬼君生活了无情趣，举凡六博、樗蒲、双陆、打马、骨牌、马吊、麻将、赛马、斗鸡、走狗、白鸽票……全都茫然不知，遇到亲朋好友搓麻或斗地主乃至四国大战，也只能负责记录或做裁判。对没有好胜心的人来说，那些赌得七荤八素、昼夜不分的赌徒，是神一般的存在。有鬼君总是怀疑，这些爱好像是先天的。果然，在《子不语》卷三"赌钱神号迷龙"条中找到了证据：

浙江缙云县有位李姓县令，生性好赌，还因此被同僚参奏，可依旧痴心不改。临终时，还拍着床沿吆三喝四（"作呼卢声"），他太太哭着说：你都病成这样了，这是何苦呢？李县令说：你有所不知，我现在正跟赌友们玩着呢！几位阴间的朋友，正在我床边和我开局掷骰子呢，只不过你们这些俗人看不见而已。说完一口气喘不上来，没气了。过了一会儿又醒过来，说：赶紧烧点纸钱，替我还赌债。说着还介绍了阴间赌场的规则：

阴间的赌神叫作迷龙，手下有几千个赌鬼。迷龙写下花押（就是签名），命令赌鬼拿着花押到各处找准备投胎的人，在投胎转世的一刻，将花押放入其天灵盖中。这样，投胎者一出生就好赌，随便什么人都劝不了。我们见到有些人为了赌钱，自己的老婆让人睡，自己的娃被人打，不吃不喝，不眠不休，都是因为迷龙的花押在起作用。不过，阴间的赌局与阳间略有不同。赌鬼下注之后，在骰盆中掷下十三粒骰子，但不是比大小，而是看骰子是否会显现出五彩金光，有金光的算赢。至于赌资，则是阳间烧化的纸钱。阴间所有的赌场都归迷龙管，他只要抽头即可。那些输了的赌鬼，穷困潦倒的，就到阳间祟人，散布瘟疫，骗点酒食吃吃。

李县令还信誓旦旦地说，你们给我烧一万贯纸钱，我去打点一番，还可以放我生还的。家人赶紧照办，可是烧了纸钱后，李县令竟然一瞑不起，再也没活过来。有人解释说，他骗到了一万贯的赌本，肯定在那边赌得不可开交，怎么愿意回来呢？

这个故事除了介绍了阴间赌场的规则，还解释了赌性的成因，就像另一个故事里提到的，酒鬼酒量的大小取决于酒肠的大小。医学的各个门类在阴间都可以转化为外科，从而杜绝了成瘾症的心理学解释。也就是说，赌性就是天生的，不是后天养成的。我们这些不爱赌的人，无须自卑。

故事中所说的阴间赌博方法，在其他文献中也得到了印证。南宋时期，山东兖州人姜潜，为了准备科举，在离家百里的地方专心读书。有时想念家人，就会来一场说走就走的旅行。有天晚上，忽然思乡心切，于是带着书童连夜赶路。为了安全起见，姜先生还带了弓箭以备不测。正走着，见前面树林里灯火荧荧，姜先生安慰胆小的书童说，最多是些孤魂野鬼，没什么可怕的。再走近一些，只见十几个鬼在那里吆五喝六，赌得正起劲呢。姜先生一言不发，拿出弓箭对着群鬼射了一箭。赌鬼一惊，霎时不见了。走到近前，有大叠的纸钱放在地上，这帮鬼逃得太快，连赌资都来不及带走。姜先生见装骰子的骰盆"莹洁可爱"，于是带着这阴间的宝贝回了家。（《夷坚支志》庚卷四"碧石骰盆"）

这个故事并未提到开设赌局者，可能就是群鬼一时兴起聚赌而已。这也可以理解，阴间的赌场也在不断进化中，也许到了清代，赌博活动集约化，自然会出现开设赌场抽头的老板。而且，从赌资和赌具看，这帮赌鬼设的彩头还不小，算是豪赌了。

历来政府在宣讲赌博的危害时，都会提到嗜赌会造成倾家荡产、妻离子散之类的惨剧。赌鬼到了阴间，这事也是做得出的。湖南湘潭镇有个姓张的汉子，因为经常走阴差（就是到阴间做临时工），所以与阴间的城管、胥吏、流氓无赖都很熟悉。某天晚上他外出有事，遇到一位在阴间做挑夫的石五，石五一见他就说：张大哥，你来得正好，我有个急差使要抬轿子，一时找不到人，你帮我个忙。张大哥就答应了，两人（鬼）抬着空轿子到一处官衙，上面写着"北郭福社"（地方土地神，类似阳间的乡镇干部）。石五说，就是这里的官爷要卖老婆。张大哥大吃一惊：这个国家怎么了，连父母官都养不起了吗？造福护佑一方的领导干部，难道连老婆也不能护佑了吗？国家对干部们太亏欠了，再穷不能穷领导啊！（张异曰："因贫乃仕，岂仕犹贫？今以一方保障，尚不能庇一浑家，何以官为？岂诚国而忘家耶？抑不足以养廉也？"）

正说着，一妇人衣衫褴褛地走出来上了轿子，他的夫君也身着破衣烂靴来送别。张大哥一看，这官爷自己认识啊，就是邻镇去世已久的滥赌鬼尹秀才，原来这哥们儿做了阴间的镇长。张石两位抬着轿子上路，尹秀才还派了一个仆人陪着。夫人在轿子里呜咽，仆人在外劝解：太太您别伤心。赌场上没有常胜将军，也没有常败将军。说不定过两天老爷赌运来了，连战连捷，又把您赢回来呢。夫人听了，哭得更厉害了：这个没良心的！现在家徒四壁，我是他最后的赌本了，他拿什么翻本呢？老娘不伺候了。

张大哥这才明白是怎么回事。尹秀才生前就是因为嗜赌，家产败光，被追债的逼死。没想到到了阴间，连老婆也送上赌桌，对赌博确实是真爱了。

张石抬了十余里地，送到湘潭镇的土地庙。办完差使，张大哥告别石五，回家睡觉。第二天，镇上哄传土地庙里多了一尊夫人塑像。张大哥跑去一看，果然如此。于是向街坊邻居解释这新夫人的来历。可是北郭镇的乡民不干了，自家土地奶奶都保不住，以后我们在湘潭镇面前还抬得起头吗？纠集一帮人，光天化日下又将夫人塑像抬回北郭镇。可是到了晚上，塑像又被阴差抬回湘潭。如此反复几回，北郭镇的乡民终于放弃了，认赌服输吧！自己的官爷做了鳏夫。而湘潭镇的土地爷呢，自然是湘人有一妻一妾了！（《小豆棚》卷十"湘潭社神"）

《谐铎》卷十"神赌"条讲的也是类似的故事，被卖的土地奶奶同样破门大骂："将枕边人作孤注，天下负心人有若是哉！"不过我们倒可以换个角度理解，阴间的赌鬼，无论是官员还是百姓，赌品还不错，无论赌注是钱是人，输了都不赖账。这点和韦小宝倒有几分相似。而且阴间的赌鬼多少还知道尊重礼法，不敢在孝子节妇门前开赌场。（《北东园笔录续编》卷五"鬼畏节妇"）

古代帝王好赌者甚多，西汉的七国之乱，其诱因与赌博也不无关系，至于传说中宋太祖赌博把华山输给陈抟，更是能看出一代明君在赌性上的大手笔。这等气概，阴间确实比不了。

阴间的妓院

有鬼君多次强调阴间有丰富的娱乐生活，这自然也包括青楼文化。不过，阴间的妓女的缘起比阳间多一类，就是不少鬼在生前就是失足妇女，死后在阴间重操旧业而已。

《聊斋志异》卷七"梅女"条就提到阴间的这一职业。年轻的秀才封云亭帮助了一个吊死鬼梅女，从此两位情好日密，但梅女始终坚守最后的防线，被逼得急了，就替封云亭叫了一个妓女鬼，"聊以自代"。这妓女年近三十，名顾爱卿，"眉目流转，隐含荡意"，封云亭就毫不客气地将其拿下。不过，顾爱卿入这一行却并非重操阳间旧业，她生前是一位典史（政法部门的下级官员）的爱妾，这典史贪赃枉法，地府本已剥夺他的阳寿，只因他去世的父母在冥官那里求情，愿将儿媳顾爱卿卖入青楼，为他还贪债。顾爱卿因艳名远播，被阴间的老鸨视为钱树子。

这个故事之后倒也颇为曲折，不一一详述了，读者可自行翻阅。不过其中明确提及了阴间的妓院及妓女开展经营活动的情况。只不过，微博上最近有句话说："每个男人的血液里都流淌着艳遇的渴望，灵魂深处也都有责任的铜墙。"有些男人，即使到了阴间，也对北里之游念念不忘。《聊斋志异》卷六"考弊司"条，讲河南人闻人生，因为替一位下级冥官打抱不平，只身入冥投诉，在阎罗王那里告御状，一举扳倒鬼王。本来可以潇洒还阳，可是，这哥们儿在回程时，偶然瞥见阴间的曲巷（妓院），"低徊不能舍"，借故支走了送他的秀才，忙不迭地跑去叫小姐。可是他忘了自己入冥时根本没带钱，被老鸨痛斥："曾闻夜度娘索逋欠耶？"最后只能将衣服剥下，聊作嫖资。因为这一耽搁，他还阳时，才知道自己在阳间已暴毙三天了。

　　需要指出的是，阴间的妓院，主要还是为阴间社会服务的，毕竟人鬼之间的交集不是那么方便。所以，有些入冥复生或误入那个世界的人，偶尔能遇到阴间社会的大型宴会，其中重要的助兴节目就是歌伎、舞伎的演出。比如《三水小牍》卷上"赵将军凶宅"条就有很详细的描述：

> 蜡炬齐列，有役夫数十，于堂中洒扫，辟前轩，张朱帘绣幕，陈筵席，宝气异香，馥于檐楹。……少顷，执乐器、纤朱紫者数十辈，自东廊升阶；歌舞伎数十辈，自后堂出，入于前堂。紫衣者居前，朱绿衣、白衣者次之，亦二十许人，言笑自若，揖让而坐。于是丝竹合奏，飞觞举白，歌舞间作。

　　这次阴间的聚餐，应该属于私人宴请，但也动用了几十位仆人、几十位歌舞伎。即使在阳间，规模也不算小了。如果不是借用凶宅举办，一般人大概也很难窥其全貌。

　　志怪小说中对阴间的妓院、妓女记载虽然不是很多，但至少可以看出，那个世界对这类娱乐活动并没有绝对禁止。我们甚至能找到官妓的记载，比如：《睽车志》卷二就记载了陕西汧源县（今陕西宝鸡陇县）的土地爷，竟然包养了三四个乐伎女鬼，县令为解救她们，命令和尚念诵法华经超度，不久，这几位乐伎得以陆续离开土地爷投胎转世。气得这位阴间的官老爷要跟阳间的官老爷拼命。

　　阴间社会虽然有自己的运行规律，但在某种程度上是阳间社会的镜像或投影。古代社会因为认识不到卖淫嫖娼的危害性，所以曾经有发达的青楼文化，虽然宽严尺度不一，但并没有完全取缔。清初的一位汉人大臣曾说："世间之有娼优，犹世间之有僧尼也。僧尼欺人以求食，娼妓媚人以求食，皆非先王法。然而欧公（欧阳修）《本论》一篇既不能行，则饥寒怨旷之民作何安置？今之虐娼优者，犹北魏之灭沙门毁佛像也，徒为胥吏生财。不揣其本而齐其末，吾不为也。"（《子不语》卷九"裹足作俑之报"）

　　这位大臣名叫汤斌，是清初的理学名臣，同时又因为主动参加清政权，被不少人目为汉奸。

阴间的文青

有鬼君有点密集恐惧症，偶尔打开某著名的 App。一眼望去，各个小组内均匀地分布着棉布裙子、帆布鞋、素颜、安静、执拗、乖僻，执着于文字、音乐、绘画、电影、摄影、独自旅行的文青，只能夺门而出。

当然，还必须说明的是，文青并不是这个时代独有的，绝对又是一个"自古以来"，比如民国，比如唐宋，比如魏晋。以有鬼君的浅见，魏晋时期的文青应该是最有特色的，去翻翻《世说新语》就知道了。随便举个例子吧：

王子猷居山阴，夜大雪，眠觉，开室命酌酒，四望皎然。因起彷徨，咏左思《招隐诗》。忽忆戴安道。时戴在剡，即便夜乘小舟就之。经宿方至，造门不前而返。人问其故，王曰："吾本乘兴而行，兴尽而返，何必见戴？"（《世说新语·任诞》）

这条王子猷雪夜访友的段子，是不是让我们想到了前几年一条著名的微博："梁朝伟有时闲着闷了，会临时中午去机场，随便赶上哪班就搭上哪班机，比如飞到伦敦，独自蹲在广场上喂一下午鸽子，不发一语，当晚再飞回香港，当没事发生过，突然觉得这才叫生活。"谁说人心不古，简直古得像是流水线上定制的。

既然古往今来有如此庞大的文青队伍，在生死轮回的过程中，也必然会在阴间留下很多蛛丝马迹。我们就从魏晋开始吧：

《世说新语·文学》说："何晏注《老子》未毕，见王弼自说注老子旨，何意多所短，不复得作声，但应诺诺，遂不复注，因作《道德》论。"何晏原本就有神童之名，当时早已名满天下，可是在不到二十岁的王弼面前谈老子，连嘴都张不开。王弼可算当时第一流的文青了，可惜英年早逝。在他去世后四十年，另一位文青陆机就见到了阴间的王弼。

那一年，陆机也只有二十多岁，他北上洛阳，在河南偃师附近的一个村子投宿。见村口一间屋子里有个年轻人，"神姿端远"（就是很帅的意思了）。年轻人身边放着一部《周易》，正在那里玩投壶的游戏（类似于贵族们聚会时玩桥牌，既是游戏，也是高端人群的社交礼仪）。如我们所知，那时谈论《周易》《老子》《庄子》这三玄，就像当代文青谈村上春树一样有范儿。陆机一见年轻人身边的这几样标配，自然心生亲切，两人便攀谈起来。陆机自负才学，没想到这年轻人开口便滔滔不绝，"妙得玄微"，陆机只能跪了。两人谈到深夜才抵足而眠。第二天，陆机告辞离开，到了一家旅店，向旅店大妈眉飞色舞地谈起昨晚遇到的高人。大妈说：你来的那地方是荒地，根本就没人住，只有一座王弼的墓。陆机再赶回去查看，只见"空野霾云，拱木蔽日"，确实没有人烟。昨晚遇到的一定就是王弼之鬼。（《太平广记》卷三百一十八"陆

机"条）

魏晋另一位著名的文青嵇康，因得罪司马氏而被判死刑。"康将刑东市，太学生三千人请以为师，弗许。康顾视日影，索琴弹之，曰：'昔袁孝尼尝从吾学《广陵散》，吾每靳固之，《广陵散》于今绝矣！'"按照这个说法，《广陵散》最终没有在世间流传。《笑傲江湖》中，魔教长老、音乐发烧友曲洋，一气掘了二十九座晋以前的古墓，去寻找广陵散的曲谱，终于在蔡邕的墓里发现。

不过，早在曲洋盗墓之前，嵇康曾现身传授过《广陵散》。《幽明录》记载：会稽人贺思令擅长弹琴，经常在月下野外"临风抚奏"（又是一文青范儿）。某天他照例在弹奏，忽有一人现身，这人面色惨白，身上还带着刑具，对贺先生的弹奏点头称许。一曲奏罢，这人自我介绍是嵇康。贺先生倒也不怕，与嵇康就演奏技巧进行了深入的交流。嵇康说：你的技术是没问题的，但节奏太快，于古法不合，韵味稍逊。贺先生谦虚求教，嵇康也不藏私，将原本成为绝响的《广陵散》传授给他。

这两则故事中，王弼和嵇康都是为文青所激，惺惺相惜，才从阴间赶过来交流。猜想起来，如果对方不是执着于文字、音乐、绘画，不够安静、执拗、乖僻，这两位人才是绝对不会现身的。即使做了鬼，文青范儿也是不能丢的。

魏晋时期的另一位著名文青曹植，他的现身，则表现了文青的另一面。

韩愈之父韩仲卿曾任秘书郎，专门负责图书的整理。有一次梦见一位戴着黑色头巾的年轻人。这人"风姿磊落神仙人也"（还是很帅的意思了），对韩仲卿说，我写的那些诗文，现在都藏在建邺李氏家中。您负责收集整理图书，想请您替我讨来编辑，为我写一篇序，让我文名不朽。将来一定会重重报答您。韩仲卿醒来一想，这事本来也是自己的工作，何乐不为呢。于是到李家将曹植文集讨来，细细编订，分为十卷，并为之作序，圆了曹植求不朽的愿望。（《龙城录》卷上"韩仲卿梦曹子建求序"）

韩仲卿只能算是国家图书馆馆长，其文才自然远不如曹植，想来曹植只是把他当成一个靠谱的编辑看待，所以与他也没有什么文学上的交流和共鸣。稍可推衍的是，曹植所说的报答，不知落何处。因为在韩愈刚三岁时，韩仲卿就去世了，算不得享福。很可能所谓的"阴报"，应验在"文起八代之衰，道济天下之溺"的韩愈身上。有子如此，可以说是很大的福报了。

上面这三位青年才俊，都是英年早逝，所以即使再次现身，依然能将文青的风采定格。当然还有更重要的一点，这三位其实都是如假包换的贵族，做文青只是他们在锦衣玉食之外的兴趣爱好，而不是为了提升格调，因为他们的格调早就高得离谱了。当然，如果他们能徒步去一次香格里拉，格调还会继续提升的。

阴间如何抢生源

每到高考结束，名校争抢优质生源的话题就很热闹，有鬼君既不是清华、北大毕业，也与蓝翔毫无关联，所以可以毫无顾忌地开脑洞，于是想到了阴间抢生源的问题。

在大部分情况下，某人的阳寿已尽，阴差来拘走，这是常态，无须争抢。可是，淹死鬼（溺鬼）和吊死鬼（缢鬼），必须找到生人替代，才能转世。这些溺鬼和缢鬼寻找替代的过程，称为求替。如果说阴差是依据官方拘票，有一定的规章制度可循，那么求替则很少有章法，八仙过海，各显神通，谁有本事锁定替死鬼，谁就可以逃离苦海。

因为溺鬼和缢鬼都具备一定的超能力，所以开个空头支票，幻化美妙的愿景，是比较常用的办法。就像股市 4000 点的时候，言之凿凿地说牛市才起步，你难道不心动？

清代苏州人朱祥麟，生活不太检点，是个好色之徒。有一次在朋友家喝酒，散席时已是深夜。他在空荡荡的大街上游荡，走到护龙街（今人民路）时，见一美貌少妇独自夜行。老朱色心大动，也不想想深更半夜的，显然有诈。他尾随少妇走了一段，不断出言挑逗。少妇不答，只是微笑着向他招手。老朱大喜，跟着少妇来到一处宅院。房屋不大，但是陈设华丽，尤其是一张大床，"绮帷罗幔，绣被锦衾"。

少妇慢慢地轻解罗衫，一直脱到只剩内衣，让老朱先到床上去候着。老朱"心荡不能自持"，正待上床之时，眼前忽然一亮，见十多个人提着灯笼走来，灯笼上写着"苏州城隍"的字样。眨眨眼再看，少妇、众人、灯笼、房子、大床，全都不见了，自己正站在范庄前（近观前街）石栏杆的水边。老朱这才意识到，刚才碰到的是溺鬼找替身。所谓的上床，就是一头栽到水里去。这一吓，酒也醒了，色心指数瞬间跌停。"此等景象，必溺鬼幻为之，使非神灯一照，是人必于温柔乡中失足矣。"（《右台仙馆笔记》卷八）

不仅是溺鬼，缢鬼也擅长幻化场景，引人入瓮。当然，有些溺鬼脑子不太灵光，虽然幻化了场景，但计算有误，以致功败垂成。

很抱歉，这个故事还是在苏州。在苏州市观前街南不远处，有一条叫王府基的小巷，本地人称作"皇废基"，据说是张士诚的故居。那里有一条旱河，下雨天会有少许积水，天晴就干涸。清代时有个醉鬼从那里经过，被溺鬼迷惑下水，可是因为水实在太浅，无论如何也淹不死他。溺鬼正头痛之际，有人提着灯笼经过，对醉鬼说："你被鬼迷了吧，跟我走。"醉鬼跟着他走到玄妙观前宫巷，只见这人提着灯笼从一户人家的门缝中穿过去。这一下醉鬼才恍然大悟，知道自己遇上鬼了，这才逃脱。原来，那位提灯笼的是官方鬼差，也是来索命的，顺便砸了溺鬼的场子。（《履园丛话》卷十五"鬼差救人"）

上面两个故事，溺鬼都是单独行动，所以不存在争夺生源的问题。换句话说，如果只有一所大学的招生组进驻，考生没有其他选项。如果同时出现两到三个招生组，争夺就必然出现。

不去苏州了，这回是浙江绍兴的裁缝王二，他出门打工，半夜回家，手里还拿着几件缝制好的女装。经过一条小河时，忽然从水里跳出两个人，全身赤裸，拽住他就往水里拖。王二应该是中邪了，所以才不由自主地跟着他们往水里去。这时河边树上蹦下一人，吐着长舌，手里拿着绳子。他将绳子甩出，套住王二就往岸上拽。两个裸体鬼不干了："王二是我们的替身，你抢什么抢？"持绳鬼说："王二是裁缝师傅，你们天天在河里光屁股，又不用穿衣服，要他何用？不如让给我。"三个鬼就此争夺起来。王二虽然已近昏迷，但还有点意识，心里想着是，要是衣服弄丢了，可赔不起。在三鬼的争夺中，还腾出空来把手里的几件女装扔到树上。巧得很，他的一位亲戚正好在此时路过，月光映照下看到树上花花绿绿的衣服，走近查看，才救下了王二。（《子不语》卷九"鬼争替身人因得脱"）

这个故事很形象地说明，在争抢生源的过程中，溺鬼和缢鬼是如何互黑互撕的。不过其中还有个漏洞，假如两位溺鬼赢了，王二究竟做谁的替身呢？难道这二位还要继续厮打吗？

与之类似的还有《阅微草堂笔记》卷十七的一则故事：有个叫吴士俊的小混混，因为琐事被人揍了一顿，想报仇又打不过，一怒之下，打算上吊自杀。他刚走到村外，就有两个鬼过来致意。一个说投井死比较好，另一个说还是上吊风味更佳。各抓着他的一只胳膊，诚意相邀。小吴同志本来脑子就迷糊，这一闹，他也不知怎么死比较好了。这时，他的一位旧相识走来，赶走了那两个鬼，亲自送小吴回家。小吴回到家里，清醒过来，死志顿息。回想起来，那位旧相识其实早几年前就上吊死了。因为他死后家中贫困，小吴曾送了些钱救济。这旧相识的吊死鬼，其实是来报恩的。

　　很多人会问，既然求替会导致这么多的纠纷，为什么不设定一些规
则，让溺鬼和缢鬼按照规则寻找替身呢？当然，地府并非全无作为，还
是制定了规则的，曾有记载说："凡境内有欲自缢者，土地以告无常；
无常行牒，授意应替者。此间数十里内，更无他鬼，妾是以奉牒而来
也。"问题在于，虽然制定了规则，但遵守与否，如何遵守，其中可钻
的空子实在太多。丛林规则依旧是最高的生存法则。只有在极少的情况
下，要靠溺鬼或缢鬼的良心发现，主动放弃转世投胎的机会。像《聊斋
志异》卷一"王六郎"所述的情形，实在少见。

　　所以阴间争夺生源的战斗，是不会结束的。

在阴间，鬼如何约架？

纪昀的《阅微草堂笔记》中记载了不少能视鬼的特异功能者，因此也留下了阴间社会的一鳞半爪。其中一位视鬼者说：鬼亦恒憧憧扰扰，若有所营，但不知所营何事，亦有喜怒哀乐，但不知其何由。大抵鬼与鬼竞，亦如人与人竞耳。（《阅微草堂笔记》卷十一）鬼与鬼之间也有争斗，就像人与人之间一样，也是纷纷扰扰的。

当然，与人不同的是，鬼之间的约架没有那么多的繁文缛节，他们不喜欢打嘴炮，更愿意像成吉思汗那样：尔要战，便战。《阅微草堂笔记》卷四就记载了这么一个鬼约架的故事。

河北东光县有一个村子，村民急公好义，在战乱年代建了义冢，安葬那些无主的尸体。到雍正年间，东光县发生瘟疫，死伤无数。很快就波及了邻村，这时，村长梦见有百余人在他家门外致意，其中一人上前说：这次的瘟疫是疫鬼所传的，很快就要到贵村了。我们都是当年受贵村恩惠的无主之鬼，现在报恩的时候到了。我们打算组织起来阻击疫鬼。不过赤手空拳的，难以抵挡，想请您帮忙烧点纸旗、纸制的刀枪剑戟，武装抗暴！村长醒来，赶快召集村民糊了几百件武器和旗子，恭敬地烧化。过了几天，每晚都能听到村外传来喊杀声、格斗声，到天亮才停。后来，全村果然没有一个人染上瘟疫。

类似阴间为了阳间的安危而争斗的情况，其实并不少见，比如《广异记》"韦秀庄"条记载：唐玄宗开元年间，滑州（今河南滑县）城隍为了保护城池不被黄河淹没，与黄河之神约战。战前五日，城隍爷现形，请当时的滑州刺史韦秀庄助战。作为父母官，滑州的安危当然是第一位的，韦刺史满口答应。到了约架那天，他调集了两千士卒登上黄河边的城楼。当时河水暴涨，已到城下了。只见"河中忽尔晦冥，须臾，有白气直上十余丈，楼上有青气出，相萦绕"。白气是河神，青气则是城隍了。韦刺史命士卒对准白气一通乱射，过了一会儿，白气渐渐小了，最后消散不见，而青气则冉冉上升，回到城楼中。阴间与阳间精诚合作，最终击败了河神，守住了城池。

在志怪小说中，我们可以看到有大量阴兵的记载，不过，绝大部分的阴兵是为阳间服务的。对阴间来说，他们的维稳任务并不繁重，无需太多的常备军。当然，日常纠纷中出现争斗、约架的情况很普遍，只是他们对炒作并无兴趣，即使请人介入，也不过是做个评判而已。

有位瓜农，在坟地边种了几亩西瓜。每到西瓜快熟的时候，都要住在瓜田里守护。晚上偶尔有鬼经过，也不以为意。某晚，他听到外面有喧闹声，似乎是鬼在争斗。出来一看，只见有两个男鬼正在坟头厮打，边上有一女鬼扭扭捏捏地站着观战。两个男鬼一见瓜农出来，立刻停手，其中一位说："您来得正好，帮我们评评理。天下竟然有这么无耻的鬼吗？当着丈夫的面，调戏他老婆。"另一位也是这么说。瓜农问女鬼是怎么回事，女鬼很不好意思："我生前是妓女，我们的规矩是，只要恩客给的钱多，就悄悄地约定将来从良嫁给他。死后到了阴间，重操

旧业，但是客人太多，也记不清跟哪位定过婚约。"这两位就是为此争斗的。(《阅微草堂笔记》卷十四)

鬼找人做裁判，当然是出于对人类的信任，也是对人类社会基本道德规范的认同。因此，有些狡黠的鬼还会请人帮忙作弊。

有位老秀才在荒废的寺庙开了私塾，教孩子些简单的蒙学，以为糊口。因为在荒郊野外，所以晚上经常能看到鬼影幢幢，也能听到鬼在窃窃私语。老秀才见得多了，也不害怕，只是尚未与鬼打交道而已。某天晚上，墙外有声音说："老先生，我们做邻居很久了，一向不敢打扰。今天想请您帮个小忙，您常读古诗词，能不能抄录一首温庭筠的《达摩之曲》焚化。"又听很轻微的声音说："这首诗最后一句的'邺城风雨连天草'，请您将'连'字写作'粘'，感激不尽。"显然墙外的鬼颇有雅兴，在争这首诗的字句，想请老秀才做个评判，小声说话的那位，是想让老秀才帮忙作弊。老秀才手边正好有温庭筠的诗集，随手拿起扔出墙外。过了不久，就听外面"木叶乱飞，旋飚怒卷泥沙洒窗户，如急雨"。两个鬼已经为了一字之差打起来了。(《阅微草堂笔记》卷十七)

鬼为了诗词的字句争斗，已算够风雅了，甚至还有为了朱熹、陆九渊孰是孰非而扭打的，心学与理学之争延及黄泉之下，就不由得让人肃然起敬了。新儒家的开山祖师熊十力，就很喜欢跟人吵架，他跟马一浮、蒙文通、梁漱溟都吵过，与废名吵得甚至要动手了。

和谐社会，约约嘴炮即可，微博、微信上发一圈，就会有一大票围观者。为了学问打架，还是交给阴间吧。

敬祝雷神万寿无疆

　　关于造神运动，有鬼君以前偶有提及，但谈得不多。简单来说，造神可以分成两类，一类是民间造神，一类是官方造神。前者最新的例子就是"奶奶的庙"，至于后者，咱们还是说说古代的事吧。

　　古代官方的造神就是制定祀典，正史的《封禅书》《祭祀志》《郊祀志》都有大量的记载。因为列入祀典的神太多，这篇只谈关于雷神在祀典位次的一点小问题。

　　《周礼·春官》说"大宗伯""以槱燎祀司中、司命、飌师、雨师"，这可能是战国时期的想象，不过很显然，在这次的祀典中，并没有雷神的位置。其实，在整个先秦时期，对祀典的管理是很混乱的，按照司马迁在《史记·封禅书》中的说法："自五帝以至秦，轶兴轶衰，名山大川或在诸侯，或在天子，其礼损益世殊，不可胜记。及秦并天下，令祠官所常奉天地名山大川鬼神可得而序也。"在秦统一中国之前，各地造神运动很不统一，有的是天子审批，有的是诸侯审批，档案管理亦相当混乱。所以，秦统一之后，做的一项重要工作，就是将造神的权力收归国有，严禁各地批租神仙名额。

　　严禁地方批租神仙，并不等于中央政府不能干，秦始皇下了命令："而雍有日、月、参、辰、南北斗、荧惑、太白、岁星、填星、二十八宿、风伯、雨师、四海、九臣、十四臣、诸布、诸严、诸逑之属，百有余庙。"一百多座庙，一百多个神仙，就是没有雷神。

　　为什么会这样？有鬼君觉得，主要还是雷神的出身有问题。《山海经·大荒东经》介绍雷神的来历：东海的流波山有一个叫夔的雷兽，身子黑乎乎的、长着牛头人身，只要出入水中，必定会兴起风。它叫起来的时候，声音就像打雷。黄帝一看，这厮不错嘛，可以鼓舞士气。于是派人把它捉来杀了，剥了皮做鼓，把骨头做成鼓槌，敲一下雷声隆隆，五百里外都能听到。就这样，雷神把生命献给了黄帝领导的部落解放事业。（"东海中有流波山，入海七千里。其上有兽，状如牛，苍身而无角，一足，出入水则必风雨，其光如日月，其声如雷，其名曰夔。黄帝得之，以其皮为鼓。橛以雷兽之骨，声闻五百里，以威天下。"）

　　出身不好的雷神，只能不断熬资历，直到西汉平帝元始五年，王莽上书要求修改祭礼，就是祀典，提出要"分群神以类相从为五部，兆天地之别神"（《汉书·郊祀志》）。其中，立雷公庙、风伯庙于东郊兆，雨师庙于北郊兆。这可能是在文献中第一次提到雷公庙的设立。相对风伯、雨师这种老资格神仙，雷神在经过先秦及整个西汉的蛰伏之后，终于第一次进入高层。

　　可是，这个第一次多少有点尴尬，大家知道，作为理想主义者的王莽，最大的愿望就是恢复古礼，甚至不惜削足适履，可是，古代的祀典中并没有雷神的位置，这恢复古礼的名单，好像混进了什么似的。而且王莽在历史上的名声太坏，由他提拔进领导层，也不那么光彩。所以，后来很长一段时间的祀典中，雷神经常有意无意地被忽略了，也就是说，在安排祀典的铭牌上，经常会被漏掉。比如《隋书·礼仪志》说"（东）晋元帝建武元年……每以仲春仲秋，并令郡国县祠社稷、先农，县又兼祀灵星、风伯、雨师之属"。这个命令里就忘了给雷神放名牌。到了他的孙子晋成帝，雷神的名牌又放上了，进入六十二位天郊祭祀之神的名单（《晋书·礼志》）。就这样，在随后的几百年中，雷神一会儿跻身风伯、雨师的行列，一会儿又莫名其妙地被忽略。宦海浮沉，也是蛮苦的。

好在神仙的历史都是由帝王书写的，在伟大的唐代、伟大的唐玄宗天宝年间，在中华民族最强盛的新时代，雷神的地位迎来了历史性的转机。先是天宝四载，唐玄宗下令："风伯、雨师，济时育物。谓之小祀，颇紊彝伦。去载众星已为中祀，永言此义，固合同升。自今以后，并宜升入中祀。仍令诸郡各置一坛，因春秋祭社之日，同申享祠。"然后在天宝五载下令："发生振蛰，雷为其始。画卦陈象，威物效灵。气实本于阴阳，功大施于动植。今雨师、风伯久列于常祠，惟此震雷未登于群望。其以后每祀雨师，宜以雷师同坛祭，共牲，别置祭器。"（《文献通考》卷八十《郊祀考》）

这两道命令实在太值得分析了。先是指出风伯、雨师化育万物，劳苦功高，可是只安排了中层职位，德位实在不相配（谓之小祀，颇紊彝伦）。他们的同僚星宿之神，去年已经提升为高层领导了，今年无论如何也不能让风伯、雨师寒心了，理当晋升（固合同升）。将风伯雨师升舱，这是第一步。第二年，将雷神升舱也就顺理成章了。因为雷神参加工作比风伯、雨师更早（发生振蛰，雷为其始），贡献也更大（气实本于阴阳，功大施于动植）。这样久经考验，怎么能不给予应有的地位和待遇呢？于是，雷神也成功升舱。

这个次序是绝不能反过来的，首先，风伯、雨师从秦始皇以来就位居高层，而雷神则一直在高层上下徘徊，要提拔，必须从资历更深的干部先提拔。其次，要将雷神提升为高层领导，必须抛弃以往的出身、形象等不利的话语体系，建立新的话语体系，也就是说，雷电乃阴阳激荡所生，而"气实本于阴阳，功大施于动植"，从发生学的角度重新确立了雷神的优越地位。

这一次唐玄宗对风雨雷三位神仙的升舱，具有决定性意义。此后，雷神虽然不是每次都出席祭祀大典，但高层领导的地位已不可动摇。朱元璋登基之后，也对神谱有很重大的修改、调整，其中对雷神的地位做了明确的安排："风云雷雨、山川、城隍之神，凡各布政司、府州县，春秋仲月上旬，择日同坛祭。设三神位，风云雷雨居中、山川居左、城隍居右。凡各布政司府州县、春秋仲月上旬、择日同坛祭。设三神位、风云雷雨居中、山川居左、城隍居右。风云雷雨帛四、山川帛二、城隍帛一，俱白色。……先诣风云雷雨神位前、次诣山川神位前、次诣城隍神位前、次诣读祝所。"

祝文格式：

维洪武　年岁次　月　朔　日

某官某等，敢昭告于

风云雷雨之神

某府州县境内山川之神

某府州县城隍之神

曰：惟神，妙用神机，生育万物，奠我民居，足我民食。某等钦承上命，谨具牲醴庶品，用申常祭。尚飨

（《明会典》卷九十四）

什么意思？就是各地政府部门，要在祭祀时设立牌位、神像，祭品的规格、祭祀时的祝文都有一定的格式。而且《明会典》里提到的具体礼仪，是依级别不同而规格有差异的。

在国家的强力推行下，对风云雷雨的祭祀，不仅有仪轨、有理论，还有祭祀的尸主，宗教信仰的几大要素都全了。政府对提高雷神的地位，可谓尽心尽力。换句话说，雷神从西汉末年以来进入神谱系统。原本只是作为风伯、雨师的添头存在，由于唐玄宗的拔擢，在唐代以后，成为高级别的神仙。明代则被安排了一系列相应的待遇。至此，从造神到升舱的工作基本完成。

不过，官方所造的雷神，与民间的雷神却有些疏离了。简单地说，民间的雷神很接地气，《聊斋志异》《子不语》中几则关于雷神的故事，既有显示其威严的，也有显示其智慧的，甚至有提到他们御下不严，负有领导责任的。总之，民间的雷神更可亲、更有人情味，而官方的雷神则端坐于供桌前，吃吃冷猪肉而已。

把锅甩给老天爷

　　中国人自古以来就有甩锅给老天爷的习惯，这是因为中国的"天"有不说话的传统。

　　对于早期"天"或"帝"是不是人格神，其实一直有争论。比如《诗经》里说，"天命玄鸟，降而生商"，"履帝武敏歆"。前一句是说上天命玄鸟产卵，娀氏之女简狄吞之而生契，后来就是殷商的始祖。后一句说的是姜嫄踩到天帝的脚印而感生后稷，后稷就是周的始祖。这是很多民族都有的感生神话。问题在于这里提到的"天"和"帝"的面目都有点模糊不清。天命玄鸟可以说明天是有意志的，但也仅此而已，不能证明他老人家整天盯着下面有没有不公之事。至于踩到的脚印，有人说压根就不是天帝，其实是野人留下的。

　　相比之下，基督教里的上帝就非常明确，《旧约·创世记》第二章：耶和华神吩咐亚当说："园中各样树上的果子，你可以随意吃。只是分别善恶树上的果子，你不可吃，因为你吃的日子必定死。"耶和华会说话，会愤怒，会将亚当、夏娃赶出天堂，这是妥妥的人格神。当然，天帝是不是人格神，并不能区分宗教信仰的高低，只要能代表最高意志就行。

当然会有人反驳说，《西游记》里的玉皇大帝，不是有鼻子有眼吗？孙悟空就见了他很多次。这当然不错，不过，我们仔细看看这位玉帝的表现，孙猴子出世，他说："下方之物，乃天地精华所生，不足为异。"孙悟空闹龙宫、闹冥府，他说："朕即遣将擒拿。"太白金星说要去收服妖猴，他说："依卿所奏。"武曲星君说封他弼马温，玉帝也同意。孙悟空要做齐天大圣，他也同意……反正任何神仙上奏，他都同意，从来不驳回。如来对孙悟空说，玉皇大帝"自幼修持，苦历过一千七百五十劫。每劫该十二万九千六百年"。修炼了这么久的所谓天界最高统治者，在所有的议题上，摁的都是赞同键。他是表决机器吗？

实际上，人们也不可能所有的事都赖上帝。只能说，在既有的常识和逻辑都难以解释（或不愿解释）的时候，甩锅给老天爷是比较便捷的。比较有特点的是古代的科举考试。

作为中国特色的科举考试，是一种选官制度，但其难度比如今的公务员考试大多了。具体难到什么程度，研究科举制度的学者给出过一系列的录取率等统计数据，以及一些匪夷所思的案例。也就是说，"天道酬勤"在科场上是不大靠谱的，或者说，命数才是更管用的，而命数之所以管用，背后又有一些奇怪的因果报应的规则在起作用。以有鬼君所见，科场闹鬼事件对考生的冲击相当大，以至于几乎每次科场都会发生，而这些事件也往往被归之于严格的因果报应，也就是由不说话的那位玉帝哥们儿操纵。《夜谭随录》卷二说：

> 果报之异，在在有之，而见于棘闱者尤著。或云：举子入场之前一夕，执事官公服致诚以召鬼神，请神以红旗，招家亲以蓝旗，

引恩怨鬼以黑旗。召讫，插三色旗于明远楼四角，吏且招且呼曰："有冤者报冤，有仇者报仇。"云云。故场中怪异叠见，愈出愈奇。

读书人日常吃饭穿衣、琴棋书画、纵情声色，大约问题都不大，但是一参加科考，似乎就触发了因果报应的规则，四里八乡的怨鬼都会来考场寻找仇人。《续子不语》卷三"夺状元须损寿"记载：

清康熙年间，江南士人赴京参加会试，某人因在乡试中了解元，得意忘形，向其他举子自夸，今年的状元，舍我其谁！考期临近时，同屋有士人梦见文昌帝为本次考试开科取士，宣布名单时，果然那位解元是状元。士人梦中正心意难平，忽有女子上殿喊冤，说此人德行有亏，怎么能中状元呢？文昌帝转脸问一位穿红衣服的神仙该怎么处理。红衣神说，这事好办，明万历年间也有类似的情况。把下一届的状元提前到这一届录取就行。不过他提前三年中举，按例要减阳寿六年。文昌帝批准了，重新唱名，状元为王式丹。

第二天，那位解元照例在那里吹嘘，同屋的士人将梦中所见告诉他。此人立刻面如死灰：此冤孽难逃。不仅不想考状元，连考试都不参加了，当日就收拾行李回乡，半路上就病故了。那一届的状元，果然就是王式丹，后来在六十岁去世。

这个故事其实不怎么靠谱，因为喊冤的女子并未说明自己与解元的关系，以及解元究竟怎样德行有亏。而文昌帝不问缘由，就直接换了状元人选。真实的情况可能是这样的，呼声很高的解元忽然在大比前夕因病弃考，而且在返乡途中去世。这就引发了众人对科场潜规则解释的热情，将其改造成一个语焉不详的科场因果报应的故事。当然，无论怎样改造，甩锅给老天，是一定的。《清异录》卷下"会举人名鬼"有专门的说法：

> 释种令超，游南岳，将至祝融峰，逢赤帻紫衣人，同憩道侧。超问其所之，因密语曰："我岂人也，凡举子入试，天命俊鬼三番旁护之，欲以振发其聪明，其中为名第及时运未偶者，则无所护卫。君以一第为儿戏邪？我即其数也，隶蓬莱下宫西台，此来南岳，关会一人阴德增减耳。"

这个故事很清楚地指出，举子们能考中，完全是因为老天派神仙（俊鬼）保佑，考不中的，是因为"名第及时运未偶"，没有鬼神罩着，与个人的努力关系不大了。下面这个故事，说得就更神奇了：

清乾隆年间，广西乡试，某考场的考官发现一份试卷不错，就要推荐给主考，忽然梦见有人说："此人三破婚姻，不可荐。"他没在意，照样推荐了。主考也觉得不错，打算录取。结果那个考官又被托梦，说这份试卷的文章是抄袭的，连出处都给出了。托梦之鬼还警告说，如果你们不录取，这人的秀才功名还能保住，如果录取了，将来查出来抄袭，连秀才功名也要褫夺。你别害他了。考官去告诉主考，主考说，是不是抄袭的，我们一时也没法核实。放榜的时候，将此人置于后面，名次靠前有可能复核时会发现，放在后面应该会安全。没想到，放榜之后，那鬼又给磨勘的官员托梦，结果这秀才因抄袭而被除名。作者感慨地说："阴司之报施至于再梦三梦而不已，亦可谓不遗余力哉。"（《北东园笔录》四编卷六"破人婚姻"）

因为科举的偶然性太大，以至于有点风吹草动，就被认为有看不见的鬼神之手在起作用。《庸庵笔记》"戊午科场之案"就曾谈及，在咸丰八年那场惊天的科场舞弊大案之前："某夕哗传大头鬼出见。都人士云：'贡院中大头鬼不轻出见，见则是科必闹大案。'"结果呢，顺天（首都）乡试的主考、军机大臣兼大学士柏葰被砍了脑袋。不仅是清代科场案中唯一被处斩的一品大员，在科举史上死于科场案的官员中，他的职位也是最高的。

在严苛的因果报应规则笼罩下的科举考试，也因此跟个人的才学关联不大，七八岁时欺负弟弟妹妹、十几岁时爬墙头偷看女生洗澡、二十几岁时出去喝了一次花酒……这些当初不以为意的劣迹都可能在考场引爆，防不胜防。所以，科举上的问题甩锅给老天，是最便捷的办法了。

这届人民不行，因为上届的鬼不行

　　如果十年可算一个代际的话，有鬼君的办公室曾经出现过四世同堂，从六〇后到九〇后都有。这导致话题的公约数极小：弗吉尼亚·伍尔夫要解释、《存在与虚无》要解释、虎扑要解释、鬼畜要解释……六〇后可以倚老卖老，九〇后可以倚小卖小，八〇后人多势众，有鬼君这样孤零零的七〇后，分分钟被其他年龄段的同事碾成渣。

　　说到代际差异，其实一代有一代的特点，一般来说，谈不上什么优劣。不过，最近流行的"本届人民不行"这话，我们也不必妄自菲薄，古代的人民其实也不行，甚至更不行。《西游记》第八回"我佛造经传极乐 观音奉旨上长安"中讲到唐僧取经的起源：

　　　　如来对众言曰："我观四大部洲，众生善恶，各方不一。……那南赡部洲者，贪淫乐祸，多杀多争，正所谓口舌凶场，是非恶海。我今有三藏真经，可以劝人为善。……我待要送上东土，叵耐那方众生愚蠢，毁谤真言，不识我法门之旨要，怠慢了瑜伽之正宗。怎么得一个有法力的，去东土寻一个善信，教他苦历千山，远经万水，到我处求取真经，永传东土，劝化众生，却乃是个山大的福缘，海深的善庆。谁肯去走一遭来？"

这不是很明确地说南赡部洲的人民不行吗？那可是大唐盛世啊！那一代的人民都不行，其他时代就无足论了。

不过，有鬼君觉得，板子全打在人民身上也不全对，无论哪一代的人民不行，说到底都是因为前一代的鬼不行。谓予不信，《水浒传》的开头就说得分明："张天师祈禳瘟疫 洪太尉误走妖魔。"

宋仁宗朝内外提点殿前太尉洪信奉旨前往龙虎山请张天师，将伏魔殿强行打开，放出一干妖魔：

> 只见一道黑气，从穴里滚将起来，掀塌了半个殿角。那道黑气，直冲到半天里空中，散作百十道金光，望四面八方去了。
>
> 当时住持真人对洪太尉说道："太尉不知，此殿中当初是祖老天师洞玄真人传下法符，嘱咐道：'此殿内镇锁着三十六员天罡星，七十二座地煞星，共是一百单八个魔君在里面。上立石碑，凿着龙章凤篆天符，镇住在此。若还放他出世，必恼下方生灵。'如今人尉放他走了，怎生是好？"
>
> 有诗为证：千古幽扃一旦开，天罡地煞出泉台。自来无事多生事，本为禳灾却惹灾。社稷从今云扰扰，兵戈到处闹垓垓。高俅奸佞虽堪恨，洪信从今酿祸胎。

没有仁宗朝放出的这一百零八个魔君，哪里会有徽宗朝的各路强人聚义水泊梁山？这些魔君下到凡间，虽然只是人民的一部分，但各个阶层都有，覆盖面很广。他们是可以搅乱整个社会的。实际上，历史上的很多天灾人祸，都可以被归结为那时的人民不行，命数不好，而人民的命数不好，是因为转世前的鬼不好。

《聊斋志异》卷十一"鬼隶"记载，明末山东济南府历城县有两个差役，奉命到外地公干，年末回城交卸差使，遇到了两位同样是差役打扮的人，他们自称是济南府的差役。历城县两位差役说：济南府的差役，我们十之八九都相熟，怎么从未见过你们呢？对方回答说：实不相瞒，我们是济南城隍麾下的阴差，要到东岳府去投递公文的。济南府将有一场大劫难，我们此行递送的公文，是死亡的花名册。两个差役大惊失色，问究竟有多少人罹难。阴差说，具体数字不是很清楚，大约有百万人。什么时间呢？阴差说：正月初一城破。

两位差役吓得魂都飞了，算算日子，回到济南府的时间，正好是年底，岂不要赶上大屠杀？可是不回去，交卸差使的日子要延误。阴差说：你们两个蠢货，耽误时间重要，还是避开大劫难重要？赶紧逃吧。差役听了他们的话，亡命乡间。不久，清兵攻下济南，"扛尸百万"。

这次清兵攻占济南，记载并不太多，时为1638年，皇太极派多尔衮沿运河南下攻取山东，第二年正月，清军渡过运河，经临清，包围济南。济南无备，为清军轻取，德王被俘。俘获人畜计四十六万二千余，金银百余万两。至于屠杀人数，据历史学者研究，至少有十万人。蒲松龄1640年生于山东淄博，其父辈对此事印象应该极深。如此惨烈的人祸，至少在当时人眼中，恐怕与命数有关。

为大家熟知的唐代安史之乱，根子也出在鬼那里。时值唐玄宗朝，宰相李林甫的家奴苍璧死而复生，他向主人讲述了自己的经历：

苍璧被索命的阴差押解至一处大殿，阴差嘱咐他在殿角等候，自己先进去通报。这时，"见殿上卷一珍珠帘，一贵人临阶坐。似劙割事。殿前东西立仗侍卫，约千余人"。就是有君王升殿处理政务，有一红衣官员出班上奏：现下有新奉命下界叛乱的安禄山，等您指示。贵人问：李隆基虽然皇位已尽，但命保得住吗？红衣官员说：他生活奢靡，本来应该折寿的，不过因为不好杀戮，有仁慈之心，所以寿命之数还在。贵人又问：安禄山之后，还有数人僭越称帝，杀害百姓，要速速制止，不能让他们祸乱太久，伤了天帝的心。红衣官员说：自大唐建立以来，天下百姓安居乐业已久，"据期运推迁之数，天下之人，自合罹乱惶惶"。命数已到，老百姓该受罪了。贵人说：那这样吧，先把杨国忠和李林甫这两人弄到这里来。

这贵人又絮絮叨叨地处理了不少政务。苍璧在下面听着，也不敢乱跑。到了傍晚时分，贵人散朝，阴差带他上殿，见到一位道士，道士对他说：你赶紧回去，告诉主子李林甫，早点过来报到。苍璧就此被带回阳间。

李林甫得知世道将要大乱，对权势也不再关注，只是沉迷酒色中，结束了一生（《太平广记》卷三百三"奴苍璧"，引自《潇湘录》）。

历史学家对安史之乱的解读当然很有道理。不过，从有鬼君的视角看，真实的原因是，唐玄宗那届的人民命数已尽，"天下之人，自合罹乱惶惶"，且安禄山等数人叛乱，扰乱盛世，也是早已安排好的。所谓的"天下之人，自合罹乱惶惶"，当然不是指所有人，而是群体性的因战乱流离失所。

除了战乱这样的人祸，瘟疫、地震等天灾，也同样能造成群体性的命运多舛，而这些变故，也早在冥府的安排之中。比如《续夷坚志》卷四"镇城地陷"、《坚瓠余集》卷一"瘟部神放灯"等都谈到过，这里就不啰唆了。

更能精准说明人民的命运取决于鬼的是下面这则故事：

明末崇祯年间，安徽宣城有位姓高的秀才，在村庙里开馆教学生。某晚，他正在院子里纳凉，忽听背后的庙殿里灯影幢幢。从窗口望进去，只见面南坐着个儒生，两旁站着十多个顽童。这倒不奇怪，奇怪的是，这些顽童个个"深目巨鼻，貌极狰狞"。高秀才看得心惊肉跳，拍窗大喊。那儒生听到叫喊，走出来对他说：您别着急。我也是老师，这些小孩子，三十年后都是王侯将相。天帝担心他们目不识丁，所以让我办个扫盲班，让他们稍微认识几个字，略微知道点仁义道德。将来天下大乱，那些流民百姓，不至于被"其鲁莽啖噬也"。我就是借您的教室用一个月，之后扫盲班就结束了。说完他再进去熄灯，高秀才就什么也看不见了。（《觚剩》卷四"鬼徒"）

这里的暗示已经很明显了，那十多个"深目巨鼻"的孩童，就是要投胎转世将来入主中原的清朝勋贵。在当时汉人的想象中，清军入关之后，除了改正朔之外，更是文化上的重大创伤。为了让他们少些杀戮，连天帝也不得不对其文化水平进行强化速成教育。可是，速成的效果看来不是太好。

20世纪20年代，安源的工人夜校，从最初的一所、六十多人，发展到七所、上千名学员。这才是可以燎原的星星之火。明末那一届的鬼，十几个文盲才上了一个月的课，你能指望他们什么？

辑三　鬼世界的政治

地府的问责

郭沫若曾称赞《聊斋志异》说："写鬼写妖，高人一等；刺贪刺虐，入木三分。"此话流传甚广，也因此误导甚广。比如，我们往往会因此认为《聊斋志异》中的阴间政府无比腐败，以讽刺当时社会的黑暗，其中卷十的《席方平》被视作典型案例。当然，故事中的冥王确实贪腐残暴，不过最后的结局是，由于更高一级官员二郎神的介入，整个冤案大逆转，最后的判决是："冥王……宜剔髓伐毛，暂罚冥死；所当脱皮换革，仍令胎生。隶役……当于法场之内，剁其四肢；更向汤镬之中，捞其筋骨。"从阎罗王到最低一级的冥史，全受到了严厉的惩处。也就是说，地府对于失职、渎职乃至腐败的官员，也是有问责机制的。我们可以以管窥豹，从索命的角度了解地府的问责情况。

我们大都知道，中国古代的地方政府都属于现代政治学意义上的小政府。主要的工作是刑名和钱粮，也就是判官司和收赋税。地方的治理，大部分靠绅士。比如义仓、社学、铺路、修桥、迎神、赛事，以及维持风俗和道德，都是由绅士在承担。而地府，由于经济情况的特殊性，收赋税的工作也基本免了，只剩判官司这项工作。这项工作，大部分是与阳间打交道，其中最重要的就是勾魂，或曰索命。

按照那时的看法，每天有无数的冥官奔走于世间，负责将大限已到的人拘至阴间，完成索命的任务。因为工作量巨大，出现失误、偏差，甚至有冥官在其中上下其手，必然会有抓错的情况。事后是如何处理的呢？

最常见的是，发现抓错了，立即纠正，将人遣返阳间，但对冥吏不做过多处罚。五代时，浙江有位姓赵的小官，妻子病死，尚未安葬时又复活了。据她说，自己被冥吏拘押至阴间，结果冥官检索冥簿时，发现抓错了。当时一位白衣的冥官说，既然已经抓来了，将错就错吧。另一位绿衣的冥官则坚决要求遣返，两位官员还争执了许久。最后绿衣冥官严厉斥责冥吏，命其将人带回阳间。(《稽神录》卷四"赵某妻")

有些时候，遇到严苛的冥官，则除了改正错误外，还会及时对失职的冥官进行惩处。南宋高宗年间，临安人赵善广被冥吏追至阴间，到了地府，冥官严厉质问：赵善佐，汝前生何以敢杀孕妇？善广说，我不是赵善佐啊，是不是抓错了？冥官于是转脸怒斥冥吏，人命关天，不是小事，怎么能犯错？立刻命令将失职的冥吏收监坐牢，将善广遣返。(《夷坚乙志》卷十五"赵善广")在另一些故事里，抓错人的冥吏则会被当场打板子。

可能是由于害怕被问责，有些失职的冥吏会用各种方式掩饰。福建一位黄秀才的女儿黄十一娘，被冥吏索命。在赶赴地府的途中，冥吏发现自己抓错了，"忽有恐色"。于是威胁黄氏说：我要抓的是王十一娘，结果搞错抓了你。待会见到冥王，你就说自己姓王，要是敢说实话，我非捶死你不可。黄氏不敢回嘴，只得答应。幸好，他去世的父亲正在地府为官，认出了女儿，这才得以复生。虽然故事最后并未提及对冥吏的处罚，但"恐色"已经说明，追责是免不了的。(《夷坚甲志》卷十三"黄十一娘")

有些冥吏的掩饰方式不是威胁，而是蛊惑。唐宪宗元和年间，吴全素在长安复习应科举考试，半夜里有冥吏拿着公文将其抓到阴间。到了地府，发现自己只是上千人之一。地府安排他们每五十人一组，轮流点名进去。点到的，立时判决，被押赴各种不同地狱受刑。有受火刑的，有受汤刑的……轮到吴全素时，他辩解说："全素恭履儒道，年禄未终，不合死。"判官说："冥司案牍，一一分明。据籍帖追，岂合妄诉！"吴全素不服，要求查验冥簿，结果调阅冥簿查看，果然记着他还有三年阳寿，下一年科举得中明经，只是没有官禄，也就是没有官做。判官就开导他："人世三年，如白驹过隙，而且你这三年也没有荣华富贵可享。既然已经来阴间了，何必再回去呢？来来回回的，手续极其烦琐，不知要盖多少公章，不是给我们添麻烦吗？"吴全素说："我离家多年，就为了得个功名，再说还有三年寿命，怎么能放弃呢？"判官劝说无效，只得放他还阳。(《玄怪录》卷三"吴全素")

以上说的失职大都是阴差工作失误造成的，所以问责并不像我们想象的那么严厉，一般来说，能及时改止即可。可是对于阳间来说，这是人命关天的大事，为何如此轻描淡写呢？阴间自有说法。

河北献县一位姓韩的儒生，性情耿直，凡事爱较真。某天他被阴差索命到阴间，结果冥官查验冥簿，发现抓错了，该死的是另一位同姓的人。于是冥官命令打阴差二十大板，将韩秀才送回。韩秀才心中不服，抗议说：人命关天，你们怎么能任由昏聩的鬼做公务员？如果不查验冥簿，我岂不是要冤死了吗？你们还有脸自我吹嘘聪明正直？冥官笑着说："夫天行不能无岁差，况鬼神乎？误而即觉，是谓聪明；觉而不回护，是谓正直，汝何足以知之？"这话意思是，即使是宇宙的运行，也会有偏差的，何况是鬼神呢？工作中出现失误是正常的。工作失误能及时发现，这才是聪明；发现错误能及时改正，并不遮遮掩掩，这才是正直。在这位冥官眼里，天道也不是精准无误的，无论阳间、阴间，努力接近天道，能及时发现并改正工作中的失误，就很不错了。(《阅微草堂笔记》卷二)

这位冥官所说的地府运行的两条基本原则，虽然简单，但做到并不容易。

古代如何打击大 V

《国家信息化发展战略纲要》公布，其中提到"所有具媒体属性和舆论动员功能的网络传播平台都将被管理"。这是什么意思？因为没有见到学习材料，有鬼君也不是太懂，不过按照有鬼君熟悉的术语猜测，应该就是"禁淫祀"。

什么是淫祀，《礼记·曲礼》说："非其所祭而祭之，名曰淫祀。淫祀无福。"就是说，没有得到国家许可的祭祀活动，都是非法的；同样地，没有得到国家执照的庙宇，也是非法的，要坚决打击。得到国家许可的可祭祀的神仙有哪些呢？《礼记·祭法》说："夫圣王之制祭祀也，法施于民则祀之，以死勤事则祀之，以劳定国则祀之，能御大菑则祀之，能捍大患则祀之。"大致就是国家栋梁、民族英雄才有资格，搁现在，至少要能进八宝山才行。

打击淫祀也是自古以来的国策，《汉书·平帝纪》记载，西汉平帝元年就颁布了"班教化、禁淫祀、放郑声"的政策，这三条相当于如今的思政课、打击邪教大 V、反三俗。

为什么要禁淫祀？很简单，这些非法的庙宇和祭祀往往具有极强的动员能力，这对政权的稳固是极大的威胁。陈胜、吴广两人，何德何能，竟然扯起造反的大旗？还不是因为"大楚兴，陈胜王"这一嗓子吼出来的。后来以他们为榜样的例子，不用再举了吧。所以，对于这类邪教，必须扼杀在摇篮中：

三国时的名将孙策渡江作战，带了个道士于吉随行。于吉擅长制作符水，为人治病，在吴地威望很高。本来孙策不过将其视为保健医生，可是，于吉不安分，办了个传道的微信公号，在军营中与众将士勾勾搭搭，官兵们一大清早就往于吉的营帐里蹿，分分钟就 10 万 +。当时正逢天旱，船行缓慢，孙策正为此焦虑，目睹此事，勃然大怒。命人将其捉来：行军缓慢，军心不稳，你还在船上优哉游哉地装神弄鬼，败坏士气，非惩治不可。将于吉绑在已进入烧烤模式的太阳下，让他求雨，如果正午之前能求来大雨，就放他一马，求不来，立刻杀掉。

说来也怪，于吉被绑上之后，就开始乌云密布，到了中午时分，瓢泼大雨如期而至。众将士高兴啊，这下于道长有救了。孙策见到于吉如此得军心，更加不能忍受，食言杀了于吉。孙策的理由是："此子妖妄，能幻惑众心，远使诸将不复相顾君臣之礼。"在他看来，于吉的危害不仅仅在于求雨的妖术，作为十万 + 大 V，他的动员能力会动摇上下尊卑的政治秩序，当然得杀掉。（《搜神记》卷一）

在历代打击非法大 V 的运动中，涌现了很多牛人，最出名的要算狄仁杰。狄仁杰曾担任"知顿使"，负责皇帝出巡时的食宿，唐高宗驾临汾阳宫，经过并州。并州长史李冲玄上奏说，御道要经过妒女祠，这妒女祠很灵验，但是"俗言盛服过者，致风雷之变"，如果有皇帝的仪仗经过，必定引发暴风雨天气，惊动圣驾，建议改道。狄仁杰反对，说，皇帝乃真命天子，圣驾出行都是"风伯清尘，雨师洒道"，大小神仙都伺候着，难道要为一个小小的吃醋女鬼改道？高宗听了很高兴，这娃真是善解人意。

狄仁杰得皇上如此高看，仕途一帆风顺，后来升为江南巡抚使，巡视整个包邮国。当时包邮国多淫祀，非法大 V 多聚集于此，狄仁杰到了之后，依法治理，狠狠打击，整个包邮国的大 V，他老人家灭掉一千七百个，只留下四个根正苗红的（吴、楚俗多淫祀，仁杰一禁止，凡毁千七百房，止留夏禹、吴太伯、季札、伍员四祠而已）。（《新唐书·狄仁杰传》）

不过，剧情很快反转。狄仁杰打击非法大 V，没想到自己也成了大 V。武则天称帝时，他担任魏州刺史，因为为官清廉，造福百姓，他上调中央之后，魏州百姓也给他立了生祠，搞了个微信公号。每个月的月初，"皆诣祠奠醊"，烧香上酒。结果，远在长安的狄仁杰，上朝时竟然满身酒气，殊为不敬。幸好武则天知道狄仁杰素不饮酒，才没有怪罪他。（《太平广记》卷三百一十三"狄仁杰祠"）

狄仁杰这种对非法大 V 赶尽杀绝的办法，到了宋代以后，变成恩威并施。一方面要打击顽固不化的恶灵恶鬼，另一方面也要满足广大人民群众崇奉神祇的心埋需求。像狄仁杰那样，打得整个包邮国就剩四个公号，怎么"班教化"？于是，从北宋后期开始，对宣扬正能量的公号颁发许可证（《变迁之神》第 77 页记载，1070 年代，对神祇的赐封开始增多，大量的赐封活动从北宋后期开始，并在整个南宋时期一直持续）。这种颁发许可证的方式，也就是不再简单地查禁庙宇，而是将其纳入官方管理之中。政策的执行当然有很多复杂情况，不再啰唆。

在恩威并施的策略下，大 V 与政府管理之间的拉锯战始终存在，禁淫祀虽然是古代政府的基本国策，但直到清朝，还是无法杜绝。

康熙年间，西安副知府去终南山求雨，见到山腰有一座庙，庙里有一尊美少年的塑像，从服饰看，像是汉代的公侯。知府问道士，道士说这是孙策。知府说不对啊，孙策纵横江东，却从来没有来过长安。而且孙策是盖世英豪，这少年的塑像却很娘炮（而神状妍媚如妇女），多半不是孙策。正好太白山要修建龙王祠，那是有国家许可证的正规庙宇。知府就打算拆了这座庙，把砖瓦拿去盖龙王祠。

当晚，美少年托梦给知府，说：我不是孙策，是董贤啊！王莽把持朝政后，将我逼死。天帝可怜我死得无辜。我虽然身居高位，得哀帝宠信，但是从未害人。所以天帝封我为大郎神，主管此地的阴晴。知府当然知道董贤，那可是汉代最著名的同性恋啊，不免盯着他多看了几眼，果然媚态十足。

知府醒来之后，不仅不拆这座庙，还拿出一百两银子将其修缮，在董贤塑像边上，塑了当年给董贤收尸的义士朱栩的像。为了让董贤高兴，还在庙门塑了一座王莽的跪像。此后，他在这座庙求晴求雨，无不灵验。（《子不语》卷二"董贤为神"）

能容得下非主流文化的 gay，并且做好管理，收到了极好的效果，这位官员的管理水平，值得打赏。

记冥府的一次审判

　　按照有鬼君掌握的材料，冥府的法律体系显然是有缺陷的。虽然有鬼君认为，阴间的最高法是自然法，但这只是一个原则，离建成法网恢恢的完备体系还很远。

　　隋炀帝大业年间，担任兖州府佐史（大约相当于兖州都督的司法助理）的董慎，是个正直无私的官员。无论是都督还是其他官员，只要在执行公务时枉法，他一定会直言进谏。即使因此屡被斥责，也毫不畏惧。

　　某天，董慎出门办事，刚出了城门，就遇到一位黄衣使者，拿出文件对他说：泰山府君征召你为录事（掌总录文簿）。董慎接过文件一看，上面写着："董慎名称茂实，案牒精练，将分疑狱，必俟良能，权差知右曹录事者。"意思是因为他善于办案，公正无私，因此给了这个差使。董慎知道是地府征召，倒也不惧，就随着使者到了地府。

　　泰山府君一见董慎，就命下属赐他"青缣衣、鱼须笏、豹皮靴，文甚斑驳"。让他坐在自己旁边，并诚心请教："现在有一桩难办的案子。闽州司马令狐寔因为犯了重罪，被关入无间地狱中，可是天界有指令下来，说令狐寔乃天界大仙太元夫人的三等亲（亲疏关系相当于曾孙或外曾孙），所以按照八议中议亲的原则，减罪三等。结果其他犯人知道后，以犯人程虪为首的一百多位联名要求援引这一判例，也给自己减罪。天界指令他们统统减罪二等。我担心此例一开，大家都会攀龙附凤，找理由给自己减刑。您看这事怎么处理？"

董慎说："天地刑法，岂宜恩贷奸慝。随便减刑，怎么能服众呢？不过我只是一个法务人员，虽然知道这么做不合法，但是不大会写判词。常州府的秀才张审通，文采斐然，不如把他请来写判词。"泰山府君于是命下属将张秀才也请来。张秀才果然"辞彩隽拔"，分分钟写就："天本无私，法宜画一，苟从恩贷，是恣奸行。令狐寔前命减刑，已同私请；程虪后申簿诉，且异罪疑。倘开递减之科，实失公家之论。请依前付无间狱，仍录状申天曹者。"

大意就是将天界的指令驳回，一律不准减刑。判词上交天界后，很快有了回复，将府君严厉申饬，意思是说，八议是自古以来就有的司法原则（议亲，指皇亲国戚；议故，指皇帝的故旧；议贤，指依德高望重者；议能，指才能出众者；议功，指对国家有大功勋者；议贵，指上层贵族官僚；议勤，指为国家服务、勤劳、有大贡献者；议宾，指前朝的贵族及其后代）。堂堂太元夫人，连自己的曾孙子都罩不住吗？下界地府，竟然妄议天庭，特此罚泰山府君停止享受贵族待遇六十年。犯人的减刑判决不得更改。

泰山府君听了处分之后，勃然大怒，对张秀才说，你瞧瞧你干的好事，命令手下用一块肉塞住他的耳朵（即使其一耳失聪）。张秀才说，我再给上天写一份判词，如果还是不允，那就随便您怎么处罚。新判词说："天大地大，本以无亲；若使奉主，何由得一？苟欲因情变法，实将生伪丧真。太古以前，人犹至朴；中古之降，方闻各亲。……请宽逆耳之辜，敢荐沃心之药。庶其阅实，用得平均。令狐寔等并请依正法。仍录状申天曹者。"意思是法不容情，八议一出，大家各显神通，各种偷奸耍滑的手段都会冒出来，必须严格执法。

判词再上交后，上天的批示传下来说："再省所申，甚为允当。府君可加六天副正使，令狐寔、程孼等并正法处置者。"也就是说，抗诉成功，上天不仅准许了张秀才的判决，而且还升了泰山府君的官。府君大喜过望，命左右弄块肉捏成耳朵的形状，安在张秀才的额头上，说，刚才塞了你一只耳朵，现在给你三只耳，怎样？又转头对董慎说，感谢你推荐的好秀才，你原本还有九年阳寿，我再加你十二年。然后命阴差将两人送回阳间。

董慎后来果然又多活了十二年。而那位力抗天庭的张秀才，还阳之后没几天，额头就生出一只耳朵。这只新耳朵特别灵敏，时人都说："天有九头鸟，地有三耳秀才。"（《玄怪录》卷二"董慎"）

这次冥府的审判，最终是冥府抵制天界的指令，坚持了司法公正。太元夫人的天威还是没能够庇护自己的曾孙子。通观整个审判进程，我们可以发现以下几个特点：一、冥府的司法并不是完全独立的，天界对具体案件经常会有批示、指令；二、冥府司法亦有自己的主体性，对于上级的批示、指令，并不是盲目地执行，而是审视是否合理合法，而上级也不是一味霸道，听不进意见；三、保护、纵容权贵的八议制度，在阴间最终得以废止；四、判决书写得好坏，具有至关重要的作用。

虽然我们可以在其他材料中看到，冥府审案时确有不少枉法之处，但总的来说，这个不完备的法律体系还算公正。朱子说得好："未有天地之先，毕竟也只是理。"张秀才的第二份判词，很好地诠释了自然法在冥府至高无上的地位。

雷公老爷，你好大的官威！

在天庭、冥府的公务员体系中，雷部可能是规模最大的部门。这主要是因为他们的工作相当繁重，在各地行云布雨以及执行天罚，都需要雷神参与。按照《历代神仙通鉴》的说法，雷部最高长官的学名为"九天应元雷声普化天尊"，下辖复杂的雷部组织，总部为神雷玉府，下设"三十六内院中司、东西华台、玄馆妙阁、四府六院及诸各司，各分曹局"，且每个机构中均有"玉府左玄、右玄、金阙侍中、仆射、上相真仙、真伯、卿监、恃宸、仙郎、玉郎、玉童、玉女左右，司魔诸部雷神、官吏、将吏"。具体的数目也许无法精确计算，但可以想象这是一个多么庞大的机构。然而我们要注意到，真正在一线工作的，是最后才提到的"诸部雷神、官吏、将吏"，那些个"金阙侍中、仆射、上相真仙、真伯"等等，都是坐办公室的行政人员。

一线员工地位最低，这不难理解，而且雷神还有致命的弱点——丑！

雷神最早的形象出于《山海经·大荒东经》："状如牛，苍身而无角，一足，出入水则必风雨，其光如日月，其声如雷，其名曰夔。"后来虽然有所变化，但始终没有进化成人形，总是"背插两翅，额具三目,脸如赤猴,下颌长而锐,足如鹰爪"。这种糙哥形象,不仅显得鲁莽、粗俗,事实上他们也确实比较简单粗暴。东汉王充的《论衡·雷虚篇》曾这样描述:

> 盛夏之时,雷电迅疾,击折树木,坏败室屋,时犯杀人。世俗以为击折树木、坏败室屋者,天取龙;其犯杀人也,谓之阴过,饮食人以不洁净,天怒,击而杀之。隆隆之声,天怒之音,若人之呴吁矣。

《乡曲枝辞·雷击逆妇记》记载了一位虐待婆婆的儿媳受雷击的情况:

> 妻反肆诟诼,且语侵其姑。邻人咸集,为之排解。忽雷声殷然,黑云如墨。妻似有所觉,急趋后圃,取大瓮覆其头。俄顷霹雳一声,瓮底穿穴,头出于外。穴环其颈,若荷枷然。宛转哀号,母怜之,欲破瓮以出。……越日而毙。

雷神发起火来,连皇宫也不放过,《庸庵笔记·己丑八月祈年殿灾》记载:

> 光绪十五年八月二十四日寅刻,雷电交作,大雨如注,西便门外有一槐树陡被雷击,树中有蟒蜕一具,长约丈余。或曰蛇已被雷收去,或曰避而之他。喧传之际,雷又大震,岳撼山摇,霹雳一声,直击祈年殿前所悬之额,碎堕陛上,雷火燃着悬额之楣木。未刻,殿内火起,烟焰从福扇窗棂冒出,烧着梁柱,其光熊熊如赤虹

亘天。……奉祀刘世印率人进殿，将列祖列宗楠木雕刻之九龙大宝座抢出，而皇天上帝之宝座火已燃及，无从措手。戌刻后，祈年殿八十一楹及檀木雕成之朱扉黄座悉为灰烬。数十里内光同白昼，香气勃发。……夜过半，火势犹未衰，至天明乃熄。丹陛上之汉白玉石栏杆悉皆炸裂。

据作者薛福成介绍，祈年殿向来是各种妖精的最佳藏身之地，雷神为民除害，理所必然，可是他们发起狠来，连天帝的牌位也不放过。好大的官威啊！

可是事情还有另一面，我们同样看到很多雷神猥琐、愚蠢的记载。《稽神录》卷一"江西村妪"条曾提到，有个乡村老太被雷劈伤手臂，空中立刻传来惊呼："糟糕，劈错了！"随即落下一瓶药膏，还顺带说明须外敷。雷神随身携带疗伤药，可见准星欠佳的情况时有发生。有些糊涂的雷神甚至连药膏也忘带了，只能随口介绍土法偏方，"可急取蚯蚓，捣烂傅脐中"。

《志怪录》"莲花和尚"条中，误伤的后果更加严重。一位每日行善的和尚无缘无故遭到雷劈，连脑袋都被打裂了。众人猜想这和尚多半表面做善事，其实背地里作恶多端，因此遭阴谴。可是五天后和尚还阳，说自己是被雷神误伤的，雷神及小鬼们在阴间抢救了数日才使他复生。人是活了，可是肢体的损伤却无法回复原状，脑壳已成八楞状，从此人们称他"莲花和尚"。

最夸张的一次是《五杂组》卷一的记载，唐朝时，某条触犯天规的龙逃出天庭，躲在代州城的一棵大槐树中，被执行追逃任务的雷公劈了。不过，雷公竟然在执行天罚时被卡在树杈中，卡在……树杈中……

狂吼数日也挣不脱。乡民们不敢靠近。狄仁杰此时正在代州为官，与雷公交流之后，命令木工锯开大树，这才救出这个蠢货。至于其他一些糗事，比如执行任务时被顽童用竹框子罩住无法挣脱，被人浇了一桶尿飞不起来之类，更是屡见记载。

为什么雷神出丑的记载也这么多？首先要说明，一支如此庞大的队伍，出个把蠢材、败类是很正常的。其次，因为雷神、雷将的数目，还远远无法满足下界百姓呼风唤雨以及执行天罚的需要，所以雷部在凡间招收了大批预备队、临时工。

有个姓董的小伙子，因为长得尖嘴猴腮，与雷公颇有几分神似，某天在睡梦中被值日的功曹引荐到雷部救场。因为有两位雷部将军加班行云布雨，积劳成疾。目下有一桩急活，下界某儿媳不孝敬公婆，触犯天条，被判雷劈而死，以正风俗。小伙子只要在空中把雷斧对准不孝的儿媳扔下去即可（有土地神在地面精确制导，不会劈错）。任务完成得很轻松，雷神也很满意，想让他转正。小伙子可能觉得这工作不够体面，找了个理由拒绝了。（《子不语》卷五"署雷曹"）

不过，预备队招多了，难免就会有滥竽充数的，权限不大、能力不强，官架子倒是很足，比如雷奴：

清代杭州有个姓施的市民，六月天雷雨过后，到屋后小解，忽然看到树下"有鸡爪尖面者蹲焉"，吓得狂呼"触犯雷神"，赶紧回屋。当晚就神志不清，被雷神附体，雷神提了要求："治酒饮我，杀羊食我，我贷其命。"家人赶紧让雷神吃好喝好，施姓市民三天后才痊愈。不久有道士经过，得知此事，哈哈大笑：这算哪门子的雷神啊！不过是雷部的奴才而已，小名阿三，专门侍奉雷神、雷将的。最喜欢在凡间狐假虎威，骗人吃喝，真正的雷神，法力高得多。（《子不语》卷八"雷部三爷"）另外，《子不语》卷八有雷锥被人偷走，《夷坚支志》戊卷九有雷斧被小孩子夺走等各种"雷神"出丑的记载。

　　大胆猜测一下，那些涉及"雷神"猥琐、愚蠢、颟顸的记载，大部分并非真正的雷神，而是作为临时工、预备队的雷部奴才，他们本事没多少，官腔倒是学得十足。

冥府撤诉之后

在志怪小说中，有大量活人入冥后复生的故事，也就是我们通常说的到阎罗殿走了一遭。此类故事其实可以从入冥的原因做进一步细分。有鬼君以自己阅读所得，大致分成以下几种情况：一、被阴差索命，但是到了冥府后发现抓错了，再被放回；二、同样被索命，但入冥后因各种机缘被捞出来；三、入冥担任临时工，即"走阴差"；四、作为证人在冥府的案件审理中出庭；五、被冥府约谈。

第一种大致相当于活人被冥府起诉之后又撤诉。起诉很好理解，也很简单，阎王殿发出一份索命的文书，阴差就可以拿着文书到阳间拿人。麻烦在于撤诉过程以及善后事宜，比如，阴差抓错人是否要按照渎职罪受罚？生人在冥府受到的精神、肉体上的伤害怎么办？冥府撤诉后怎样与人达成和解？……

幸好，这一系列问题，在志怪小说中都有答案。

阴差渎职是否受罚？答案其实很可笑，全看审判官的心情。在聊斋著名的《席方平》故事中，席方平最后能翻案成功，是因为遇到了二郎神。二郎神的判词中说："城隍、郡司……受赃而枉法，真人面而兽心！是宜剔髓伐毛，暂罚冥死。……隶役者……肆淫威于冥界，咸知狱吏为尊；助酷虐于昏官，共以屠伯是惧。当以法场之内，剁其四肢；更向汤镬之中，捞其筋骨。"不仅处死，还要用清朝十大酷刑伺候，挫骨扬灰。这几个贪赃枉法的酷吏，基本是按照顶格刑罚处置的。在正常流程情况下，判官一般就是申饬阴差几句，责令送人还阳即可，要是不小心误抓了冥官的亲朋好友，可能也就打几十大板。这类故事很多，不再举例了。

为什么冥府对渎职罪的处理这么轻描淡写？有鬼君猜想，阳间最看重的人命关天，在阴间的权重却很小。说阴间是草菅人命也许有点苛刻了，但至少他们不是很在乎。

正因为冥府对于人命关天看得很轻，所以在撤诉过程和善后事宜上，也让我们觉得非常草率：

《子不语》卷二十三"饶州府幕友"记载：饶州府幕僚袁如浩跟着主翁新上任，某晚上厕所见到一个三十多岁的白衣男子，他自称是上一任幕僚，已身为鬼魂。上任太守侵吞赈灾款，灾民到天庭上访。天庭派人核查账簿，没想到太守早准备了假账本，蒙混过关。灾民反而被判诬陷罪，为首者处以死刑。灾民到阴间后继续上诉城隍，这个幕僚虽对太守的罪行一无所知，也被株连，被抓入阴间关着，等一个月后案情查明，他"罪虽获免，而皮囊已腐，不能还魂"。不仅如此，他在阳间的棺材被扔在官署墙角，民工在这里随地大小便，污秽不堪。这个幕僚复活早已无望，只能恳求袁如浩将他的棺材移至郊外安葬。

在这个案子中，冥官并未贪赃枉法，但对幕僚撤诉之后，理论上是将其释放了，实际上却魂归无处，这条命就交待了。连入土为安都做不到，更不用说什么冥府赔偿了。

当然，在冥府撤诉之后，有不少人能复活回到阳间，但冥官却不肯承认自己的错误。《广异记》"河南府史"记载：唐玄宗天宝年间，一位姓王的小公务员，莫名其妙被捉到阴间，冥王判决更可笑："此人虽好酒，且无狂乱，亦不辜负他人，算又未尽，宜放之去。"就是说，王公务员虽然有点贪杯，但是没有喝酒误事，平时也没做过什么坏事，冥簿上的寿命也没到期，就放他回去吧。这纯粹是在拿人命开玩笑呢！冥王接着说，既然来了，就参加一个地狱警示教育培训班吧，警钟长鸣。王公务员只能可怜兮兮地跟着参观了血腥的酷刑教育。这姑且算是入冥的必修项目，倒也罢了。更为荒唐的是，培训班结束后，冥王又说，你还阳之后，真的会向群众宣讲咱们冥府的因果报应吗？老子想来想去，你爱喝酒也得入罪才行，否则显得咱冥府没有威慑力。命令阴差用竹竿蘸上水，在他脚上点了一下，再放其复生。王公务员还阳之后，被水点的那个地方长了一个疔疮，至死也治不好。

在《耳谈》卷一"保安州城隍"的故事中，因为阴差错抓了卖肉的屠夫施忠，而且在抓捕过程中野蛮执法，直接锁住施忠的脚脖子，拖到冥府。等案情清楚，被放回时，"其双足皆损，必杖而跛曳始行"，造成了永久的残疾。

有些撤诉的进程，更体现了冥府官僚体制办事拖拉、不负责任的特点。《太平广记》卷三百七十五"韦讽女奴"记载，唐代韦姓富豪的婢女，因为长得漂亮，被正房嫉妒，竟然将其活埋在园中。婢女死后，先由冥吏初审，发现冤情，命不该绝，于是判决她还阳。可是，二审的判官在审理过程中，因为其他错误被免职。这个案子就被搁置了，这一搁就是九十多年！九十多年，能想象吗？然后，因为天庭来清查积案（有天官来搜求幽系冥司积滞者，皆决遣），婢女才被释放。据婢女自己陈述："如某之流，亦甚多数，盖以下贱之人，冥官不急故也。"身为女奴，地位低下，她的冤案能在九十多年后浮出水面，还是要感谢天庭的。

至于冥府撤诉后的和解措施，基本是没有的，能让人顺利还阳，就很仁慈了。只举一例吧：

博陵人崔敏壳，十岁的时候被阴差误抓，暴病身亡。他在阴间申诉了十八年才成功。阎王在申诉判决之后对他说，我们是该放你还阳，不过十八年了，你在阳间的肉身早已腐烂，没法处理啊。不如这样吧，本王给你找个好人家转世投胎，官位和俸禄都加倍，算是赔偿了。崔敏壳不干，就想要回这条命。阎王说不过他，再加上理亏，只能派人买了进口的"重生药"，将其肉身恢复。（《太平广记》卷三百零一"崔敏壳"）

冥府的换届问题

一

冥府的公务员大部分从阳间征召，这个早已说过，但征召的形式并不一致。如果与阳间选拔官员作比较，那么有以下几个特点：首先，选拔是单向的，即冥府单方面发布调令，不是靠到处投简历拿到 offer。这很好理解，没有几个人活得好好的，想到冥府做官。其次，来自冥府的征调是经过充分酝酿考察的，德行优先，德才兼备是基本的原则。最后，对调令基本不能拒绝，但有时可以想办法拖延。

我们先看一则故事，大致描述了征召的程序：

南唐常州刺史陆泊自上任以来，"性和雅重厚，时辈推仰之"，是个宽厚仁慈的好官。某年九月，他的副手李承嗣来访，他忽然对李说：明年这个时候，我就要与诸君诀别了，尚有一年阳寿。原来，不久前有阴差托梦，将他带到冥府（名为"阳明府"）。冥府官员向他宣读了调令："泊三世为人，皆行慈孝，功成业就，宜受此官。可封阳明府侍郎，判九州都监事。来年九月十七日，本府上事。"陆刺史说，这是灵命已定，没法更改了。李承嗣只能默然无语。第二年，直到九月十六日，陆刺史身体还没有任何异样。李承嗣有点狐疑：我们向来视您为智慧长者，可是这次的事很蹊跷，您是不是受了什么妖异蛊惑了？陆刺史说，不会错的，我已经把公私事务处理完毕。第二天果然就到那边上任了。（《稽神录》卷一"陆泊"）

我们可以简单解说一下调令的说法，"三世为人"，应该是指陆泊三次转世都是人身，而且德行上、功业上都很有成就，所以调任冥官。并且明确了他的职务和分管领域，指定了上任的时间。这是一份比较完整的官方文书。

阳明府所指尚不知晓，根据行文看，应该不是城隍一类的地方政府，而是中央部委。"都监"在宋代掌军事，可能陆泊是调至冥府的国防部或军委工作。提前一年宣布调令，也是为了给陆泊更充裕的时间安排阳间的后事，比较人性化。

在很多记载中，冥府征召都是会给假的，短的三天，长的有十天、二十天，韩世忠被冥府聘为阎罗王，给的假期是一个月（《夷坚志》补卷二十五"韩蕲王"）。

至于选官的标准，记载中也往往会有说明。比如"太山府君选好人，（孔）瓒以公明干，则相荐举"（《太平广记》卷三百二十七"李文府"）、"上帝以邺郡内黄县南兰若海悟禅师有德，立心画一册，有阎波罗王礼甚。言以执事有至行，故拜执事为司命主者，统册立使。某幸列宾掾，故得侍左右"（《宣室志》"郄惠连"）、"近上帝以靖平生无诣，俾主判地下平直司，候天符下，即之任矣"（《括异志》卷一"陈靖"）……都是强调德行优先、德才兼备。而且，冥府还要特别强调，阴间选官比阳间要公正无私得多，比如《剪灯新话》卷四"修文舍人传"说："冥司用人，选擢甚精，必当其才，必称其职，然后官位可居，爵禄可致，非若人间可以贿赂而通，可以门第而进，可以外貌而滥充，可以虚名而攫取也。"

有时候，因为过于强调德行优先，甚至文盲他们也征召。

《坚瓠秘集》卷三"东岳祭酒"的故事说，明万历年间，长洲一位符姓市民虔信道教，每日祈禳不辍。某天有阴差拿着公文找他，说东岳府君请他到阴间某司做祭酒，大约就是文教部门的司长的位置，现在是公示阶段，稍后就会正式任命。符某虽然信教，可是也不愿入冥做官，心里惴惴不安。过了几天，有位白发苍苍的官员来访，原来是前任祭酒。这官员跟符某说了一大通官场的套话，意思是我的任期已满，要调离岗位。因为知道老兄"心平才赡"，所以推荐你接任。符某推说自己不识字，是文盲。那官员说，无妨的，我上任的时候也是文盲，官是做着做着就会的，"治事久之，豁然通灵"。符某又说自己孩子年幼，无人照顾。那位司长有点不耐烦了，直截了当地说："你要是真的舍不得这个家，那就带上老婆孩子一起上任吧！或者在阴间另外找一个人成家好了，那里好姑娘多的是。公务上的事，不要这么娘炮！"（公欲挈妻子，则请尊夫人同行。不则冥中亦多佳配，何必恋恋为儿女之态。）符某一听，赶紧安排后事，独自上任去了。

二

一般说来，接到冥府征召调令的人，一开始是拒绝的，因为不能让他去死，他就得去死。中年男人，不管是否油腻，总是怕死的，往往会找出各种理由推脱。只不过这种调令几乎是无法拒绝的，能做的就是拖延。

晚清浙江德清人蔡兆骐，二十九岁的时候，梦见有阴差将他带到一处官府，拜见长官之后。领入一间办公室，让他在这里办公。蔡兆骐对阴差说：感谢组织上对我的信任，可是我有实际困难，家中孩子年幼，我这一死，他就成孤儿了。阴差说：这事我们也是根据调令来处理，您既然不愿做官，最好写一份书面的说明，光在这里跟我们说也没用。蔡兆骐秀才出身，李密的《陈情表》是读得烂熟的，于是扯了些"乌鸟私情，愿乞终养"的话头，写了一份《陈情表》。阴差拿走之后，过了一会儿就回来说：您的调令推迟二十年执行。蔡兆骐当然很高兴，可以多活二十年呢。

二十年后，蔡兆骐代理江苏丹徒知县，冬天时分，蔡知县生了场重病，梦见上次的阴差来征召。醒来之后告诉幕僚，准备安排后事。幕僚说，既然上次都能推迟，这次为什么不再试试呢？于是蔡知县又写了一份陈情表，请求再推迟二十年。这回不能以孩子年幼为借口，不过他脑筋灵活，在文章里说，自己有四个儿子，如果每个儿子借五年阳寿给自己，就能延寿二十年了。写完就在丹徒县的城隍庙里焚化了。之后病势略有起色，可是，到正月里，大批的阴差直接来接他上任了，他自知难免，交代后事之后，第二天就去世了。据他最后说，迎接他的阴差，提的灯笼上写着"山东即墨城隍"的字样，看来是跨省上任了。（《右台仙馆笔记》"卷十三"）

对这个故事，有鬼君有几处困惑，首先，调令的期限弹性太大，大多数记载中，可以给十天半月的假，多的也有一两年的，可是这哥们儿，就写了一份不知是否属实的报告，也没有走什么门路，一口气就推迟了二十年。其次，如果暂不上任，一般冥府会另外找替死鬼（备胎）担任，比如《聊斋志异》第一篇"考城隍"就是。但往往会做出说明。可是这个故事对山东即墨城隍之职是否空缺，并没有交代。最后，蔡知县是浙江人，在江苏做官，符合乡里回避的制度，那么到山东担任冥官，是否阴律的人事安排也有回避制度呢？材料所限，还没法下结论。

大概可以这么说，冥府的组织人事制度还有不少模糊地带。因为下面这个故事，成功地拒绝了调令，用的方法也比较奇葩。

唐代宗大历年间，卢仲海与叔叔卢缵游历江南。当地主人盛宴招待，兴尽而散。卢缵喝多了，可能是酒精中毒，上吐下泻。卢仲海急切之间也找不到医生，只能在床前服侍，可是，到半夜时分，叔叔还是去世了。卢仲海一时手足无措，忽然想起招魂的礼仪，也许可以将叔叔从阴间喊回来。他也不懂什么仪式，只能不停地喊叔叔的名字。连续不停地喊了几万次，奇迹发生了，卢缵居然活过来了。卢缵告诉侄子，当时自己迷迷糊糊的，被几位阴差拖着，说是奉上司尹郎中之命，请他赴宴。来到一处豪宅，尹郎中亲自迎接，摆下盛宴款待，陪客也是些官员。"左右进酒，杯盘炳曜，妓乐云集"，卢先生吃得满心欢喜。正高兴的时候，听到侄子呼唤自己的声音，他当时已经目眩神迷了，也没在意。吃了一阵，呼唤的声音又传过来，而且语气悲戚，卢先生心里就有些不安了，觉得在主人家也喝得差不多了，就起身告辞。尹郎中苦苦挽留。卢缵推脱说家中有急事，尹郎中只得放他回来，但是说明是暂时的，下次还要请他来做官。

卢仲海对叔叔说，既然招魂术有效，他们再来征召，还可以喊回来。于是焚香准备着，正忙着呢，他叔叔又没气了。卢仲海像刚才一样继续呼唤，而且喊得更加"哀厉激切"，到天快亮的时候，卢缵又活过来了。他对侄子说，跟刚才一样，尹郎中又请我大吃大喝，等我喝得七荤八素了，他拿出调令（方敕文牒，授我职），宣布我的职务。这时又听到你在喊，虽然想不起什么原因，但听到你的声音就心里难过，再次请求尹郎中放我回来。主人哈哈大笑，说，真是奇迹啊！就放我回来了。

卢缵琢磨，这么来来回回的也不是事，对侄子说，现在天亮了，"阴物向息"，而且据说鬼神也是实行属地化管理的，不能越界，咱们这就起身离开，说不定能躲过这一劫。叔侄俩商议停当，收拾行李就坐船离开，果然此后再也没事了。（《太平广记》卷三百三十八"卢仲海"）

在所有拒绝、推脱冥府 offer 的故事里，这是极少数成功的，而且采用的化解办法又如此奇特。招魂仪式历史悠久，早在冥府建立之前就很流行，但后来只是作为葬礼上的一个规定动作，并没什么效用。可是这却成功地拒绝了冥府的调令。尹郎中说是奇迹，显然也是出乎冥官之意料的。

为什么会这样？有鬼君试着瞎说几句。马克斯·韦伯说，古代社会的统治类型包括：卡里斯玛（个人魅力）型、传统型、法理型。冥府征召官员，一般有正式的公文和执行人员，强调的是阴律的严格和权威性。实际上，阴律的严苛和严格在冥府执行得很坚决，连阎罗王也必须遵守，不得违犯。冥府统治的法理型特点是很鲜明的。但是如我们看到的，当被征召者找出形形色色的理由来推脱时（这些理由往往涉及家庭伦理义务），却能起效。也就是说，法理型的统治并不是严丝合缝的，对于传统的要求，一般会留出不少缝隙。至于卢缵的情况，有鬼君更倾向于是卡里斯玛型。因为，以家庭原因推辞征召的情况，尹郎中肯定见得多了，他之所以要说是奇迹，多半是对招魂术这一原始的技艺能起效感到不可思议。在冥府日趋理性化的统治中，卡里斯玛类型应该还有遗存。

三

《太平广记》及其他志怪作品中有很多仙话故事，结尾往往会有固定的桥段，即仙界派仙鹤或龙作为坐骑，下界迎接得道的神仙。坐骑的数量不定，可能与神仙的级别并无关系。最初看到这类记载，觉得很没意思，有些升仙者不过尔尔，却在凡人面前耀武扬威。比如八仙过海，声势挺大，却被地位不高的东海龙王阻拦，闹得灰头土脸的。后来慢慢才理解，对神仙的迎接仪式，具有强化神圣感的作用。

同样地，被冥府征召也很光荣，所以不少冥招故事都介绍了冥官履新的仪式：

南北朝时期，江苏广陵人刘青松，一早起来就见到有人穿着官服向他宣布调令，"召为鲁郡太守"，说完就不见了。第二天，这位官服哥们儿又来了，对刘青松说，您该办入职手续了。刘青松知道自己命数已到，安排家事，沐浴更衣。到了晚上，就见有车马停在门前，有侍从迎接，刘青松"奄忽而绝"。家人见到他魂魄出窍，坐上马车，车子向南驶出，一会儿就隐没不见了。（《幽明录》）

这里介绍的上仕仪式比较简略，但是还是可以看出，刘青松担任冥府的太守，虽然调令宣布得突然，没有给他多少准备时间，但在配车、随员安排上，都遵循一定的规格，并未轻忽。

在另一则故事中，吉碧石（曾担任南朝宋初大将檀道济的参军）被冥府征召，担任泰山府君的主簿，大概相当于冥府办公厅主任，权势极大。他上任时"便见车马传教，油载罗列于前"，除了配车，还有仪仗队，显然冥府很是看重。（《太平广记》卷三百二十三"吉碧石"）

记载冥官上任仪式最为详细的，大概是《宣室志》的"郗惠连"一文，当然，郗惠连入冥做的官也不小——阎罗王：

郗惠连生活于唐代宗大历年间，他生前只是漳南尉，在唐代，大约只是九品官而已。可是，冥府用人确实不拘一格，直接任命为阎罗王。最初宣布调令的也不是普通阴差，而是"衣紫佩刀"的组织部官员，调令也与众不同，"以锦纹箱贮书……轴用琼钿，标以纹锦"。连官服也事先准备好了，是"象笏紫绶、金龟玉带"。郗惠连又惊又喜，还来不及多问，迎接的仪仗队就到了。有司仪进来禀告"驱殿吏卒且至"，然后就见"数百人，绣衣红额，左右佩兵器趋入，罗为数行，再拜"。接着是五岳阴兵将领觐见，又是几百人进来拜见。这还没完，司仪继续宣布，参加迎接新阎王仪式的官员还有"礼器乐悬吏、鼓吹吏、车舆乘马吏、符印簿书吏、帑藏厨膳吏"，又是几百人，连阴间的厨子、会计、马夫都参与迎接。接见已毕，郗惠连出门上任，"数骑夹道前驱，引惠连东北而去。传呼甚严。可行数里，兵士万余，或骑或步，尽介金执戈，列于路。枪槊旗旆，文绣交焕"。万余人的阴兵仪仗队护送阎王上任，排面够大。

到了冥府，依然有一整套繁文缛节的仪式，主要是办公厅的秘书班子将各领域的冥簿呈上，表示权力的交接。最有意思的是册立的文书，"又有玉册，用紫金填字，似篆籀书，盘屈若龙凤之势"。到了这会儿，郗惠连才意识到自己是回不了阳间了，不由得神色黯然。大秘开解他说，您这职位实在太高了，真没啥遗憾的，不必再为阳间的家人担忧了。

如此盛大的上任仪式，应该让郗惠连震撼之余，更深切体会到权力的滋味。所以，面对调令，他并未推三阻四。

除了权力的滋味，冥府征召冥官时，也会展示美色的诱惑。宋人王传在某地担任税务局局长。梦中被当地的土地爷相邀，土地爷对他说，我接到调令，要到别处上任，由您接任，所以想与您商量交接手续。王传哪里肯干，极力推辞。土地爷说，上天的调令来了，是没法拒绝的，再说，您能得到这个职务，也不那么容易。说着向内堂招手，只见"有美人从中出，左右姬妾捧从围绕，指曰：'此山妻也，当与交代。'……主人徐曰：'某今去此，不复携妻孥，亦悉以奉赠。'"土地爷为了让王传安心上任，直接将土地爷之职务的福利展示出来。这福利倒也耸人听闻，官太太实行的是配给制。前任官员离任时，什么都不带走，连妻妾都留给下一任。（《夷坚志》补卷十五"榷货务土地"）

"天下为公"，只有冥府才真正做到了极致。

冥府为什么不 care 全球化

民族国家之间的政治、经济矛盾，是全球化必然带来的结果，无可避免。这么专业的国际关系及经贸问题，不是有鬼君可以胡说八道的，所以，有鬼君琢磨的是：冥府反全球化吗？

至少从有鬼君目前看到的材料显示，冥府对于全球化并无兴趣。

当然，对这一说法需要细致地进行阐述。全球化是一个现代概念，有鬼君寓目的材料都是传统社会的，从传统社会的特质推导出现代社会的性质，并非简单下断语就行。按照百度上的说法，通常意义上的全球化是指全球联系不断增强，人类生活在全球规模的基础上发展及全球意识的崛起；国与国之间在政治、经济贸易上互相依存。

根据这一定义，我们可以从三个方面讨论冥府与全球化的论断：民族国家、政治、贸易。

先说民族国家，这也是一个现代概念。传统的冥府对此并无自主意识。还是要引一段以前常用的纪晓岚的话：

人死者，魂隶冥籍矣。然地球圆九万里，径三万里，国土不可以数计，其人当百倍中土，鬼亦当百倍中土，何游冥司者，所见皆中土之鬼，无一徼外之鬼耶？其在各有阎罗王耶？顾郎中德懋，摄阴官者也，尝以问之，弗能答。人不死者，名列仙籍矣。然赤松广成，闻于上古，何后代所遇之仙，皆出近世？刘向以下之所记，悉无闻耶？岂终归于尽如朱子之论魏伯阳耶？娄真人近垣，领道教者也，尝以问之，亦弗能答。（《阅微草堂笔记》卷七）

纪晓岚提出的问题是，为什么中土之外有那么大的地方，我们却见不到国外的鬼？经常到阴间出差的人，也无法回答。之所以没法回答，是因为他们没见过。到了晚清，列强入侵中国，人们见惯了高鼻深目的洋人。阴间的洋鬼子也偶有出现。《清稗类钞》记载，八国联军攻打北京时，有位满人死后复生，追述自己在阴间的见闻，说是在地府见到很多新鬼，有中国鬼，也有洋鬼子，他甚至见到了三天前自缢"殉国"的体仁阁大学士徐桐，都在等着阎罗王过堂。

大致上可以作为阳间镜像的冥界，其实也接受了天朝的"天下观"，视远离冥府管理之外的绝域为荒野，并不措意。一个很典型的例子就是地藏菩萨，《三教源流搜神大全》卷七说：

职掌幽冥教主，十地阎君率朝贺成礼。相传王舍城傅罗卜，法名目犍连，尝师事如来，救母于饿鬼群丛，作盂兰胜会，殁而为地藏王。以七月三十日为所生之辰，士人礼拜。或曰：今青阳之九华山地藏是也。按传新罗国僧，唐时渡海，居九华山，年九十九，忽号徒众告别。但闻山鸣石陨，俄跏趺坐于函中。洎三稔，开将入塔，颜貌如生，舁之动，骨节若金锁焉，故曰"金地藏"，以是知传者之误。

关于地藏菩萨的来历，有多种说法，据学者研究，其中以新罗国王族和古印度婆罗门两说最为流行。不论哪一种说法，都是传统语境中的夷狄之民进入中国后，成为冥府的精神领袖。在冥府判案时，佛教徒下冥界捞人的情况远多于道教徒，很大程度上就是因为有地藏撑腰（汉地佛教传自西域，但已为天朝所吸纳，不必以夷狄文化视之）。可以这么说，冥界早已超越了狭隘的民族国家观念，反倒是 21 世纪身处阳间的我们，很难接受某个民族国家永远的精神领袖是外籍人士。

我们再看政治问题。抛开意识形态、国体、政体，单看治理水平，天朝冥府占据了绝对的优势。冥界封闭与否，对于抵御外敌，并没有什么效用，否则 1840 年的英国军舰就轰不开国门了。真正重要的是，我中华冥府在政治、经济、文化等各个领域的发展，都远超境外敌对势力。如果说中华冥府的发达程度相当于盛唐，那么中华之外的敌对势力，大多只发展到山顶洞人阶段。特别要强调的是，这里说的是冥府的发达程度，也就是社会组织的发达程度。在具体的个体上，全球的鬼都是平等的，我中华之鬼当然不能歧视他们。

中华冥府的管理水平高得多，比如人鬼与精、怪、妖等都分别归类，有不同的进阶等级、有特定的机构管理。即使偶有溢出秩序之外的僵尸、狐狸精等，无论天庭还是阳间，都有很多办法规训他们。

中华冥府既然具有远超其他国家和地区的管理水平、组织能力、动员能力……那么对于它来说，所谓的境外敌对势力根本就是微不足道的，甚至可以说，境外的鬼，根本不成其为势力。我泱泱天朝，想开放就开放，想封闭就封闭。

比较冥界的治理能力，天朝的领先程度以千年计。在此情况下，全球化对于冥府根本毫无意义，或者说，中华冥界即全球，信奉天朝冥府就意味着全球化。

第三就要说到贸易问题。饶有意味的是，冥界的贸易极不发达。鬼学研究的大神栾保群先生甚至认为，阴间几乎没有什么经济方面的材料。全球化带来的贸易交流，对阴间来说也是毫无意义的。至于因为商贸活跃带来的税收观念，在冥府看来，也是多此一举。

有个叫王十的，有天晚上背着一袋食盐赶路，被两个巡逻的士卒抓住。王十知道不经许可运食盐是重罪，以为这是官方特许的盐商抓他，苦苦哀求。士卒说，我们不是给盐商打工的，是阴差，抓壮丁干活，也不会要了你的小命，干完活就放你还阳。王十问去阴间做什么，阴差说，阎罗王新上任，发现奈河淤积、阴狱的厕所堵塞，所以派我们到阳间捉拿小偷、造伪钞的、私盐贩子三种人疏浚河道，捉文艺工作者洗厕所（故捉三种人淘河：小偷、私铸、私盐；又一等人使涤厕：乐户也）。

王十到了阎王殿，阎王核查冥簿之后，对阴差大发雷霆："私盐者，上漏国税，下蠹民生者也。若世之暴官奸商所指为私盐者，皆天下之良民。贫人揭锱铢之本，求升斗之息，何为私哉！"所谓的私盐贩子，是指偷漏国税，败坏民生。阳间的贪官奸商指控的那些私盐贩子，其实都是良民。穷人老百姓小本经营，求子母生息，维持生计，怎么能说是私盐贩子呢？说着，罚两个阴差自掏腰包买四斗盐，连同王十被扣下的食盐，一起代为送到他家。（《聊斋志异》卷十一"王十"）

阎王的判例很值得分析，冥府的政治正确，并不是收到多少税，而是老百姓能否安居乐业、底层的民众能否维持生计。实际上，在志怪小说中，几乎找不到冥府收税的材料。有鬼君在《鬼世界的九十五条论纲》中有两条提到经济方面的情况：

> 二十六、由于鬼世界的职能侧重于道德教化和司法审判，所以经济职能处于从属地位。
>
> 二十七、由于经济职能处于从属地位，且可以分享人类社会几乎所有发展成果，甚至这种分享是无限的，因此鬼世界没有发展经济的动力。

也就是说，冥府并不在意经济的发展速度、国家财政的收支平衡之类数据，而更在意的是整个冥界社会的公平与正义，就这个角度来说，即使到了今天，冥府对全球化也是不 care 的。借用一位历史学者的话，冥府看重的不是"民族国家""全球化"这些花里胡哨的概念，而是天下观视野下的苍生意识。

冥府为什么不愿办大学

　　教育改革再放大招，继"211""985"之后，双一流高校也公示了。有鬼君看着公示的名单，懊悔不已，自古巫医不分，以有鬼君的古文阅读能力，如果当初去学中医，特别是针灸专业，现在该多傲娇啊。

　　冥府为什么不愿办大学，这其实是个伪命题，现代意义上的大学，晚清时才引入中国，志怪小说中当然不会有什么反映。不过，古代的太学、国子监，在阴间也没有出现，这就值得琢磨了。志怪小说所反映的冥府的面貌并不完备，比如关于经济、农业、教育的材料非常少。因此，单从有鬼君所见的少量材料，就断言阴间没有大学，也许有点武断。有鬼君的思路是，从对阴间社会的整体把握来切入。

　　首先要说明，冥府其实很看重读书人。《小豆棚》卷十一"沈耀先"条说："冥司最重读书人，且读书者门路多。尝见有小过犯，辄见朱衣人来关白人情。此时冥官多系阳世读书者，往往以曲为直而徇蔽之。"这段话有几点可以引申，一是读书人门路广，有座师、同年、同乡等人际关系网络，而且，这些人往往为各地的冥官，其权势自然远胜农、工、商诸业。在对五伦比阳间更加重视的冥界，读书人阶层显然地位特殊。二是冥官多系阳间读书者。冥府公务员主要来自阳间，这也是有鬼君以往多次强调的。这才是最关键的。

我们知道，中国古代的科举教育是为选官而设的，冥府如果办太学、国子监，培养的鬼才却无法在冥府就业，当然也就没有办学的必要和冲动了。

当然，从本质上说，教育不是为了解决就业。从国家视角来看，是提高全民族的素质；从个人的视角来看，也许是灵魂的唤醒或升华。可是这一目标放在阴间，瞬间就会遭遇降维攻击。我们眼里的终极目标或困惑，在阴间可能只是常识。作为文科生，有鬼君谈不了理工科这些现代科学，只以文史哲这些传统人文之学为例来简单探讨下。

唐代天才诗人李贺的遭遇，大家都很熟悉。因为无法参加进士考试，二十四岁就郁郁而终。《夷坚丁志》卷二十"李贺"记载，李贺的生母郑氏在他死后，哀毁过度，一日，李贺托梦给母亲，说自己不能通过科举出仕、光大门楣，虽然很遗憾，但并非因此早逝，而是被天帝召至仙界了。"上帝，神人仙之君也。近者迁都于月圃，构新宫，命曰'白瑶'，以某业于词，故召某与文士数辈，共为《新宫记》。帝又作凝虚殿，使某辈纂乐章。今为神仙中人，甚乐。愿夫人无以为念。"

李贺因为诗写得好，被最高领袖召去写命题作文，奉旨锦上添花，按照现在的说法，应该称为"桂冠诗人"。唐代第一流的鬼才诗人，在冥府（仙界）看来，不过是具备颂圣的资格而已。

除了"桂冠诗人"，还有"桂冠书法家"。清代苏州人杨宾擅长书法，六十岁的时候病死又复生，他对家人说：这是仙界书府命我参加书法等级考试。玉帝写了一部《紫清烟语》，但抄写的人太少，所以遍召人间擅长书法者。我也不知道考得怎样，如果入选，就得去仙界做抄写员，没法活了。家人问起书府里的排名，他只说了两人，索靖排第一，王羲之排第十。过了三天，空中传来仙鹤的鸣叫声，杨宾闻之黯然："真后悔，没能像前辈书法家王僧虔那样藏拙，因为一手字，害得丢了性命。"说完瞑目而逝。（《子不语》卷二"紫清烟语"）

王僧虔典故出自《南齐书·王僧虔传》：

> 孝武（宋孝武帝刘骏）欲擅书名，僧虔不敢显迹。大明世，常用拙笔书，以此见容。……泰始中，出为辅国将军、吴兴太守，秩中二千石。王献之善书，为吴兴郡，及僧虔工书，又为郡，论者称之。……太祖（萧道成）善书，及即位，笃好不已。与僧虔赌书毕，谓僧虔曰："谁为第一？"僧虔曰："臣书第一，陛下亦第一。"上笑曰："卿可谓善自为谋矣。"

杨宾的故事里也有几个有意思的点，抄写语录是有门槛的，字写得不好，新婚之夜抄也没用；书府收罗了古往今来的大书法家，全养起来给玉帝抄书；冥府（仙界）所谓的科考，不是选官而是选笔杆子，他们对文以载道、书家风骨没什么兴趣，就是抓文人出台。李贺与杨宾的差别只在于水平高低，所以前者可以免试。

至于史学，冥府是绝不可能重视的。道理很简单，对阴间来说，由于有业镜和心镜等各种监控设备，阳间发生的所有事情，无论巨细，理论上都有记录。即使是人性幽微之处的心理活动，也逃不过心镜。换句话说，人类的历史进程，阳间的史家钩沉发隐做出各种不同阐释，但在阴间压根就是透明呈现的，史学的意义已经被抽空了。

不过，事情也有两面性，因为阳间的人受各种限制，没法完全呈现史实真相，所以阴间的鬼往往会借生人之口代言。《子不语》卷六"王介眉侍读是习凿齿后身"记载：撰《三国志》的陈寿"黜刘帝魏，实出无心，不料后人以为口实"，对曹魏和司马氏有不少溢美之词。刘知几大骂他"记言之奸贼，载笔之凶人，虽肆诸市朝，投畀豺虎可也"，妥妥地扣上一顶历史虚无主义大帽。陈寿托梦给清人王延年，告诉他，幸好后来有习凿齿撰《汉晋春秋》为自己辩解，而王延年恰好为习凿齿的转世，又正在撰述史学著作《资治通鉴纪事本末补》，勉励他努力澄清真相。王延年不负所托，八十岁时完成著述。

这个故事仔细琢磨挺有趣。陈寿究竟是不是"载笔之凶人"，冥府肯定早有定论。身为鬼魂的他如此耿耿于怀，其实是希望能在阳间给自己正名。史学工作者如果相信鬼世界，工作恐怕就没法做了，因为那些历史人物很可能会从幽冥世界走出来，不断要求这样那样的修正。事实上，鬼魂现形要求给自己平反的事，志怪小说中有很多记载，只是没遇到几个史家而已。

说到哲学，可能在阴间更没地位。哲学作为智慧之学，核心问题就三个：你是谁？你从哪里来？你到哪里去？这对于鬼世界来说，简直就不成问题。自从宋儒对鬼神定义为"二气之良能"，此后的儒学之士多持无鬼论。因此鬼魂对这些儒生往往极不尊重，戏弄、摧折、诟詈所在多有。有鬼君只举一则以前多次提到的例子：

　　边随园征君言，有入冥者，见一老儒立庑下，意甚惶遽，一冥吏似是其故人，揖与寒温毕，拱手对之笑曰：先生平日持无鬼论，不知先生今日果是何物？诸鬼皆灿然，老儒乩缩而已。（《阅微草堂笔记》卷四）

　　古代的学科当然不是按照文史哲分类的，有鬼君为叙述方便记，强作解人。不过大致可以看出，冥府对知识的增长没有什么需求，而灵魂的唤醒或救赎，在阴间如吃饭穿衣一般普通。所以无论从最高目标还是最低目标来看，冥府虽然尊重知识、尊重读书人，但对办教育肯定毫无兴趣。更不用说分成太学、国子监、书院、乡学……这么多层级。

　　借用柏拉图的洞穴理论，阳间的人就像洞穴中的囚徒，只能看到影子，会认为影子才是真实的世界。而鬼魂则走出了洞穴，不仅能看到影子，还能看到真实的原物，甚至看到产生影子的太阳。鬼魂也许会同情那些活着的人类，并试图解救他们。不过，没几个活人愿意用死亡来解救自己。

　　在冥府，止于至善才是最高目标。这个目标肯定不是双一流高校感兴趣的。

冥府有多少小秘书

这几年风光无限的大数据最近水逆，Facebook 的小扎被美国国会议员轮番质询轰炸，今日头条公开致歉，要将后台审核队伍扩大到万人。直接点儿说，这次的水逆，既涉及隐私，又涉及算法。

在有鬼君看来，复杂的事情大概可以简化，也可以"自古以来"了。冥府对于冥簿的管理，其实就是对大数据的管理，既包括隐私，也包括算法（记录）。栾保群先生在《扪虱谈鬼录》的"野调荒腔说冥簿"介绍："冥府簿籍，除了仅注寿夭大限者之外……有关的簿籍还有很多种，仅说重要的，就有备案食料、利禄、功名的，有随时记录善恶、功过的，还有勾捕生魂的名册，登录死鬼的户籍……"这么庞大的细节资料，而且绝大多数是我们现在认为是个人隐私的信息，称之为大数据，一点不为过。而且，以有鬼君阅读体验来判断，这个大数据的管理采用的可能是区块链的雏形，即分布式数据存储、点对点传输、共识机制、加密算法等。

冥簿的数据库有多大，志怪小说中当然没有给出具体的统计数据，但是从零星的记载中可以推算出来。《朝野佥载》卷六说，唐代济源县尉杜鹏举入冥，在冥官的帮助下，查看了自己的档案：

> 遂引入一院，题云"户部"，房廊四周簿账山积，当中三间架阁特高，覆以赤黄帏帕，金字榜曰"皇籍"。余皆露架，往往有函，紫色盖之，韦鼎云："宰相也。"因引诣杜氏籍，书签云"濮阳房"，有紫函四，发开卷，鹏举三男，时未生者，籍名已俱。

唐代某判官何某入冥：

> 见其庭院廊庑之下，簿书杂乱，吏胥交横。何问之，使者曰："此是朝代将变，升降去留，将来之官爵也。"（《太平广记》卷一百三十六"潞王"）

唐文宗大和年间，秀才李敏求入冥：

> 过大厅东，别入一院。院有四合大屋，约六七间，窗户尽启，满屋唯是人书架，置黄白纸书簿，各题签榜，行列不知纪极。其吏止于一架，抽出一卷文，以手叶却数十纸，即反卷十余行，命敏求读之。其文曰："李敏求至大和二年罢举。其年五月，得钱二百四十贯。侧注朱字，其钱以伊宰卖庄钱充。又至三年得官，食禄张平子。"（《太平广记》卷一百五十七"李敏求"）

唐穆宗长庆年间，大理评事崔龟从入冥：

行及西庙，视庑下牖间，文簿堆积于大格，若今之吏舍。有吏抱案而出，因迎问之："此当是阴府，某愿知禄寿几何。"吏应曰："二人后且皆为此州刺史，无劳阅簿也。"（《太平广记》卷三百八"崔龟从"）

某朝一耿直男入冥：

循西廊而行，别至一厅，文簿山积，录事中坐，二使以谍入白，录事以朱笔批一帖付之，其文若篆籀不可识。（《剪灯新话》卷二"令狐生冥梦录"）

我们可以看到，这些记载中，都强调了冥簿如"山积"，数量庞大，而且采用模块式管理，比如第一条中，装"皇籍"的架子特别高，还有黄色布帛盖着，宰相的档案只能用紫色布帛。皇族档案级别高，就像网盘里的隐藏空间一样。

另外，冥簿的隐私记录极为详尽、细致：

唐东阳人张瑶死后入冥，因为他曾供养和尚，那和尚到冥府捞人，对判官说，张居士颂《金刚经》三千遍，"功德已入骨"，又抄写《法华经》，积福甚多，命不该死。判官就命阴差取冥簿来核对，先取来司命簿，阴差查验后报告说，张瑶的名字已经被纸帖盖住，命数已绝；又取来太山簿，名字也被盖住了；再去本部的阁内取来冥簿，阴差报告说，这里张瑶的名字只盖住一半，命数未绝。判官说，将三处冥簿汇总，说明张瑶"六分之内，五分合死"，不应该复生还阳，因为他积攒功德，所以准许再回人间。（《太平广记》卷三百八十一"张瑶"）

　　《聊斋志异》卷七"刘姓"中，一个姓刘的乡绅作恶多端，却能还阳：

> 　　一人稽簿曰："此人有一善合不死。"南面者阅簿，其色稍霁，便云："暂送他去。"数十人齐声呵逐。余（刘）曰："因何事勾我来？又因何事遣我去？还祈明示。"吏持簿下，指一条示之。上记：崇祯十三年，用钱三百，救一人夫妇完聚。吏曰："非此，则今日命当绝，宜堕畜生道。"

　　冥簿对善恶的记录极其详细：哪一年，做了什么事，花了多少钱，都清清楚楚。在其他的故事中，还有酒量多少、能否喝醋等记录，可见事无巨细。

　　与现在大数据都是存储于服务器不同，冥簿采用传统媒介记录，对于装帧也有讲究：

> 　　其簿式样，全如四缝笠尊折角，排列金星，历历粲耀。（《夷坚三志》辛卷"吴畸事许真君"）
> 　　冥曹姻缘簿载我夫妇一节，因装砌时钉入夹缝，曹椽翻忙迫，往往遗漏。（《小豆棚》卷十六"邵士梅"）

　　如此庞大的数据库，纯人（鬼）工处理，其工作量可想而知。那么，究竟有多少鬼在从事冥簿的记录、整理、审核工作呢？可以大致推演一下。《鬼世界的九十五条论纲》的第十二和第十三条有这样的说明：

十二、由于鬼世界的主要功能为道德教化和法律审判，因此其主要官方机构为阎罗殿和阴狱（法院和监狱）。

十三、由于鬼世界的主要机构为阎罗殿和阴狱，因此冥官主要集中于司法（含执法）部门。

也就是说，整个冥府的公务员，主要集中于司法部门。在司法部门中，除了阎王、判官这些领导之外，下属的阴差或冥吏可以分为两类：一类是外勤，即我们熟知的无常、夜叉、牛头马面之类，他们主要负责拘拿生魂、传递文书、执行刑罚等。还有一类则是内勤，其工作就是冥簿的记录、整理、修改、审核。

生人在阴狱一日游，志怪小说中有很多记载。不过这种警钟长鸣式的现场教育，主要出镜的是外勤。比如：

徘徊甚久，闻堂上乐作，其声渐近。女妓数百人，自屏后出，各执乐具，服饰甚都，拥金紫贵人，乘凉舆，径至厅事，丝管竞作，喧轰动地。贵人就坐，女妓环列左右，忽拊掌一声，悉变为牛头阿旁之属，奇形丑貌，可怖可愕。所坐之榻，化为大铁床，向来金石丝竹，皆叉矛钻钻物也。百鬼争进，剥其衣碎之，屠割焚炙，备极惨楚。号呼宛转，不可忍视。如是移时，又悉拊掌，则鬼复为妓，床复为舆，叉矛复为金石丝竹，贵人盛服如初，奏乐以入。（《夷坚乙志》卷九"李孝寿"）

这数百的外勤，看着貌似很壮观，有人偶尔见到过录、审核冥簿的内勤队伍：

顷有过录，乃引出阙南一院，中有绛冠紫霞帔，命与二朱衣人坐厅事，乃命先过"戊申录"。录如人间词状，首冠人生辰，次言姓名年纪，下注生月日，别行横布六旬甲子，所有功过，日下具之，如无，即书无事。赵自窥其录，姓名、生辰日月，一无差错也。过录者数盈亿兆。朱衣人言，每六十年，天下人一过录，以考校善恶，增损其算也。（《酉阳杂俎》卷二"玉格"）

这里提到"过录者数盈亿兆"，无论指的是后台的内勤，还是需要过录的数据，都大得惊人。在纯手工录入的情况下，还要每六十年全部重新过录一次，需要的人力之巨，可以想见。

大致可以总结说，冥府的数据库，体量极大，而且全部由内勤手工完成。冥府的公务员中，至少有一半在执行录入、审核业务。这也许是"无一差错"的重要原因。

神界也阅兵

阅兵起于何时，是如何定义的，有鬼君不是很清楚。按照自古以来的传统，春秋时就有"观兵以威诸侯"的说法，有点炫耀武力的意思。这种做法在春秋时期很常见，算是够早了。还有一类军队誓师的仪式，似乎也可算是阅兵，比如《逸周书·世俘解》中有"辛巳，至，告以馘俘。甲申，百嗜以虎贲誓命伐卫，告以亳俘"。翻译过来大致是："辛巳日，侯来归至王所，汇报杀敌数及生俘者。甲申日，伯算率勇士誓师，受命伐卫。派人向武王汇报杀敌数及生俘者。"古代的帝王出巡，某种程度上可以看作第三类阅兵，比如秦始皇东巡、康熙南巡，场面都很大，多少带有武力威慑或炫耀国力的意味。

至于鬼神界，炫耀武力以及誓师大会性质的阅兵很少见，这大概是因为他们无须靠阅兵来提高自信心。不过有一次规模盛大的阅兵式被记录下来了，《韩非子·十过》记载："昔者黄帝合鬼神于泰山之上，驾象车而六蛟龙，毕方并鎋，蚩尤居前，风伯进扫，雨师洒道，虎狼在前，鬼神在后，腾蛇伏地，凤凰覆上，大合鬼神，作为清角。"翻译过来的意思是："从前黄帝会合鬼神在泰山之上，驾着六条蛟龙拉的象牙车，木神毕方护在车辖两旁，蚩尤在前面开路，风伯向前扫出灰尘，雨神接着清洗道路，虎狼在前面，鬼神在后面，腾蛇（又名螣蛇）趴在地下，凤凰在上面飞翔，大规模地会合鬼神，因此制作成清角的乐曲。"

黄帝的这个神界阅兵式，不仅有强大的陆军，更有强大的空军，如果一定要找出海军，那六条蛟龙勉强可算是海军航空兵吧。

因为神界的阅兵式并不容易见到，为了展示神界的力量，人们在阳间采用了山寨阅兵式，即赛会。赛会是中国比较传统的民俗。每年的固定日期，大家抬着神像游行，绣着神灵名字的大旗在前开道，后面跟着仪仗队以及龙灯、高跷等表演。明清以来，随着城市的繁荣，社庙的兴建也应运而生。每座社庙供奉的神相当于小区的守护神（当然，如今的小区基本没有社庙，都改成棋牌室了）。

每逢赛会，各社庙都不会放过炫耀自家神仙的机会，往往将迎送神仙的活动演化为盛大的娱乐节目。杭州的赛会尤其有特色，各社庙不仅比排场，更要比各自所供奉的神仙的级别。

清代道光年间，在杭州有座施将军庙（这座庙的遗址现在还保留，即杭州上城区十五奎巷 31 号，离杭州鼓楼约一百米）。施将军的原型是南宋的一个下级军官殿前司小校施全，岳飞被害之后，他激于义愤，刺杀秦桧未成，也被杀害。杭州人就在十五奎巷建了一座社庙纪念他，此后一直香火不绝。

施将军虽号称将军，但只是个小校，级别太低。赛会时几乎每尊神像都比他级别高。怎么办？庙里的工作人员（庙鬼）想了个办法，派人到龙虎山张真人那里，花三百两银子为施将军捐了个伯爵的爵位。张天师的认证，那是全国各地都承认的。从此每次赛会将施伯爵的像抬出去，"极仪从台阁之盛"，趾高气扬。其他庙鬼见了都称羡不已。

在赛会的另一块场地，则有另一场较量。当年"泥马渡康王"的那匹马，因为立下大功，被封为白马明王，庙鬼甚至给他起名"赵骏"，以示属于皇家赐姓。因为级别很高，所以游街时也是意气扬扬。白马明王一路行来，所过之庙，"皆以愚弟帖拜之"。没想到拜到一座社庙时，起了纠纷。那座社庙供奉的正是康王，康王庙的庙鬼大声鼓噪："你们的神不过是我们康王的坐骑，有什么资格称兄道弟？无礼至极！"堂堂宋高宗赵构竟然沦为社区保护神，已经够不可思议了，而庙鬼只认他登基前的身份，更令人称奇！

在第三块赛会场地，争斗就更加有趣了。当时杭州赛神有一条基本规矩，社神遇到比自己官爵高的，必须快速通过，以示尊重，称为"抢驾"。因为关羽在明代被封为"协天大帝"，所以关帝像在赛会上向来横冲直撞，目中无神。这一回庙鬼抬着关帝像要经过宗阳宫（宗阳宫为一道观，位于现杭州之江路南复路一带的中河桥），宗阳宫所供奉的社神是玉帝，与关帝同级。按照规矩，关帝无须"抢驾"，完全可以大摇大摆地过去。可是宗阳宫的庙鬼（可能就是道士）对此早有不忿，准备了妙招。他们连夜赶塑了一座诸葛亮的像放在门口。等关帝像大摇大摆地过来，宗阳宫庙鬼上前质问："孔明军师在此，关将军未奉将令，怎么能擅自出行啊？"关帝庙的庙鬼相顾失色，遇到军师，关二爷无论如何是要低头"抢驾"的（《庸闲斋笔记》卷八"庙鬼慢神"）。

从神界阅兵式上的级别大比拼可知，落入凡间的神，最终还是服从人间的规则。施将军可以花钱迅速提高神格，而其他人居然也认可。关羽在神仙界地位很高，诸葛亮在神界远不如他，可是靠着当年的威势，竟然比玉帝还管用，愣是压得关二爷认栽。而道士们临时征调非本教的外援，丝毫没觉得跨界有违和感。

实际上，赛会虽然是神格的比拼，但神格之外的附加因素都有可能左右比拼的结果。社鬼虽然玩出各种匪夷所思的招数，但他们还是有原则的。比如，我们可以看到，他们不会故意违背民间传说、通俗小说中的评价体系。关羽的神格再高，当年也得服从诸葛军师的调派；社鬼不愿将康王升格为宋高宗以大杀四方，可能正是因为他们熟知《说岳全传》。

在1994年春晚的经典小品《打扑克》中，侯耀文、黄宏用手里的名片代替扑克牌比赛高低，可以马马虎虎算是纸上赛会。虽然两人一个是小记者，一个是销售员，但丝毫不妨碍他们处长、局长、总经理、董事长地乱甩名片。当然，他们打出的名片，行政级别最高的也就是局级，所以在节目最后才敢说："生旦净末丑，是谁谁明白。"不像杭州的社鬼们，动不动就出高级别神仙。

谁有资格跟冤魂谈正义

古代冤案的平反，很多时候，只是由于制造冤案和阻止冤案昭雪的官员们政治上失势了，有些人甚至身陷囹圄，所以，不但不会对仍在高位上的重量级人物造成负面影响，甚至还可以显示"有错必纠"的风格。也就是说，这个时刻昭雪，当轴政治上不但不会失分，还可能赚了。

越过法律的边界，很多事情就好理解了，平反算不算迟到的正义，那是法学、政治学等专业人士讨论的话题，有鬼君想说的是，冤魂并没那么容易抚慰。

《史记·魏其武安侯列传》讲的故事大家都很熟悉了，魏其侯窦婴在与武安侯田蚡的权力斗争中失败，与其下属灌夫被杀。第二年春天，"武安侯病，专呼服谢罪。使巫视鬼者视之，见魏其、灌夫共守欲杀之。竟死"。《汉书·窦田灌韩传》的记载略有不同："蚡疾，一身尽痛，若有击者，呼服谢罪。上使视鬼者瞻之，曰：'魏其侯与灌夫共守，笞欲杀之。'竟死。"但大致的意思是一样的，窦婴和灌夫死后，冤魂不散，抓住田蚡狠揍，即使田蚡拼命道歉也没用，直到将其打死，怨恨才解开。

在这个著名的报仇故事中，田蚡以认罪道歉的方式，洗脱了窦婴、灌夫的罪责，但这并无法化解怨恨。相比于中古或其后的果报故事，冤魂是亲自动手的，一方面说明汉初的冥府建设尚未完备，任由着冤魂自行复仇（以后也有自行复仇的，但更多的是阴差索命，更讲究法治了）；另一方面冤魂以现形的方式报仇，对于因果报应观念的传播是很有帮助的。

转世轮回法则兴起之后，冤魂的报复就更加复杂了。

安徽休宁县有个姓黄的商人，养了一条狗，这条狗"驯而且黠，能解人意"，黄员外特别喜欢，即使出远门也要带着这条狗。有一次他出门做生意，经过浙江淳安县，在一座寺庙投宿。庙里的老和尚接待他，一见那狗就大吃一惊，问："居士奈何豢此冤畜！"黄员外错愕不已，请老和尚一定要解释解释。老和尚说：这狗和您有前世的冤仇，很难化解，看情形很快就要报仇。黄员外吓得魂飞魄散，忙恳求化解之道。

老和尚说：你回家后，用平日常穿的衣服扎成人形，到第三天晚上，等狗睡着了，把衣服做的假人放进被子里，自己躲到外面去。这狗找不到你，一定会愤而自尽。你把它的尸体挂在深山老林的树上，让其自然销化。这样大概可以化解。黄员外回到家，按照老和尚的办法处理，果然那狗找不到他把被子、假人咬得稀烂，狂吼狂跳而亡。黄员外将其尸体挂在深山里，过了一个月，尸体就仅存一具骨架了。

他再去庙里叩谢老和尚，老和尚说：你确实按照我吩咐的做了，可是狗的怨气太深，还未消散，又转世成蛇，明早还要来找你算账。你遇着老衲，也是缘分。我一定给你彻底化解。从厨房拖出一口大水缸，让黄员外钻进去，又用盆子扣上，在盆子上贴满符咒。第二天一早，果然来了一条大蟒蛇，绕着水缸转了好几圈，就是撞不开。蟒蛇愤怒之下，"自裂其身寸断"，再次自杀。老和尚放出黄员外，说：你的大冤已化解，不过，这冤鬼把满腔愤怒转移到我这里了，怪我多事，将来要跟我为难的，不要紧，老衲自有办法对付。

黄员外感激不尽，此后果然没再出事。（《里乘》卷三"夙冤"）

冤魂历经多次转世而凝聚不散，是因为前世的仇始终没有报。老和尚虽然法力深湛，但也没法完全化解，只是将鬼的怨气移到自己身上而已。而在冤魂报仇的过程中，时间从来就不是问题，他们等得起。

明孝宗弘治元年，南京朝天官的一个年轻道士，忽然膝盖上的皮肉收缩，疼痛不已。而且白天不怎么疼，一到半夜就疼得死去活来。更诡异的是膝盖上的皮肉逐渐凝聚成人脸的样子，"耳目口鼻靡不具足"，小道士又怕又愁。他遇到人就给别人看，想找到大夫医治。不过，每次只要有人看就痛不可抑，不看倒没事，但仿佛冥冥中有鬼神逼着他向别人展示一样。有天晚上，小道士正哼哼唧唧地疼着呢，有个二三尺长的小人出现在他面前，问：你认识我吗？小道士说不认识。小人说：你不记得在宋朝的事吗？那时你是都统制，军分区司令员，我在你部下当差，你因为私人恩怨，不仅以莫须有的罪名杀了我，连我一家十七口人全都杀了。我找你找了三百年了，此等深仇大恨岂能不报？第二天，道士就疼死了。（《志怪录》"朝天官道士"）

三百年确实很长，但我们任何时候都不要低估冤魂那执着的怨念。

冤案将来还会有，平反也未必只有这一次。正义该如何定义，有鬼君也不关心，对人间的正义更不抱什么奢望。在有鬼君眼里，冤魂能否被抚慰，人间的人说了不算。

有鬼君记得在《碧血剑》第九回中，袁承志为化解焦公礼与闵子华的恩怨，与仙都派比剑获胜，赢了闵子华的宅院：

> 焦公礼道："闵二爷宽宏大量，不咎既往，兄弟感激不尽。至于赌宅子的话，想来这位爷台也是一句笑话，不必再提。兄弟明天马上给两位爷台另置一所宅第就是。"
>
> 青青下颏一昂，道："那不成，君子一言，快马一鞭，说出了的话怎能反悔不算？"
>
> 众人都是一愣，心想焦公礼既然答应另置宅第，所买的房子比闵子华的住宅好上十倍，也不稀奇，何必定要扫人颜面？这白脸小子委实太不会做人了。
>
> 焦公礼向青青作了一揖，道："老弟台，你们两位的恩情，我是永远补报不过来的了。请老弟台再帮我一个忙。兄弟在南门有座园子，在南京也算是有名气的，请两位赏光收用，包两位称心满意就是。"青青道："这位闵爷刚才要杀你报仇，你说别杀我啦，我另外拿一个人给你杀，这个人在南京也算是有名气的，请闵爷赏光杀了，包你杀得称心满意就是。他肯不肯呀？"

如果没有官员因为办了冤案而人头落地，有鬼君绝不相信冤魂会安宁。

为什么冥簿从未被盗？

冥府的公文我们可以称为冥簿，就是记录阳间人类行为以及寿夭、福禄的卷宗。卷宗被盗，在阳间即使不常见，也偶有发生，甚至最高法也不例外。可是，有鬼君翻遍志怪小说，从未看到一则冥簿被盗的记载。

为什么会这样？因为冥界没有小偷，还是监控失灵？都不是。因为既没法偷，也没有必要偷。

先说没法偷，在《北东园笔录》三编卷三"效职冥中"的故事中，是这样描述冥簿的记录工作：

> （郭汪灿）曾效职冥中，若各馆供事者，然其屋轩厂高大，中设长案，多人列坐，又若考棚童生之应试也。所司之册甚大，皆毛头纸装订，每页界为三段，上注其人之生前衣禄，中注其善恶，下注其归结及年寿。其人若将有不善之念，必有人持小纸来报，即书于册，阅日改悔，又来报，即勾销之。事之纷烦，日不暇给。

按照这个记载的描述，冥簿的记录造册如同流水线的工厂一般，多人沿着长条桌坐着，不断记录阳间人的生死祸福，有细小的善恶之念或行为，都会被记录在册。"事之纷烦，日不暇给。"一年365天年中无休的血汗工厂，也不过如此。我们看《酉阳杂俎》卷二"玉格"关于冥簿的记载：

> 录如人间词状，首冠人生辰，次言姓名、年纪，下注生月日，别行横布六旬甲子，所有功过日下具之，如无即书无事。赵自窥其录，姓名、生辰日月一无差错也。过录者数盈亿兆。朱衣人言，每六十年天下人一过录，以考校善恶，增损其算也。

冥簿的记载不仅事无巨细，而且实行的是零报告制度（"如无即书无事"），就是说，即使这一天无功无过，也得记录。零报告则意味着，每天都要记录。众目睽睽，且时刻在使用，冥簿怎么可能被盗呢？有时阴差误拿了冥簿，泄露天机，也要受到严厉惩处，遑论偷走？

即使活人入冥，虽然有参观冥府的常规节目，但冥簿的记载，未经允许也不能随意窥探。《太平广记》卷一百五十七"李敏求"一则记载，李敏求入冥，正巧遇到故人在冥府担任判官。故人为了打消他的非分之想，给他看了看冥簿的部分记载：

> 因命左右一黄衫吏曰："引二郎至曹司，略示三数年行止之事。"敏求即随吏却出。过大厅东，别入一院。院有四合大屋，约六七间，窗户尽启，满屋唯是大书架，置黄白纸书簿，各题签榜，行列不知纪极。其吏止于一架，抽出一卷文，以手叶却数十纸，即

反卷十余行，命敏求读之。其文曰："李敏求至大和二年罢举。其年五月，得钱二百四十贯。侧注朱字，其钱以伊宰卖庄钱充。又至三年得官，食禄张平子。"读至此，吏复掩之。敏求恳请见其余，吏固不许，即被引出。

即使是上司之友，阴差也严格按照指令，只给他看了两三年的禄命，其余的都不能看。类似的记载很多，可见冥簿管理之严格。

说完没法偷，再说说没必要偷。冥簿虽然很重要，但冥府的制度设计，绝不会只靠冥簿处理案件。你以为他们就没有正卷、副卷吗？

在前文提到的《广异记·张瑶》故事里，冥簿有三个本子，即黄簿、太山簿、合内簿。而且不是简单地将正卷复制两份副卷，很可能三份冥簿是各自记录评判，且权重相同。就像拳击比赛有三个裁判打分一样。阎王为了让张瑶还阳，终于在第三份冥簿中找到做顺水人情的根据。当冥簿有三份正卷，且分别记录、分别保存，你觉得偷掉一份冥簿还有用吗？

好吧，假设有神偷真的能一股脑偷掉冥簿的所有正卷、副卷，还是没法阻止阎王判案。因为冥府除了冥簿，还有业镜，即录像回放制度。所以纪晓岚说："夫鬼神岂必白昼现形，左悬业镜，右持冥籍，指挥众生，轮回六道，而后见善恶之报哉？此足当森罗铁榜矣。"（《阅微草堂笔记》卷六）

"左悬业镜，右持冥籍"，这么多的卷宗记录，还是以多媒体形式记录的。所以冥簿是否被盗，其实毫无影响。

冥府的卷宗，既无法偷，也没必要偷，冥府的顶层设计，真心厉害！

阎罗殿约谈技巧

　　在《冥府撤诉之后》一文中，提到活人入冥后复生的五种情况。本文要说的就是第五类情况。

　　根据百度上的内容，诫勉谈话的定义是：主要针对领导干部存在虽不构成违纪但造成不良影响，或者虽构成违纪但根据有关规定免予党纪政纪处分的问题，由党组织对其进行谈话教育，防止小毛病演变成大问题。其目的在于对领导干部进行教育、提醒、警示，不属于组织处理。

　　阳间人被阎罗殿约谈，当然也是因为言行上有一些错误，并且会被处罚，但罪不至死。只不过，要跨界到冥府去把问题说清楚，这种约谈或诫勉谈话的方式，其震慑力是相当大的。

　　南宋绍兴年间，住在湖州的周阶，梦中被逮捕到官府，只见一个身穿红衣的判官正在审案。厅堂四周还坐了几十个穿绿衣服的官员，两造都很客气。看样子，这群绿衣官员是外地来参观学习的观摩团。周阶被带上来，一位阴差问他：你为什么这么爱吃牛肉？不知道杀牛伤农吗？判官下令打他板子，几个阴差就要将其拽出去。周阶大声呼号求饶：从今以后再也不敢吃牛肉了，不仅自己不吃，全家都不吃。这时，那些绿衣官员纷纷站起来给他说情。判官脸色转好，让阴差放他回去。周阶醒来后，吓得满身冷汗，此后恪守不吃牛肉之禁忌，还时时劝诫邻居朋友也别吃。（《夷坚乙志》卷一"食牛梦戒"）

显然，在这个故事中，冥府召周阶入冥，主要是为了对他进行训诫，原本就打算放他回去的。参观团的那些官员，无非是与判官唱个双簧而已。否则怎么可能连板子都不打？当然，这次训诫的效果相当好。

另有一则被冥府约谈的故事，也涉及饮食。南宋人聂进，全家信奉道教，饮食上有些禁忌。比如"四禁食"，指的是禁食牛肉、乌龟、鸿雁、狗肉，还有禁食"五荤四辛"，五荤指大葱、韭菜、大蒜、芸薹、芫荽，四辛是指花椒、茴香、八角、辣椒四种调料。聂家都严格遵守这些禁忌，只有聂进，偏爱吃这些东西。父兄劝诫，也不听。他二十二岁时，得了严重的伤寒，有青衣阴差将其拘入冥府，有意思的是，他进冥府一路畅通，阴差只要通报说聂进来了，守门人就连声催促，上峰等了很久了，快点进去。到了厅堂上，拜见三位冥官，冥官严厉申饬聂进：你既然修道，为何要犯忌？父兄多次规劝也不听，这些荤腥食物有什么好的？聂进吓得直哆嗦，连忙伏地请罪：蒙大人训诫，草民一定断食禁忌。如有再犯，罪死不赦。三位冥官说，如果真能做到，这就放你回去。聂进还阳之后，口鼻冒血两斗，伤寒症才逐渐痊愈。（《夷坚丁志》卷十五"聂进食厌物"）

与上个故事类似，冥府也并不想杀聂进，而且从他入冥的过程看，冥官明显是要约谈训诫他，等他做出承诺，立刻放他还阳。当然，身在阳间的聂进还是受到了轻微的惩罚。《广异记》"张纵"故事，说的也是因为贪吃生鱼片被冥府约谈的情况，不过，张纵虽然性命无忧，受到的惩罚更严厉一些。

总的来看，饮食问题相对比较轻微，所以冥府采用了约谈训诫的形式。有些人错误较为严重，约谈的形式就更加严苛：

清代杭州人陈以遄，擅长讨亡术，就是有人死了之后有未了的事，其子孙想问清楚，就花大钱请他作法，选六岁以上的男童入冥打探。讨亡术的要诀，是陈以遄能命令土地爷在阴间为男童引路。可是，使唤鬼神即"役鬼"谋私利，在冥府是重罪，要受到严惩的。童男入冥后，往往因为土地爷不堪被使唤，反过来训斥童男，或者故意领着他"见断体残肢狰面恶鬼提头掷骸遍满马前"，小孩子常常吓得再也不敢去了。

陈以遄法力高强，又教童男杀鬼的剑法，童男遇到恶鬼，念诀舞剑，竟然在冥界杀得众鬼嗷嗷乱叫。有一次，童男杀鬼之时，遇到在此等候的关帝爷，关帝爷严厉训斥："我念以遄老奴才奉太上玄宗之教，故不忍即灭其法。汝可传谕他，以后倘敢再行其术，我当即斩其首。"让小朋友传话，不准陈以遄再滥用法术，还命令周仓在小朋友背上狠狠打了一记。小朋友大叫醒来，此后再也不敢替陈以遄作法了。此后的结局是，陈以遄怙恶不悛，最终被杀。（《续子不语》卷四"讨亡术"）

这个故事中，诫勉谈话虽然是通过童子转达，但从语气的严厉程度看，已经是最后通牒了。因为从冥界的视角来看，利用法术役鬼神牟利，属于严重犯罪行为。关帝爷当然不会杀童子，但我们可以明显感觉到与上两则故事中冥官的态度，判然有别。

以上说的都是因为行为失检，被冥府约谈。下面要说的，则是因为发帖妄议而被约谈的情况，不过结果却出人意料。

清代关中有位姓刘的刀笔吏，口舌便给，擅长写状子、法庭辩论。因为他父亲、叔叔都在一次大瘟疫中去世，刘某大怒，写了帖子在城隍庙烧化，他在帖子里痛斥传播疫情的疫鬼，在执法过程中残暴无情。于是，城隍爷某天约谈他："天灾流行，实亦人所自致，汝何喋喋如此？况瘟疫掌之明神，其权操于上帝，予且不能左右于其间，草莽小民，竟敢以狂言相怼耶？"瘟疫的传播，是上天按照计划发布的，我城隍爷爷只有执行的义务，没有质疑的权利，你一底层民众，有什么资格对上天的部署说三道四？有什么资格要求上天信息公开？

刘某振振有词："人生寿夭有命，岂于疫而独无命耶？若有命在，何死者命皆当夭，夭者偏皆遇疫？如云无命，又何以有造生造死之说？岂先造疫，而后造命乎？抑不必造命，而独造疫乎？"既然生死有命，上天何必还造出瘟疫来呢？难道这些人非得死于瘟疫吗？你们所谓的命运就是这么一刀切的吗？城隍被他问得没话说，只好求救于疫神部门。疫神部门给出了解释，瘟疫是依照规章制度，由上天安排的。只是因为"部下诸鬼，止知行疫，而传染者或失轻重，未免滥及无辜。已命……大使，复加检查矣"。问题主要出在具体办事的疫鬼没有严格执行政策，导致不该死于瘟疫的人也被弄死了。现在各级领导高度重视，已开展了自查自纠运动。此后疫鬼还与刘某签订协议，以更为人道的方式在人间传播瘟疫。(《萤窗异草》三编卷三"讼疫")

刘某虽为社会一般舆论所鄙视的刀笔吏，但是他在与疫鬼交涉之时，说了这么一段话："所以忘死而与公等讼者，诚以好生者天，正直者神，公等奉行不善，罪且莫逭。予纵死亦不为公等屈。"

本来是城隍爷要对他进行诚勉谈话，结果不论是在鬼理上，还是气势上，都被他彻底压倒。在有鬼君所见的冥府约谈故事中，可能是唯一一次有理有礼有节并且取得胜利的人鬼对话。事实上，刘某去世后，"里人祀为疫仙，迄今犹祈禳不绝"。可见民心所向。

阎王爷的退休制度

很多人都不太清楚冥府中阎罗王的官制问题，正因为很多人以为阎王是终身制，所以忽略了一个重大的关节，退休后的阎王去哪里？近年来，韩国的李明博、朴槿惠，法国的萨科齐等几乎一齐出事，西方虚伪的民主制度，真是要多烂有多烂。抚今追昔，有鬼君翻检手边的材料，对阎王退休之后的问题，也因此有了更深的了解。

首先我们要区分两种类型的阎王制度：一是临时工性质的暂代，相当于现在的代总统；二是正式任命的。

临时工性质的，有鬼君以前引用过："杭州闵玉苍先生，一生清正，任刑部郎中时，每夜署理阴间阎王之职。"（《子不语》卷十六"阎王升殿先吞铁丸"）闵先生白天在阳间做刑部郎中，晚上则到冥府代理阎王。只是文中并未提到兼职是否有额外的报酬。在《聊斋志异》卷三"李伯言"中，也提到了代理阎罗王的情况，山东沂水人李伯言，得了重病，拒绝服药，告诉家人说，因为"阴司阎罗缺，欲吾暂摄其篆耳"。《聊斋志异》卷三"阎罗"说："莱芜秀才李中之，性直谅不阿。每数日辄死去，僵然如尸，三四日始醒。或问所见，则隐秘不泄。"后来有人走阴差，才知道李秀才隔三差五地失去知觉，也是到冥府代理阎罗王之职，至于所做的工作，就比较单调搞笑了，每次就是把还在地狱受罪的曹操提出来，打二十大板。蒲松龄还引申说："阿瞒一案，想更数十阎罗矣。"看起来，这些代理阎王，主要是监工而已。

也有人因此对代理阎王制度非常生气，《续客窗闲话》卷二"权阎罗王"曾介绍，一位书生被征召去代理阎罗王，仪式感很强，十六位判官以及无数的阴差在下面毕恭毕敬。可是，所有的案子都由这些判官办理，这位书生"坐远，不知所审何词，第见一起毕，则卷案送呈，青衣吏接展案上，仅露年月，请生以朱笔某日书行，即持去，不使见狱词也"。就是像傀儡一样，只负责签字画押，连具体的判决书都看不到。所以作者愤愤不平地说："夫何以生人署阎王之职，而又不使之主政，则十六官皆可代也，何用生为？"只是让书生挂阎王的名分，完全没有任何权力，那十六个判官完全可以自行做主，找秀才来有什么意思呢？

这种代理阎王的情况，连加班费都没有，当然没有退休或离职的问题。至于正式的阎王，当然值得仔细探究。

《五杂组》卷十五曾搜罗了担任过阎罗的名人的情况："人有死而为阎罗王者，如韩擒虎、蔡襄、范仲淹、韩琦等，皆屡见传记。而近日如海瑞、赵用贤、林俊，皆有人于冥间见之。人鬼一理，或不诬之。刘聪为遮须国王，寇准为浮提王，亦此类耳。"这些只是见诸记载的，虽然文献不足，但不少蛛丝马迹都表明，阎罗王是有任期的。比如：

> 杨四佐领者，性直而和，年四十余，忽谓家人曰："昨夜梦金甲人呼我姓名，云：'第七殿阎罗王缺无人补，南岳神已将汝奏上帝，不日随班引见，汝速作朝衣朝冠候召。'予再三辞，金甲神曰：

'已经保奏，无可挽回，但喜所保者连汝共四人，或引见时上帝不用，则阳寿尚未绝。'言毕去。"（《子不语》卷十四"杨四佐领"）

刻闻阎君将转生人世，地府缺员，限以三日之期尽结旧案，君能得我公卿翼，同宿数宵，或藉以免亦未可料。（《萤窗异草》三编卷二"庞眉叟"）

"阎罗亦更代否？"曰："与阳世等耳。""阎罗何姓？"曰："姓曹。"（《聊斋志异》卷五"上仙"）

冥中新阎王到任，见奈河淤平，十八狱坑厕俱满，故捉三种人淘河：小偷、私铸、私盐；又一等人使涤厕：乐户也。（《聊斋志异》卷十一"王十"）

蔡襄病革，兴化守李遘梦神人紫绶金章，自云欲近代者。遘询之，神曰：余阎罗王，蔡襄当代我。明日蔡襄薨，遘挽之曰：不向人间作冢宰，却归地下作阎王。（《坚瓠余集》卷四"阎王"）

这些材料，足以证明，阎罗王如人间的官僚一样，都是有任期的。只是任期的长短，暂时还未看到具体的材料。

接着就要说到阎工退休的去向，其实在前引的"阎君将转生人世，地府缺员"中，已暗示了去向，即任职期满，要转世为人，再进入轮回之中。幸运的是，有鬼君找到一则材料，介绍了阎王离职之后的生活：

杭州有个张秀才，因为行为失检，在当地的口碑较差。曾经有一次痛殴某村的女巫，扬言"若我作阎王，必斩汝"。不久，女巫果然头上发疽而死，所以人们都叫他"张阎王"。

过了几年后，有阴差将其带至冥府，因为女巫在阴间状告他，所以拘传他录口供。冥官说，虽然张秀才殴打女巫是为了制止封建迷信，并无不妥，但他也不是正人君子，所以要求他将自己生前所做的恶一一自首。张秀才执笔开始写，一张供纸的两面都写满了，还未写完。冥官说，这些案底就足够了，你自己想想，应该判你什么罪。张秀才想了想说，该遭雷劈。冥官说："不足蔽辜，当击三次。"要连遭三次雷劈。

说着，冥官命阴差将殿中的帘子卷起来，张秀才一看帘后的神，原来就是自己的模样。他恍然大悟，原来自己前身就是阎王，又轮回到了人世。乡民称他"张阎王"，也是命中注定的。他还阳之后，"改过为善，一洗前非"。不过，三次雷劈还是没有逃过，每次都生不如死。（《续子不语》卷三"张阎王"）

有鬼君推测，历任阎王在离职之后，转世为普通人，湮没无闻，这可能是史无记载的原因。但这则记载说明，离职之后，阎王就是一介草民而已，虽然已在生死轮回中走了一遭，同样没有豁免权。这样看来，萨科齐、李明博也没有什么值得同情的。

可是有鬼君的困惑依然存在，在冥府的制度安排中，为什么阎王不设终身制？或者退而求其次，阎王和泰山府君玩二人转，轮流坐庄，不也很好吗？

阎王爷离职记

　　每年春节将近，北上广的 Jack、Mary 除了要变成狗蛋、翠花之外，也许还在考虑跳槽问题。相对来说，企业公司员工跳槽很简单，而机关、事业单位的员工离职手续复杂一些（当然这些员工也很少取名 Jack 或 Mary 的），至于官员，甚至是高级官员的离职，就不是手续复杂的问题了，往往身不由己。

　　那么，冥府的官员甚至高级官员，是否也有离职的愿望，离职手续是不是复杂呢？有鬼君以往说过，冥府从来就没有实行过干部终身制，即使阎罗王也有任职期限，不过，期满卸任与主动离职这不是一回事。在有鬼君读过的志怪作品中，很少见到阎罗王提及离职的愿望。这并不能说明那些阎王个个都做得开心，因为一般入冥的人能被阎王接见一次就不错了，怎么可能知道对方的职场规划。但是下面这个神奇的故事，竟然描述了冥府的最高领导人阎罗王及泰山府君离职的过程，可算是冥府政治史研究的重要史料：

　　南宋末年，宋度宗朝的宰相马光祖于 1273 年去世，四年后，他的一位门客林月溪也无疾而终。林月溪当时被阴差领着，来到一处官舍，上面写着"泰山府君之殿"。进得殿中一看，居中坐着的竟然是自己的老主翁马光祖，不由大吃一惊。马公遇到故人，也很高兴，将他带入内堂，叙谈旧事。林月溪问马公，不知我因何罪，被阴差追摄到这里？马公说，我现在担任泰山府君，因生前家中有一疑案，请你临时过来做个证人。你的阳寿还长，待会儿就会送你回去，只要别吃这里的东西就行。说着又谈到另一位忠烈殉国的宰相江万里。马公介绍说，江公在这里担任阎罗王，于是领着林月溪去拜见。林月溪见到江万里，不由感慨：您生为宰相，死后为阎王，可谓功德圆满。江万里皱着眉头说："没为鬼官，是岂予心所欲哉？"谁想在冥府做官啊！林月溪脑筋灵活，连忙问：我回去后，要做什么功果，才能帮助两位先生离职呢？也好报答两位生前的恩德。两位高官相视了一下，对林说，既然你如此盛意，请还阳之后，到南昌府，请西山道院的徐道长为我们设斋醮，也许可以感动天帝，让我们"出离鬼官"。

　　林月溪满口答应，在冥府出庭之后还阳，找到了徐道长，请他安排斋醮。徐道长生性放荡不羁，一张嘴就要林出一百二十贯钱做道场。拿到钱之后，他给纸铺三十贯定制纸钱。剩下的，全部用来大吃大喝。吃了一个月，林月溪已等得不耐烦了，这哥们才在道观打坐斋醮。同时把三十贯定制的纸钱，一天就全部烧化完毕，然后对林月溪说：恭喜林翁，"善功圆满"。林月溪对徐道人这等敷衍的做法极为愤怒，要不是冥府的两位恩公嘱咐，早就要破口大骂了。没想到，三天后，两位恩公托梦给他：得徐道人斋醮之功，已找到接班人，我们可以"出离幽关"，转世投胎去了。如此神速，看来徐道人是有真本事。（《湖海新闻夷坚续志》后集卷一）

　　这个故事非常有意思，有鬼君的第一个困惑是，徐道士吃喝玩乐，斋醮也随意敷衍，却能迅速地办理好阎罗王、泰山府君的离职手续，这是怎么回事？有鬼君请教了道教学者陶金兄，据他解释，徐道士所行的是太极内炼法，其实不是斋醮，而是一种结合内丹的炼度法。完全没有任何外部形式，只是打坐，即能超幽。

再看冥府的职官问题。泰山府君之职大约出现于东汉，主管生死与灵魂，算是第一代的冥府之主。而阎罗王随着佛教进入中国，逐渐本土化，形成具有中国特色的冥府系统。曾经有冥吏简单介绍过冥府的官制："道者彼天帝总统六道，是为天曹；阎罗王者，如人间天子；泰山府君，如尚书令录；五道神如诸尚书。"（《太平广记》卷二九七"睦仁蒨"）按照现代官制简单点说，阎罗王是总统，泰山府君是总理。

接着来的问题就是，为什么阎罗王和泰山府君，会不约而同地想要离职。江万里先生还说："没为鬼官，是岂予心所欲哉？"在一个正常有序的国家，有谁做总统做得这么不情愿？谁不想向天再借五百年？更夸张的是，还带着总理一起撂挑子？江万里生前曾为宋度宗朝宰相，元军攻打南宋，七十七岁时，"饶州城破……万里竟赴止水死。左右及子镐相继投沼中，积尸如叠"（《宋史》卷四一八）。率全家子孙一百八十余人投水殉国，何等英烈！他之所以在冥府担任阎罗王，大概也是因"一门忠孝"。死得如此从容壮烈，为什么死后却不愿在冥府为官？

阴间的价值观

　　冥府有完整的官僚系统，这是我们都知道的，可是，冥界遵循怎样的主流价值观，或者说，冥界的意识形态是什么？阴间不像阳间，无论什么主义都有一套或多套的经典著述来阐释。更重要的是，价值观是高于日常生活的，我们不能仅凭阴间成员的言行就简单地演绎出一套价值观来，那样太不靠谱了！

　　办法还是有的，冥界也使用文字，在一些特别的场合，阴间的文字可以将那里的主流价值观，或明或暗地表达出来。这就是冥府大门口常见的对联。为了说明对联的作用，我们不妨设想那些最具中国特色的标语！

　　大革命时期，红军的标语是很有特色的，几乎秒杀国民党政府的文宣机构。比如有一条是这么说的："老乡，参加红军可以分到土地！黄安县苏维埃政府宣。"简单的一句话，就把意识形态诉求的核心向农民宣讲到位了。

　　阴间当然不擅长刷标语，但是冥府大门贴对联是很普遍的。只不过，能流传到阳间的却很少，这是因为入冥之人只有复活，才能及时将内容传达给阳间的亲朋好友。而那些到阴狱一日或数日游之后复生的，往往会大谈阴间的刑罚如何血腥恐怖、因果报应如何有效、死去的亲属如何生活，甚至是个人命运已被安排，但很少有人会留意大门口的那些宣讲文字。

最可气的是蒲松龄，《聊斋志异》卷三的"阎罗"条说，莱芜的一个秀才李中之，每隔一阵就假死三四天才醒来，问他什么都不肯说。直到有一次，同村的张生也入冥之后死而复生，才知道李秀才因为"性直谅不阿"，被冥界招为值班性质的阎罗王。冥界"门殿对联"，张生"俱能述之"。可是，他竟然一个字都没记下来。

还好，在卷六"考弊司"条中，他详细地记录了某位冥界游览者所述的地府匾额以及对联：大堂的两边各有一座石碣，分别写着"孝弟忠信"和"礼义廉耻"，堂屋的柱子上的对联云："曰校、曰序、曰庠，两字德行阴教化；上士、中士、下士，一堂礼乐鬼门生。"考弊司大约是选拔士子出仕的机构，对应于阳间的什么部门，一时还说不清。这副对联的意思是，以"德行"（即孝弟忠信、礼义廉耻）来教化世人，而各类读书人是鬼王的门生。当然，这个故事反映的是阴间的官场，但主流价值观是"孝弟忠信""礼义廉耻"，这是没什么疑问的。

阴间对于对联的重视，实际上就是对主流价值观的宣讲，一点不亚于我们对于标语的重视。明末南昌人徐巨源，曾于崇祯年间中进士，以书法知名。某天在路上被一阵狂风"摄入云中"，原来是冥府修造宫殿，想请这个书法家去题写对联。徐巨源跟着冥官到了阎王府，见他们已经拟好了词，只是还没写（冥府的对联还需要从阳间临时聘请书手，可见有多看重）。对联是"作事未经成死案，入门犹可望生还"，横批是"一切惟心造"。这条对联显然是针对那些刚到阴间报到的，意思是说，只要做人、做事有底线、有节操，到了阎王殿还是有可能活着回去的。横批更是将这一关节讲清楚了，按照现在的说法，就是走心比走肾更重要。（《子不语》卷八"徐巨源"）

梁章钜的《楹联三话》卷上"城隍庙联"中也有类似的对联，苏州人王某在宁夏做官，但是因为涉及冥府官司，梦中被拘押至苏州城隍庙。他在梦中看到，城隍庙大门口的对联是："处世但能无死法，入门犹可望生还。"大殿中的柱子上写的是："地狱空留点金簿，人心自有上天梯。"后面一联说的是，如果一心向善，地狱也不会收留，可以直接升仙的。如果用术语来表示，这反映的是一种朴素唯心主义的价值观。

另一处对联强调的则是阴间司法的公正。清代杭州人赵京，因为与弟媳妇家的丫鬟私通，把对方肚子搞大了。家人怀疑到他弟弟头上，而且丫鬟也诬陷他，赵京又不肯说清楚。他弟弟无以自明，一时想不开，竟然上吊自杀了。

两年后，赵京被阴间捉去对质，到了冥府，见柱子上的对联是"人鬼只一关，关节一丝不漏；阴阳无二理，理数二字难逃"。本来，按照阴律，赵京要被判死刑的，可是阴间有位故人说情，将其放回阳间了。而且，冥官还指责他弟弟说："赵某身为男子，通婢事有何承认不起？而竟至轻生，亦殊可鄙。"典型的直男癌口吻。（《子不语》卷十"赵文华在阴司说情"）

这副对联表达的意思，一方面强调天网恢恢疏而不漏，另一方面，则表明阴律和阳律是通用的。也就是说，无论阴间还是阳间，遵循的是同一个基本法律理念，而且非常严密。不过，对比这个故事的结局与对联所表达的公正期待，显然颇具讽刺意味。

从这些对联所反映的阴间的价值观来看，并没有那么复杂，无非是正心、诚意、修齐治平这些传统儒家的观念，而且相对更侧重陆九渊、王阳明等心学的那一路。但我们要知道，这些展示出来的价值观，主要是用来教化阳间来报到的人类的。打个最简单的比方，寺庙、道观门口那些对联，难道不是给参观的凡人看的吗？

阴间的军队

　　刘慈欣的科幻小说《三体》中，为了抵御三体人的进攻，地球人制定了面壁计划，其中第一位面壁人泰勒的计划是，寻找最不畏惧的军人，驾驶飞船近距离向三体部队发射球状闪电和宏原子武器，使整支部队坍缩为不死不活状态的无敌的量子幽灵。只是，他的计划被破壁人识破，因而未能成功。

　　对大部分文科男来说，量子幽灵的概念很难理解。当然，反过来说，在很多理科男眼中，古籍可能也像天书一样佶屈聱牙。之所以这么说，是因为我们完全可以把量子幽灵理解成志怪小说中常见的"阴兵"，即阴间的军队。《夷坚丁志》卷六的"翁吉师"条，就是一个与泰勒的面壁计划非常相似的故事：

　　南宋崇安县的一位翁姓巫师，因为能请神附体，非常灵验，为乡里所看重。绍兴三十一年（1161 年）九月，附体的神仙突然说要出远门，不再从事预测工作。乡民苦苦哀求，神仙说：因为今年金兵大举入侵南宋，上天命令天下所有的城隍庙，各自率领所部阴兵北上抗金。事实也确实如此，那一年金海陵王完颜亮篡位之后，发四路大军南侵，结果在年底惨败而归，自此形成宋金对峙的局面。也是在十二月，附体的神仙再次显灵，说是战事完结，各路神祇亦回归本位。

这个故事暗示我们：阴间有大量的常备军。类似的记载很多，如《太平广记》卷三四六"刘惟清"条介绍，唐穆宗长庆年间，曾有人见到多达五六万的阴兵。按照常理，阴间社会的运转远比阳间守规矩，阴间的鬼魂对于因果报应、轮回转世乃至生死问题的认识都清晰无比，再加上阎罗殿能处理各种矛盾，只要有少量武装人员维持治安即可，根本无需大规模的军队。

仔细推敲那些阴兵的故事，我们发现，阴兵主要是用于阳间社会，他们都是为活人服务的。比如梁武帝天监年间，北魏名将杨大眼率军南侵，结果因淮河水忽然暴涨，在钟离（安徽凤阳）被梁军以水火夹攻打败。可是按照《太平广记》卷二九六"蒋帝神"条的说法，这次离奇的涨水，正是由于蒋山神蒋子文率阴兵助战的结果。战争结束后，人们发现蒋神庙里的泥塑像脚上全是湿漉漉的。在很多关于大量阴兵出现的记载中，都伴随着阳间的重大战役，显然不是无缘无故的。

除了军事作用，阴兵还承担了救灾抢险的任务。据《太平广记》卷三五二引《北梦琐言》，当时汉江的一条小支流，因为泥沙壅塞，河道狭窄。一支阴兵部队负责"开穴口江水，士卒踏沙，手皆血流"，人工疏通河道，士兵们双手都受伤流血。类似的场景，我们再熟悉不过了。而阴兵唯一所谓的"扰民"活动，不过是临时征召了一些家庭妇女到阴间为士兵做饭，工程结束后她们也立刻还魂。如果不是其中一位复生者的追述，恐怕没人想到河道突然疏通的原因吧？

当然，并非所有的阴兵都承担正能量的任务，《搜神记》卷五的"王佑"条提到的阴兵，从事的任务就略显惊悚。

魏晋时期，散骑侍郎王佑生了重病，命在旦夕。正在等死的当口，有陌生人来访，来人自报姓名，原来是位担任过别驾的社会贤达。这人对王佑说：今年国家有大事发生，我和其他十几位被紧急动员，征召为赵公明将军的部将备战。王佑一听，赵公明，这是什么鬼？马上意识到来人就是阴间的军官，来动员自己参军的。那人继续说：我现在领兵三千，需要参谋处理文牍事宜。你反正也活不了多久了，部队上这么好的职位，你不该放弃啊！王佑照例用上有老母，下有小儿推辞。

那人倒也通情达理，说回去请示。第二天再来，竟然说上峰准许他暂不服役，而且还带来几百个鬼，为他驱邪治病。王家敲起锣鼓，"诸鬼闻鼓声，皆应节起舞，振袖飒飒有声"。折腾了一晚，王佑的病果然慢慢痊愈了。此后，历经战乱和疾病，都安然度过。在王佑生病之前，曾有谣言称："上帝以三将军赵公明、钟士季各督数鬼下取人。"王佑这才明白，这并不是谣言。钟士季就是钟会，三国时领兵征蜀，因叛乱死在乱军中。

故事中提到的赵公明，就是后来我们熟知的财神。不过在魏晋时期，他却是在部队服役。那么他们征召士兵做什么呢？道教典籍《太上洞渊神咒经》曾提道："又有刘元达、张元伯、赵公明、李公仲、史文业、钟仕季、少都符，各将五伤鬼精二十五万人，行瘟疫病。"也就是说，赵公明的正职是瘟神。他所统带阴兵，是在各地行瘟疫的疫鬼。我们或者可以称为生化部队。

可是，从后来记载中对疫鬼的描述看，他们已不再是军事武装。而且，也不归属天帝直接指挥，而是交由地府的阎罗王统领。可资佐证的是，这几位统领生化部队的瘟神，后来都脱下了军装。其中赵公明担任荣誉性的玄坛大将，在各部委历练之后，进入财政部担任财神。很可能，在地府的初创时期，一度实行的是军管体制，随着社会稳定，逐步裁军，几位瘟神的经历，就像当年五马进京一样，当然，一马当先的是赵公明。

总的来说，阴间社会自有一套维稳体系以及全民共识，他们虽然有庞大的常备军，但主要针对的是阳间，是作为阳间的补充而存在的。只有整日打打杀杀的阳间社会，才需要靠不断的军备竞赛以维持统治。

阴间的"巡视组"

　　有鬼君周围绝大部分的人是不相信鬼世界的存在的，他们都是理性的坚定的唯物主义者。在有鬼君看来，鬼世界是古人心中"想象的共同体"，古人能想到的，鬼世界多半也会有，比如政治运作的基本规则，比如"巡视组"。

　　古代的中央对地方的巡视始于汉代，《汉书》说汉武帝"初置刺史部十三州"，颜师古注："《汉仪》云：初分十三州，假刺史印绶，有常治所。常以秋分行部，御史为驾四封乘传。到所部，郡国各遣一吏迎之界上，所察六条。""巡视组"所检查的六种情况，主要是针对高级干部及其子女的，与现在并没有太大的不同。

　　至于冥府，当然也存在腐败，而且很显然，这些腐败都事关生死。聊斋里《席方平》那篇已经被人说过无数次了，再看另外一例：

　　清代贵州人尹廷洽被阴差索命，准备去冥府报到之时，土地神暗示他"倘遇神佛，君可大声叫冤，我当为君脱祸"。果然，在天神狮子大王的干预下，对他的死亡通知书进行复查。复查的过程较为繁复，但也颇讲究程序正义。原来尹廷洽的族叔尹信死后在冥府做文书，其侄子尹廷洽命数已到，尹信为救侄子，在族中找到名字相近的，将死亡通知书上的"治"悄悄改为"洽"，导致阴差出错。事情搞清楚后，尹廷洽被放还阳，而尹信则被"发往烈火地狱去受罪矣"（《子不语》卷十"狮子大王"）。

这个故事对复查程序的介绍很细致，不过因此也大致可以判断，这次腐败事件并非制度腐败，而是个别鬼鬼迷心窍所致。狮子大王虽然处理了这起冤案，但他只是路过，属于临时接待上访。实际上，冥府自有一套巡视的规范。

唐代平阳驻军有个衙将刘宪，性情耿直，有胆有识，军中诸将都很佩服他。有天晚上，有位白衣使者说府君召见他，可是没有令牌。刘宪心想，又不是军情紧急，哪有半夜召见的？怒斥使者，结果使者出门几步就不见了。刘宪意识到这是阴差来找自己索命的，转念又一想，生死有命，没什么可怕的。果然，半夜时分，那白衣使者又来了，刘宪就跟着他到了冥府。

冥官见了他很客气，降阶出迎，寒暄之后说：因为知道老兄是有胆有识的汉子，所以想请你到阴间做官。刘宪问组织上安排自己担任什么职务。冥官说："地府有巡察使，以巡省岳渎道路，有不如法者，得以察之，亦重事，非刚烈者不可以委焉。愿足下俯而任之。"就是让他担任冥府的"巡视组"组长之职。这里很明确地指出了"巡视组"的职责，是巡察各地的山神、水神以及土地神等各级官员。而且很显然，因为这个职务非常重要，所以必须由性格刚毅的人担任。

有意思的是，这个"巡视组"组长的职务竟然是双向选择的。刘宪明确表示，自己不能胜任，冥官很惋惜，于是找了名单上的备胎——洪洞县吏王信，然后派阴差将刘宪送回阳间。过了几天刘宪出差到洪洞县，向县令谈及此事，县令说，确有王信这人，前几天刚刚去世。看来，王信是到冥府上任了。（《宣室志》"刘宪"）

在另一个故事中，唐朝的士人常夷与生于南朝的秀才鬼朱均结为生死之交，一人一鬼非常投契，"数相来往，谈宴赋诗，才甚清举，甚成密交。夷家有吉凶，皆预报之"。后来常夷病重，朱均告诉他，这是冥府征召他去做官："司命追君为长史，吾亦预巡察，此职甚重，尤难其选，冥中贵盛无比。生人会当有死，纵复强延数年，何似居此地。君当勿辞也。"（《太平广记》卷三百三十六"常夷"）朱均说自己在冥府也负责巡察之职，巡察既包括查贪腐，也包括举贤才，颇有两汉时刺史之古风。

《太平广记》卷一百零三"李丘一"条也提到，"五道大神每巡察人间罪福"，五道大神即五道将军，是阎罗王的主要助手。同时还具有监督阎罗王判案或纠正不公行为的莫大权力，甚至可以代替阎罗王决定世人的寿限。

需要说明的是，冥府和人间都受天界的管辖，所以除了阴阳两界各有自己的"巡视组"之外，天界还有中央"巡视组"，专门巡察下界的贪腐问题。

南宋湖州姓张的富翁，女儿长得很漂亮，可是在十八岁上，忽然有鬼魂附体，每日浑浑噩噩。张先生请巫医也治不了。当地有位道士，擅长驱鬼，有人推荐给张先生。可是这位道爷也不是鬼魂的对手。道士羞愧难当，出来走到桥边，不知不觉打了个盹。恍惚间，他魂魄出神，正好遇见九天采访使巡察，就上前求救。使者微微一笑："可用金桥诀治之。"据检索，"金桥，代表金勾搭桥，表示迎接先天和后天"（想起《倚天屠龙记》中，俞莲舟破宋青书的九阴白骨爪，用的是太极拳中的

"乱环诀")。道士得了使者的指点,果然制服了作祟的鬼魂。(《夷坚支志》丁卷二"张承事女")

　　这个故事中提到的九天采访使,从头衔上看,显然是隶属于中央"巡视组"的。除了此类定期巡视的监察神之外,我们还经常见到使者来往于天界与冥界之间,传达天界的会议精神,从宏观和微观上指导冥界各项工作。

阴间的最高法律是自然法

地府最为我们熟知的机构就是阎罗殿，勉强相当于法院吧。这说明阴间的司法系统是最重要的，当然，阴间的法律体系不是瞬间建成的，这个过程很长。我们可以举几个例子来以管窥天。我们知道，阴律中最大的特色就是因果报应。不过，因果报应也常常需要得到许可，申诉、许可、执行报复应该是基本的模式。而向谁申诉，不同的时代是不同的，这就可以看出法律体系逐渐建成的过程。

春秋时期，晋国内乱数十年，直到晋文公重耳上台才结束。内乱的起始是太子申生被迫自杀，申生死后六年（前650年）秋，晋国大臣狐突前往晋国陪都曲沃，忽然遇到现形的申生，申生对狐突说："夷吾（申生的弟弟晋惠公）无礼，我已经请求天帝并且得到同意（'余得请于帝矣'），准备把晋国给予秦国，秦国将会祭祀我。"狐突回答说："'神不歆非类，民不祀非族。'这么做的话，您的祭祀也会断绝的。这样的处罚不当，请您考虑一下！"申生说："好，我会向天帝重新请求。过七天，新城西边将要有一个巫师传递我的意见。"等到约定狐突去的那一天，巫师告诉他说："天帝允许我惩罚有罪的人（'帝许我罚有

罪'），他将在韩原大败。"（《左传·僖公十年》）

我们可以注意括号中的两句引文，说明申生是向天帝申诉自己的冤屈，同时也是得到了天帝的许可，才能报复弟弟，而且改变报复的结果，也需要向天帝请示。那么，问题就来了，申生为什么非要向上帝请示呢？难道天庭没有专门的信访部门吗？要是每个冤魂都去天帝那里申诉，天帝不是要忙死吗？

申生的故事并不是孤例，比如颜之推的《还冤记》，是一本宣扬因果报应的志怪小说，里面很多申诉、上访，就是直通天帝的。

三国时曹魏的名士夏侯玄，因是曹家的亲戚，对于司马师的擅权不满，密谋造反，失败后被杀。死后他宗族里的人祭奠他，没想到这厮确有名士风范，大咧咧地现形来享用祭奠的供品。而且他的吃法独树一帜，"脱头置其旁，悉取果食酒肉以内颈中"。就是把自己的头摘下来放在一边，把酒肉果品直接往脖项里塞，塞满了再把头安上。吃喝完毕，跟宗亲说："我已经上访到天帝那里去了，必报此仇。"司马师本来就没儿子，司马昭将自己的次子司马攸过继给哥哥，司马攸的儿子就是"八王之乱"的起头者司马冏，最后被杀。西晋末年"永嘉之乱"的时候，有巫师被附体，说西晋的灭亡，就是曹爽和夏侯玄这哥俩在天帝那里申诉的结果。

在《还冤记》的多则故事中，冤魂上访的对象，要么是上天、上帝、皇天、天帝，要么就是笼统地说上诉，没有向具体的司法部门申诉的记载。这个现象，首先可以说明阴间的司法体系尚未建成，另一个原因，很可能说明那时阴间的法律系统，实行的是自然法。

百度百科上说，自然法通常是指宇宙秩序本身中作为一切制定法基础的关于正义的基本和终极的原则的集合。自然法是独立于政治上的实在法而存在的正义体系，具有以下特点：1. 自然法是永恒的、绝对的。2. 人的理性可以认识、发现自然法。3. 自然法超越于实在法之上，后者应当服从前者。

我们古代信仰中的上帝（天帝），与西方一神教中的上帝不一样。西方（基督教）的上帝，人格性很强，会暴怒，会喜悦，会派出撒旦来诱惑人，为了考验约伯信仰的虔诚，把他弄得家破人亡。而我们的天帝，更像大自然一样。孔子说："天何言哉，四时行焉，百物生焉。"根本就不说话，而是通过大自然运行的规律向人类展示公平、正义和秩序。

所以，《还冤记》中记载的那些冤魂诉诸天、诉诸帝。其实就是诉诸公平、正义这些抽象的法律道德原则。他们得到的复仇许可也是抽象的，天帝并没有具体地指示说你去砍死谁，也没有指派任何政法系统的公务员参与复仇。冤魂得到许可，就用自己的方式进行报复。

在中古比如唐宋时期，因果报应的故事，就有很多冥吏的参与，这当然能说明阴间司法制度的完备，因为有了具体的工作人员。但是，仍有大量的故事是以个人化的报仇来实现因果报应的。而且我们知道，即使在阳间，对这类报私仇的情况也是有不同程度的默许的。比较著名的是黄宗羲。其父黄尊素为东林党人，被阉党迫害致死。崇祯继位后为东林党人平反，黄宗羲上书请诛阉党余孽。刑部会审时，他出庭对证，出袖中锥刺许显纯，人称"姚江黄孝子"，崇祯也叹称其为"忠臣孤子"。

为什么阴间阳间对报私仇都有一定程度的默许呢？也许就是基于自然法高于实在法。在阴间，对自然法的看重要远高于实在法。也就是说，阴间对于公平、正义和秩序的追求，要比阳间更甚。这样我们才能理解阴间的判案会有很多富于人情味的弹性，这是实在法所不具备的。

关于阴间的自然法，有人说得很明白：

　　有客问顾郎中以冥王果报之事，曰："阴间判狱，仍用王法乎？
抑用佛教乎？"顾曰："不用王法，亦不用佛教，但凭人心。人但
问心无愧即冥中所谓善，问心有愧即冥中所谓恶。公是公非，不
偏不倚，幽明一理，儒佛五分。"（《北东园笔录续编》卷三"顾
郎中"）

怎样把阎王的权力关进笼子里

借用国内学者的说法，冥府的政治体制可称为"集体阎王制"。这不难理解，因为冥府有十殿阎王，且各殿阎王都有各自的职司。比如第一殿的秦广王，主要负责登记和甄别；第二殿的楚江王，负责惩治"阳间伤人肢体，奸盗杀生"者；第三殿的宋帝王，负责惩治"忤逆尊长，教唆兴讼"者……第十殿的转轮王，负责将各殿押解的鬼魂，分别善恶，核定等级，发往各地投生。

实际上，阎罗王就如阳间法院的法官，有些判决一审结束就生效，有些则会上诉再审，甚至直到最高法院。一般来说，鬼魂需要在多个阎王殿过堂的情况比较少见，往往是一锤定音的。至于为什么是十殿阎罗，而不是按照十八层地狱设立十八个阎罗王，按照《右台仙馆笔记》卷一记载：

> 阳间盛传十殿阎罗，此唐制也。唐分天下为十道，故冥中亦设十殿，今则否矣。道光以前，冥官尚有前代遗贤，今则皆本朝贵官，衣冠仪从，悉今制也。

不过，作者俞樾只是引述了这段话，他自己并不认同，提出了新的见解，这里有鬼君也是姑从一说。

需要特别指出的是，十殿阎王并不是终身制，也不是世袭制。

南宋进士周庄仲，科考后梦入幽冥，与冥府人力资源部签订了工作合同，大意是自己自愿担任一届阎罗王。周进士其实心里不乐意，是被迫签字的，不过冥吏也说了，这是预签的合同，要二十年后才上任。到了第二十年，冥吏给他送来正式的聘书，只是还要再等两年才正式入职。两年后，门神土地亲自上门送行，第二天，他就无疾而终。(《夷坚丙志》卷七"周庄仲")

类似生人在冥府担任阎王的故事很多，这个故事很完整地记述了入职流程。而且，可以看出的是，阎王之职还是唯才是举的，并非只从阳间的勋贵中选择，周庄仲入职时，也不过是个户部郎官。

十殿阎王虽然权力很大，但互相之间并不存在权力竞争关系，更重要的是，他们的权力是关在笼子里的。

制约阎王权力的有这么几条：

在冥府的政治建构中，道德规范比资源分配具有绝对的优先性。这话的意思是，冥府是以德治国的。很多故事都谈到对阎王的道德约束，比如《续子不语》卷三"张阎王"条，说张秀才被阴差带到冥府认罪，张"始悟前身即阎王，因有过恶，又轮回人世也。俄而两公人复来送张回里，如梦初觉，汗流浃背。自是改过为善，一洗前非"。阎王犯法，与小鬼同罪，并没有豁免权。至于阎王下属的冥官更是"地府有巡察使，以巡省岳渎道路，有不如法者，得以察之，亦重事，非刚烈者不可以委焉"(《宣室志》"刘宪")。

第二个制约是，天界以定期或不定期巡视的方式对人类世界和幽冥世界进行管理。关于这一点，有鬼君在《阴间的巡视组》中已经做过介绍。需要补充的是，除了这种定期或不定期的巡视，阎罗王还经常为一些棘手的案件向天界直接请示。比如《西游记》中，孙猴子大闹阎罗殿，阎王治不了，只能直接向玉帝请示。而佛教、道教的神职人员，也会时不时插手冥府案件的处理。至于天界的神仙，插手冥府事务时，更是不需要照顾阎罗王的面子。《子不语》卷一"酆都知县"中，酆都知县入冥拜访阎罗王，正遇上伏魔大帝关羽来访，知县的师爷言语中对关羽不敬，关羽直接命雷公劈死了他。在关羽震怒的淫威之下，阎王完全没有办法回护，只能保其全尸。

第三，从监控手段上看，冥府的监控是最严格，也是监控技术水平最高的。比如《子不语》卷十六"阎王升殿先吞铁丸"说：

> 每升殿，判官先进铁弹一丸，状如雀卵，重两许，教吞入腹中，然后理事，曰："此上帝所铸，虑阎罗王阳官署事有所瞻徇，故命吞铁丸以镇其心，此数千年老例也。"先后照例吞丸。审案毕，便吐出之。三涤三视，交与判官收管。

《聊斋志异》卷七"阎罗薨"中，入冥代行阎王之职者，因在冥府断案时略微徇私，直接被杀。他生前曾对说情者说："阴曹之法，非若阳世慒慒，可以上下其手。"

冥府实行集体阎王制，且阎罗王的权力被关进笼子里。但这还不足以说明其政治体制的特点。因为冥府受制于天界，而天界的政治体制又自有特点，有鬼君称为"单核的虚君共和制"。单核当然指的是玉帝为最高统治者，且是终身制，在对《西游记》的各种政治隐喻的讨论中，都明确指出了这一点。至于"虚君共和"，三言两语也说不清楚，有鬼君只讲自己的两点感觉：一、从天界政治建构的角度看，先秦以来，代表最高意志以及主宰的"天""帝"都偏于集体人格，以至于后来的学者为了论证先秦的天帝为人格神，绞尽脑汁。二、从天界的政治实践角度看，在志怪小说中，天帝的意志和命令虽然经常出现，但其本尊几乎从不现身。至于《西游记》中的玉帝，有鬼君曾经谈过：太白金星说要去收服妖猴，他说："依卿所奏。"武曲星君说封他弼马温，玉帝也同意。孙悟空要做齐天大圣，他也同意……反正任何神仙上奏，他都同意，从来不驳回。如来对孙悟空说，玉皇大帝"自幼修持，苦历过一千七百五十劫。每劫该十二万九千六百年"。修炼了这么久的所谓天界最高统治者，在所有的议题上，揿的都是赞同键。

　　天界的最高统治者，他的意志并不是个人的意志，而是天道，所以，在"单核虚君共和制"背后，还有一个重要的原则：一个主义。

政审靠鬼神

　　我们现在的国考和高考，都需要通过政审。古人政审靠鬼魂，今人政审靠组织。

　　古人政审的项目从《礼记·大学》的"八目"即格物、致知、诚意、正心、修身、齐家、治国、平天下中化出。但很明显，格物致知是学问基础，谈不上政治审核。而治国平天下这两项，又实在高远，也不属于考前的政审范围。一屋不扫何以扫天下，所以政审的核心，应该是"诚意、正心、修身、齐家"这四项。

　　《清稗类钞》"考试类"中就有关于政审的介绍：

　　　　各州县文童武童应试时，必由廪生领保，谓之认保。又设派保，以互相稽查而慎防弊窦。如该童有身家不清，匿三年丧冒考，以及跨考者，惟廪保是问；有顶名枪替，怀挟传递各弊者，惟廪保是问；甚至有曳白割卷，犯场规，违功令者，亦惟廪保是问。其责任如是之重。故凡廪保之与童生，必与同里间，谊属戚友，深知其为佳子弟，勿贻先生长者羞，而后为之具结单焉，签花押焉，临场

则唱保焉，出图则看号焉。（《廪生保童生》）

　　廪生指的是考试成绩好，能在公家领取奖学金的秀才，他们除了要认真学习，还有一项义务是为童生背书，就是童生如果家庭出身有问题、考试作弊等，廪生要负连带责任。这就将政审的责任从组织化解到个人身上。将来追究责任亦很方便。

　　还有一些项目审核，也是着重于考生个人的修身齐家的指数，比如"邵二泉为江右提学，生员不葬亲者不许科考"。明代名臣杨涟的玄孙杨可镜，水平很差，"文理荒疏"，本来考官要革去其功名，但雍正皇帝说，他祖上是忠义之士，"其后嗣子孙，若稍能自立，品行无亏，虽文艺不工，亦当格外造就"，特许到国子监读书。

　　即便考前通过政审，但政治考核依然无处不在，比如晚清时有秀才考算学时，用了阿拉伯数字，考官大怒："某生以外国字入试卷，用夷变夏，心术殊不可问。着即停止其廪饩。"乾隆还禁止新科进士在殿试时阿谀颂圣，"诸生策内，不许用四六颂联"。

　　清朝禁止的，就是太平天国喜欢的，太平军攻下南京后，也搞了几次科举：

　　　　洪秀全据金陵十三年，开科亦数次。某年第一场题为"天父七日造成山海颂"，"天王东王操心劳力赡养世人功德巍巍论"……越一月，为第二场，题为"立整纲常醒世莫教天光鬼迷解，天父为奸生人理人论"。又越一月，为第三场……题为"四海之内皆东土，真道岂与世道相同论"。

　　说完了人，该说鬼了。因为诚意、正心纯为内心的隐私，修身、齐家也往往不为外人所了解，所以，上面说的廪生具结担保的办法，只是形式，真正起作用的政审，还是靠鬼神之力。这类材料相当多：

　　清乾隆年间南京乡试，一位姓俞的秀才，第一场考完就收拾行李不考了。众人奇怪，追问不已。他神色凄楚：说来惭愧。我父亲临死之时，有遗言给我们四兄弟，他在担任县令时，受贿两千两银子，冤杀了两个囚犯。在阴司是大罪，原本是要断子绝孙的。幸好祖上曾救过人，功过相较，只能留一子单传，而且连续五代贫苦，不得温饱。我们兄弟四人，只有一个能活着承继香火。至于功名，更是别妄想了。父亲死后，我的兄弟相继去世，只剩我一个。我前几年两次参加乡试，都因为试卷被涂抹而落第。这次再考，本来文思如泉涌，可是昨晚父亲现形，怒斥我："为什么不听遗嘱，存非分之想。因为你小子一而再再而三地考试，害得我在阴间加重刑罚。赶紧滚回去，别再考了。"说完手一挥，把我的砚台打翻，试卷又被污染。想来命该如此吧，我"当削发入山，披缁出世"，出家做和尚去。（《夜谭随录》卷二）

　　这个故事里，俞秀才因为已去世的父亲生前的罪愆，政治面貌不合格，因而未能通过阴司的政审。即使取得了乡试的资格，但绝对考不取。

　　杭州秀才张世荦，每次参加乡试，都出幺蛾子，好像有人总在扯他的试卷，导致卷面不清洁而屡屡落第。后来在考场遇到女鬼，才得知自己当年被传与邻居之女有私情，虽然并无此事，但因为没有及时澄清，还以风流自许，最后导致女人自杀。原本可中解元，但因这个道德污点，被罚延迟七科。（《子不语》卷二十四"张世荦"）

　　张秀才个人的这个错误，在阳间无须受到什么惩处，但在阴律中，就属于比较严重的罪行了，因此政审也未通过。

冤鬼选取考场报仇申冤，虽然起到了政审的作用，但是这种一对一的报复，既琐碎，又影响考场秩序。所以有时考官会禁止政审：

清康熙年间的江苏巡抚张伯行，监考江宁乡试。按照惯例，考生点名之后，要召恩仇二鬼进来政审。张巡抚大怒："进场考试者，皆沐浴圣化、束身怀璧之士，尔辈平日何以不报，乃正当国家取士大典一切关防严肃时，岂许纷纷鬼祟进场沙扰耶？"

在张巡抚看来，阴间的这种私人性的政审，打着组织的旗号，其实扰乱考场秩序、破坏国家录用人才的决策。为了避免这种情况，冥府有时以组织的名义，派阴差集中处理审核。

一种是阴差在举子的头上插旗子，插红旗的录取，插白旗的落第，简单明了。（《涉异志》举场旗）另一种是在会被录取的考生桌上放钱，在不被录取的考生脑壳上敲一下。（《夷坚支志》乙卷二"邵武试院"）

总结来说，就是古人对于科举其实相当重视，也重视政审，甚至用连坐的方式来约束考生。但他们同时也清醒地意识到，个人的心性以及修养，不是填几张保证书、组织写个鉴定就能解决的，还是要靠鬼神！

鬼如何获得特赦

各国政府都有特赦罪犯的制度。特赦不仅在阳间推行，阴间也有类似的制度。我们知道，阴间最主要的政府机构就是阎王殿和地狱，在这个意义上，很容易理解马克思关于国家是暴力机器的说法。阎罗王宣判之后，该转世的转世，该升仙的升仙，该进地狱的进地狱……为什么阴间也有特赦制度，这个有鬼君也没有找到很明确的证据。不过，那种地狱一日游的故事，倒是与让干部群众参观监狱、进行反腐警示教育有点儿像。从理论上说，地狱的空间是无限的，关多少犯人都没问题，所以阴间的特赦绝对不是因为监狱已人满为患。但地狱作为惩前毖后、治病救人的机构，那些犯人也不是永远在地狱里受罪，都有刑期。在刑期未满的时候，阴间也会特赦一些犯人出来，允许他们转世投胎，重新做人。

至于这种特赦的规律，目前的材料还无法总结，有鬼君觉得要看运气。比如下面这位仁兄：

明代有位姓华的御史，奉旨在各地巡视官员。他来到四川酆都，酆都县城外有个山洞深不可测，传说阎罗殿就在里面。华御史对这类怪力乱神向来嗤之以鼻，决心自己亲身入洞证伪此事。他带着两个仆人，点着蜡烛进去。走了一里地，豁然开朗。只见十余间大殿，每座大殿里都坐着一位高官。只有东边的那座大殿是空着的。众官员一见华御史，纷纷前来致意：别来无恙！您总算来冥府上任了。华御史心里一惊，原来真是阎罗殿啊！连忙解释说，我其实是××节目组的，节目录制完了，这就回去。众官员说，这是命数，不能逃的。说着有人拿出一卷文书，上面写着："某月日，某以肉身归阴。"华御史这下吓傻了，自己没事搞什么科学探险啊！

正在僵持之时，有金甲神来传旨，众人接旨后对华御史说：天帝有诏书，对幽冥实行大赦，你正好可以借着大赦的机会还阳。华御史死里逃生，连滚带爬地逃出山洞。只不过，那两个仆人再也没出来。(《聊斋志异》卷四"酆都御史")

这个故事中，天帝的"大赦"有点语焉不详，为什么要大赦，什么样的鬼可以赦免，都没有说明。不过至少说明一点，这一决策的决定权在神仙界，而不在冥府。有鬼君以前曾猜测，神仙界对冥府的管理一般是原则性指导，允许冥府有较大的自主权。不过，像大赦这样的政治决定，一定是神仙界的最高领导层做出的。

至于特赦的范围，在文献中也偶有提及，比如《醉茶志怪》卷一"马生"条说，阴间很重科举考试，如果有无故缺考的，直接斩立决。只有生病或急事无法应考的才能赦免，但是犯有抽大烟、赌博、嫖娼这三类罪的，绝对不能赦免。《夷坚志》补卷六"细类轻故狱"条说："大赦虽时有，惟不忠不孝之人不沾恩宥，如朱温辈尚在第十七狱中。"这与阳间的十恶不赦规定也有几分类似。

上面说的特赦或大赦，属于不定时的，比如遇上什么大喜的日子。

而常规性的减刑或赦免，则要靠数目字管理了。

　　清代某地有个流氓无赖陈献，在乡里作恶多端，无人敢管。不过恶人自有恶人磨，他每晚都会梦见自己被一虎头人捉去，将他全身的肉剐下来吃掉。每次被剐肉时都神志清醒，痛苦不堪（"虽痛极昏晕，知识终不昧"）。虎头人吃完，他才醒过来。虽然每次他都苦苦哀求，可是虎头人说，这是因为他平生作恶太多，被罚做口粮，非历千劫不可。这种折磨一直持续了三年。更可恶的是，明明吃的是他身上的肉，虎头人还说，因为这是他的生魂所化，在阴间只能算绿叶蔬菜，大块的猪肉才算荤菜。

　　如此受了三年的罪，虎头人说，你受的千劫已满，我可以吃你的肉身了，这次算大荤。你明天白天自己洗干净了，等我来吃你。陈献简直要崩溃了，晚上白受了那么多罪，竟然还难逃一死。对虎头人苦苦哀求说，我已经知罪了，今后一定改恶从善，您大人大量，就放我一条生路吧。虎头人说：其实我也想赦免你的。不过，因为你造孽太多，上天的法规讲得很清楚："千劫以上者例不赦，万劫者例不减。"（意思是，受罚千劫以上的，不在赦免之列；受罚万劫以上的，连减刑资格都没有）既然你有一念向善，我宽限你一个月，你到时自己先上吊，我再来吃你。免得被我活杀，再受肢解之苦，这算是给你减刑了。

　　陈献知道难逃一死，与家人、亲朋交代了后事，一个月后，自己上吊自杀了。家人正围着大哭，一只老虎忽然冲进来，叼着他的尸体走了。（《耳食录》卷一"石室虎"）

　　故事中提到的"千劫以上者例不赦，万劫者例不减"，就是将减刑、赦免的规定量化并严格执行，避免了人情世故导致的司法腐败。

　　以上对冥府犯人的特赦，都是天帝做出的。但是，在天地人三重世界的政治架构中，冥府一方面受神仙界的原则性指导，另一方面也受阳间政治形势变化的影响。因此，阳间的特赦决策，实际上会影响到冥府。

明代隆庆初年，苏州有个姓丁的下级军官，忽然被恶鬼附体，一边咬牙切齿地痛骂，一边拔出刀要自杀。战友将其救下，问附体的鬼是怎么回事。恶鬼说，数年前，我犯了盗窃罪，和这姓丁的一起蹲大狱。我因为犯事太大，必然是死罪，就请他出狱后将我藏的金银取出，分一半给我家人。没想到他竟然将我的钱全部吞没，害得我家人生活无着。

众人问恶鬼，多年前的事，你怎么现在才来报复呢？恶鬼说，我被处决之后，到了阴间还继续受罪，魂魄在冥府也被关押。这次正好隆庆皇帝登基，大赦天下。赦免令一直惠及冥府，所以我有幸提前出狱，否则，这仇不知要多少年之后才能报。（《万历野获编》卷二十八"冤报"）

董仲舒特别喜欢说人副天数、天人感应，如果把视野放宽，我们可以很清楚地看到，阳间重大政治活动的蝴蝶效应，也可以直达阴间。天地人三者之间的互相感应和影响，构成了更加完备的世界图景。

辑四　人鬼之间

附体的社会学

　　西晋武帝咸宁二年，琅琊郡的颜畿病逝。家人给他办丧事，不过奇怪的是，招魂幡总是缠在树上解不开。这当然算是异象了，果然持招魂幡的人忽然倒在地上，嘴里念念有词，说话就是颜畿的口气："我其实命数未完，只是因为吃药太多，内脏受损严重。我是可以复活的，不要把我下葬。"家人虽然惊惧，还是答应了，招魂幡立刻自动解开了。家人把棺材抬回家，开馆一看，颜畿果然还有细微的气息，慢慢调养，终于活过来了。但可惜的是，颜畿只能睁开眼睛，手脚的活动也大不如常人，而且没法说话，"饮食所须，托之以梦"。家人辛苦照顾了他十多年后才去世。

　　这是《搜神记》卷十五中的一个关于灵魂附体的故事。古人对于这类现象，虽不能说是司空见惯，但也不觉得特别奇怪。在他们看来，肉身既然与魂魄是两回事，那么他们之间的分离和聚合，甲之魂魄控制乙之肉身，都是能理解易解释的现象。

　　《搜神记》中类似的附体故事还有好几条，不过这个颜畿复活的故事，非常巧合地展示了魂魄与肉身无形中进行的一场 PK。按照现代医学的看法，颜畿也许是假死，但至少其肉身是很虚弱的。故事中还有一个细节，家人开棺时，发现他"以手刮棺，指爪尽伤"。显然，他连敲打棺材呼救的力气都没有，而魂魄却不仅能让招魂幡缠住树枝，还能够附体于招魂者，甚至可以托梦给家人。就传播信息的能力而言，他的魂魄显然完爆自己的肉身。

但是，被附体者也有魂魄，死者的魂魄又如何夺取生人的控制权呢？这里恐怕还要提到春秋时期郑国政治家子产的看法："人生始化曰魄，既生魄，阳曰魂。用物精多，则魂魄强。是以有精爽至于神明。匹夫匹妇强死，其魂魄犹能凭依于人，以为淫厉，况良宵……其用物也弘矣，其取精也多矣，其族又大，所凭厚矣，而强死，能为鬼，不亦宜乎！"这段话的意思是说，一个人如果生前就是贵族，积累了足够强大的社会资源（包括身体和精神的），其魂魄也会相应地强大，能够附体于人，是很正常的。即使是普通平民，如果死于非命，其魂魄积累的怨念，也能达到类似的效果。按照子产的逻辑，附体现象是因为死者之魂魄足够强大，再加上有未了的恩怨，就能鸠占鹊巢，通过阳间活人之口将自己的诉求表达出来。不过，子产所处的时代，阴间社会的秩序还没有建立起来，他所说的灵魂附体，并不看重道德上的合法性，魂魄间的斗争，基本是力气活，奉行的是较为原始的丛林法则。

随着时间的流逝，在逐渐完备、逐渐复杂的阴间社会秩序中，丛林法则不再起决定性的作用，因果报应的合法性得到强化，这一模式也因此成为附体故事的主流。即使在阳间，也承认附体报仇或报恩的合法性，甚至对司法运作有实质的影响。

《子不语》卷一"常格诉冤"条记载，清乾隆年间，景山皇家园林陈设的古玩失窃，内务府抓了几十个挑土的民工讯问。其中一个民工赵二忽然神志失常，上前跪下说："我是正黄旗的常格，才十二岁，上个月被赵二杀了，尸体埋在某处。请大人为我申冤。"说完，赵二跳起来说："我就是赵二，常格是我杀的。"审失窃竟然审出命案来，内务府的官员就将案子移交刑部。果然，刑部官员经勘探，发现了孩子的尸体，于是案情大白。在量刑的时候，刑部官员提出了自己的意见："赵二自吐凶情，迹似自首，例宜减等；但为冤鬼所凭，不便援引此例，拟斩立决。"就是说，赵二是自己承认的凶案，如果依照法律，这属于自首情节，可以减刑，但他是因为冤魂附体才吐露案情的，所以不能算是自首。乾隆帝最终采纳了刑部的量刑意见。在这个故事里，刚性的法律规定认可了附体报冤的合法性，阴间和阳间合力伸张了因果报应的原则。

不过，因果报应不是阴阳之间互相勾连的唯一途径。当那个世界也成为复杂社会的时候，附体会成为魂魄在人世间刷存在感的一种方式。我们可以看一则宋代的灵魂附体故事。

《夷坚乙志》卷八"秀州司录厅"记载，洪迈的父亲洪皓曾任秀州（今嘉兴）司录，所在的官邸经常有鬼怪出没。某天晚上，他的侍妾忽然大叫一声，倒在地上，人事不知。洪皓知道这是鬼怪附体，想起传言"鬼畏革带"，就把侍妾捆在床上，质询附体的鬼怪。那鬼说自己是嘉兴的农民，前两年全家都死于大洪水，自己死后就住在官邸后院的大树上。至于附体侍妾，是因为她素来不敬鬼神，所以要教训教训她。洪皓说："我不仅信奉真武大帝，还敬拜佛像、土地爷、灶王爷，这么多神灵护佑着我的宅子，你小子是怎么混进来的？"那鬼答得也有趣：佛是善神，从来不管闲事。真武大帝嘛，每天晚上就是摆个架势，"被发杖剑，飞行屋上"。我只要在地面行动，避开他就行。至于贵府后院的土地爷，一直是玩忽职守的。只有前院的司命灶王爷还算尽职，每次遇见都警告我老实点。刚才进来的时候，灶王爷问我去哪里，我说随便闲逛，他就斥责我说不要乱来，但是也没有阻拦我。虽然您按时祭拜各位神仙，但是"我入人家有所得，必分以遗之，故相容至今默默"。这鬼唠唠叨叨半天，最终还是被洪皓赶走了。

在这个故事中，魂魄附体并不是为了传播信息，所谓的报复侍妾，更像是恶作剧。而且，魂魄不再凭借本身的蛮力，而是将守护宅院的大小神仙全部打点好，从此畅通无阻。相对于子产时代简单粗暴的以力服人，显然社会化程度要高了很多，当然，我们也可以看到，这个阴间社会的漏洞一点儿不比阳间少。

先秦法家的代表人物韩非，对于社会的变迁有一句著名的格言："上古竞于道德，中世逐于智谋，当今争于气力。"灵魂附体作为古人眼中常见的人鬼交流现象，可能也经历了"竞于道德""逐于智谋""争于气力"这几个阶段，只不过次序并不一样。

见鬼

　　"扬州八怪"之一罗聘所绘《鬼趣图》，是中国艺术史上的名作。其中部分原因是传说他真的能看见鬼。很多人都提到罗聘有一双碧眼，也就是眼珠是绿色的。有朋友曾给他的《鬼趣图》题诗说："弄笔毋烦人所嬉，一双碧眼惯搜奇。凭君鬼伯千千万，莫使神州太守知。"

　　在志怪小说中，碧眼确实属于有特异功能的标志之一。比如《子不语》卷十七"碧眼见鬼"条说，河南巡抚胡宝瑔"眼碧色，自幼能见鬼物"。胡宝瑔曾自述说，人间的街头巷尾，到处都有鬼，只是一般人看不到而已。只有朝廷午门内没有。鬼最集中的地方是北京菜市口，那里是清代的刑场。从时间上看，上午鬼不大出来，下午就纷纷出来逛街了。《履园丛话》卷十五"净眼"条也说，嘉庆辛酉科进士吴鸣捷，也能白日见鬼，他"每日所见者以数万计，似鬼多于人"。

　　佛教中有"净眼"的说法，即"清净的法眼"。但以上能视鬼的这几位并非佛教徒，所以他们所谓的"净眼"或"碧眼"，可能并非佛教所说的"天眼通"。比如《子不语》卷八"冒失鬼"条说："相法：瞳神青者，能见妖；白者，能见鬼。"瞳神就是瞳孔，瞳孔颜色不同寻常的人，往往被认为有特异功能。《右台仙馆笔记》卷六就记载了一个这样的故事：清道光年间，河南中牟县有一个村妇，生来两眼就与常人不同，"其瞳子旁有白痕一线围之"，所以从小就能看见鬼。刚刚学会说话，就告诉家人天上有什么神仙经过。这些神仙的名字家人从未教过她，所以确实令人感到神奇。长到五六岁时，她已经可以给人治病了。她看病很简单，不用诊脉，也不开处方，只要看看病人，就说吃点什么草、什么水果就行；偶尔也会需要到药铺买点极其普通的药。病人每次看病花费极少，只要几十文即可，而且"病人服之，无不瘳者"，在当地被目为神医。只是她绝不接受诊金，病人只要给她父母送些食物就行，多少不拘。或许是见鬼太多，她不到十八岁就去世了。

除了这类有特殊技能的人，志怪小说中的不少小孩子也能看到鬼。古人往往觉得小孩子是一张白纸，心灵比大人要纯净得多，所以能看到大人看不到的东西。《北东园笔录续编》卷五"雷击先插小旗"条说，浙江乡下某人经常用铜银购物，就是用镀银的铜假冒银子。某年除夕晚上，他儿子忽然哭着对母亲说：有个青面獠牙的人从天上下来，在父亲头上插了一面小旗。没过几天，这人就被雷电击毙，手上还拿着没用完的假银子。原来，他不久前用假钱买了邻村的鸡，卖鸡的孩子因此被父亲责打，投河自尽。雷神在执行天罚之前，会先在罪人头上插旗子，以精确制导。这一举动，只有孩子能看得见。国外似乎也有类似的认识，在好莱坞两部著名的电影《闪灵》《鬼眼》中，都很细致地描绘了孩子眼中的鬼魂世界。

有些小孩儿甚至能预见一些大的自然灾害。清雍正八年（1730年）北京西郊发生了6.5级地震，从香山到昌平回龙观一带处于震中，居庸关长城也被震得错了位。连雍正皇帝都只好率领众皇子，住进了在开阔地带临时搭建的"地震棚"。《夜谭随录》卷三"地震"条记载，在地震前一天，有个西域人带着孩子去茶馆，刚走到门口，孩子抱着父亲的脖子不肯进去。父亲以为他嫌人多，又走到另一家茶馆，孩子还是不肯进。父亲问孩子："你平常不是很喜欢到茶馆吃蜜饯吗？今天怎么回事？"孩子说："今天很奇怪，茶馆里喝茶的、卖茶的，脖子上都带着铁链，看着很吓人，所以不敢进去。而且今天街上来来往往的人，怎么有那么多带着铁链的？"父亲以为小孩子胡说八道，哈哈大笑，路上遇到熟人，还当笑话讲给对方听。熟人走后，孩子对父亲说："那人还笑话我？他自己脖子上就有一条铁链。"父亲虽然不明白怎么回事，只是觉得"小儿眼净，所见必有因，伺之可也"。第二天大地震，"人居倾毁无数，凡小儿不入之肆，无不摧折，竟无一人得免"。前一天路遇的熟人也没能幸免。显然，那孩子看到带着铁链的人，都是劫数难逃的。

　　能看见鬼并不全是坏事，有时候会收到意想不到的效果。据《荆楚岁时记》杜公赡注，江夏人刘次卿能视鬼，街上熙熙攘攘的鬼来鬼往见得多了。有一次大年初一，看到一个书生在街头闲逛，"众鬼悉避"。他觉得很奇怪，就问书生是不是用了什么辟邪的法术。书生说，我不会什么法术，就是出门的时候，师傅用杏囊装了一丸药，让我系在手臂上，防止恶气。刘次卿就向书生借了药，拿着在街市上走。所到之处，众鬼果然纷纷躲开。这味辟鬼丸从此就流传下来，连药方也未失传："用武都雄黄、丹散二两，蜡和，令调如弹丸。"类似的故事在《朝野佥载》卷一也有记载，称为"杀鬼丸"。

　　除了这些天生能视鬼的，不少术士、巫师或道士通过后天的学习和实践，借助符咒、法器的帮助，也能看见鬼。而且，比之天生视鬼者，他们的能力更为一般人所认可，所以也能够以此谋生。《搜神记》卷二记载，三国时吴景帝孙休病重，有大臣推荐能视鬼的巫师治病。孙休想测试一下他的能力，就命人杀了一只鹅埋在花园里，然后在墓道里搭了间小屋子，安放床榻，把女人的衣服鞋袜放在床上。坟墓建好后，命令巫师察看，如果能说出墓中女鬼的样子、衣服的款式，就说明真有本事。结果，这巫师看了一天也没说。孙休再三追问，巫师才说："实在是没看到鬼，只有一只鹅立在坟头，所以我也不敢说。我怀疑是女鬼变化成白鹅的样子，想等一等看女鬼现出原形再说。"很显然，这巫师通过了孙休的测试。

　　其实，在三国之前，能视鬼的人已经成功地进入公务员序列，为官府甚至皇帝提供咨询服务。《还冤记》记载，汉武帝时，权臣田蚡设计陷害政敌窦婴、灌夫，后为冤魂报复，"一身尽痛，若有打击之者。……天子使祝鬼者瞻之，见窦婴、灌夫共手笞蚡，蚡遂死"。这里提到的"祝鬼者"就是能视鬼的人。在隋唐时期，视鬼人甚至能干涉朝政。《朝野佥载》卷一曾提到，唐中宗年间曾滥授官爵，以致屠夫、小贩都能身居高位。睿宗继位后罢免了这些人。当时的一位见鬼人彭卿收受贿赂，假托见到中宗，对睿宗的这一举措表示极其不满，结果这一批两百多滥竽充数者竟然官复原职。

　　在外人看来，能看见鬼是很炫的一件事，但对他们本人来说，未必是什么好事。因为他们看到的并非孤魂野鬼，而是鬼世界的熙熙攘攘。《阅微草堂笔记》卷十一中，一位视鬼人介绍说："鬼亦恒憧憧扰扰，若有所营，但不知所营何事，亦有喜怒哀乐，但不知其何由。大抵鬼与鬼竞，亦如人与人竞耳。"面对与人类世界一样纷繁喧闹的鬼魂世界，看见，反而也许是一种困扰。前面提到的胡宝琛，为了避免那个世界的鬼找他说情，有时经过祠庙，竟然要用扇子遮着脸，假装没看到对方。

　　大胆猜测一下，当那些视鬼人同时与两个世界打交道时，会不会生出这样的念头：世界是我们的，也是他们的，但归根结底是他们的。对于现代人来说，无法看见的鬼却像王阳明所说的岩中花树一样，"原不在你心外"。

就喜欢你不想死却不得不去阴间报到的样子

　　十多年前，美剧《越狱》中有一句经典台词："人生有三件事无法逃脱：死亡、税收、点名。"税收无法逃脱，最近我们都很了解了。至于死亡，当然更无须解释。没人喜欢追摄的阴差，可是却又不得不跟着他们一起建设冥府。

　　绝大多数阴差在执行追摄任务时，都会主动出示证明文件。这很耐人寻味，早在汉魏时期，冥府还在初创时期，就很强调文牍主义，并且一直坚持这一传统。活人虽然都怕死，但面对追摄的证明文件，很少敢耍花样，也有少数人，绞尽脑汁地涂抹、删除、诡辩、谄媚……然而并没有什么用。

　　纪晓岚的爹纪容舒在云南担任姚安知府期间，带了个叫杨義的厨子，某天他梦见两个阴差拿着朱票来抓他，上面写着"杨义"。杨義一看，说：你们搞错了，我叫杨義，不叫杨义。阴差说：没错，义上面还有一点，是简体的义字。杨義说：你们当我是文盲啊！从来没见義是这么写的，肯定是义字，你们误滴一滴墨。两个阴差貌似文化程度比较低，争不过识字的厨子，只能怏怏而去。后来纪容舒从知府任上退休回乡，带着杨义一起北归。到了曲靖县，他又梦见两个阴差来了，这次朱票上清清楚楚地写着"杨义"二字。杨义还是不服：我如今跟着主子回京，是直隶省西城区的户口，要追摄也是直隶省的城隍开拘票，你们九线的云南城隍，有什么资格抓我？梦里就跟阴差吵得不可开交，醒来后对同屋的人说，这两个鬼差好像蛮气愤的，认为我歧视他们没文化，看样子难逃一劫。第二天，走到"胜境坊"，他突然从马上摔下来，一命呜呼。到最后，有北京户口的杨义，还是以支边的形式做了云南的鬼。（《阅微草堂笔记》卷五）

清代没有设立语言文字工作委员会，语言文字的统一规范做得不好，在工作中就会带来很多不必要的纠纷。繁体简体会造成麻烦，那么改名呢，也难混过去。

清代江西有个流氓无赖，横行乡里，外号刘老虎。某晚，刘老虎喝多了，回家路上莫名其妙地进了一扇门，以为是自己家，倒地便睡。天快亮时，听到屋里有声音问某人现在何处，有声音回答说他在某个山洞。然后又念了十几个人的名字，其中也有刘老虎。刘老虎迷迷糊糊的，心想怎么像是衙门里审犯人。这时天渐渐亮了，刘老虎发现自己躺在土地庙里，而且庙里一个人也没有。他琢磨了半天，想起提到的某洞，正好就在附近，不妨去看看。到了那个山洞，果然有个大汉在睡觉。刘老虎二话不说，拔出刀架在大汉的脖子上，逼问他是什么人。大汉支支吾吾半天，才说自己是奉官差拘拿犯人，并拿出证明文件。刘老虎一看，第一个就是自己。大汉说，这些是命数注定，我也不敢放了你。刘老虎说：很好啊！反正老子杀了你也要死，放了你也要死，不如一刀剁了你。大汉连忙求饶说，有办法，你咬破手指，用血把文件上你的名字涂掉。改名远走他乡，也许可以多活几年。刘老虎照做了，放了大汉，那大汉出了山洞就地一滚，变成老虎跑了。

刘老虎立刻逃离家乡，改名换姓，老实地过日子，还娶妻生子。他七十岁时，邻里拜斗祈福，请他做保人，他想拜斗这么重要的事，用假名是大不敬，于是向邻里说明情况，填写真名做了保人。填完刚出大门，一只老虎忽然跳出，将其衔走。（《续子不语》卷十"刘老虎"）

这三篇阴差追摄的故事，都涉及名字的涂抹、修改，虽然偶尔也能延期。不过，阴差的证明文件，毕竟不如银角大王的紫金葫芦法力高强。"这个葫芦其实是太上老君用来盛放丹药的容器，神力永远满格，只要有名字，必然联系着魂神。"（吴真：《名字的巫术：我叫你一声你敢答应吗？》）"哪管什么名字真假，但绰个应的气儿，就装了去也。"

就像有些公号文章，删了又恢复，恢复了又删，最后还不是尽人皆知？你鬼鬼祟祟地举个树叶子，就真能隐身吗？

盗梦空间

　　2010 年，美国好莱坞大片《盗梦空间》登陆中国，掀起了影迷们"探梦"的热情。在各种媒体上，"解梦手册"为我们详解影片中梦境的多层空间，分析 Dreamer（梦主）、Limbo（迷失域）、Kick（刺激）、Projection（投影）等术语的含义及其在影片中的应用。

　　按照我们观看好莱坞大片的惯例，如果要寻找其中的"中国元素"，第一个直觉当然就是庄生梦蝶的典故。《庄子·齐物论》说："方其梦也，不知其梦也。梦之中又占其梦焉，觉而后知其梦也。"但是庄生梦蝶所讨论的梦与非梦，其实是对真实和虚幻的哲学思考，对我们理解这部电影是没什么帮助的。实际上，这部影片所包含的科学探究和思考，与我们古人对梦的理解和猜想，几乎没有什么相似之处。导演诺兰在影片中一点儿也没有借助什么中国元素，倒是荷兰艺术家埃舍尔的"矛盾空间"理念在影片中清楚明白地展示了。

　　不过，既然说到梦，在中国古代志怪作品中，关于梦的桥段也很丰富，许多关于梦的故事包含了祖先们对未知世界的想法。

　　志怪作品的一个重要特色，就是展示了阴世和阳世这两个空间。这两个空间有着各自的运行规则和逻辑。简单而言，这是两个不同的社会，它们有着自己的政治、经济、文化、教育等构成社会的要素。而且，这两个空间不是隔绝的，可以互相来往、交流，并互相制约、影响。对阴世的鬼来说，要进入阳世这个空间是很容易的，这可能是他们相对人最大的优势。而阳世的人要进入阴世，则需要一些特殊的手段和方法，其中，做梦可能是最常见的。

古人认为死亡就是形神分离的过程，魂魄离开人的肉体，永久进入阴世（轮回转世的观念要等佛教传入才有）。而梦则是当人入睡时，魂魄暂时性地离开肉体，到四处游荡，所谓"精骛八级，心游万仞"就是这个意思。王充在《论衡·论死》中说："人之死也，其犹梦也；梦者，殄之次也；殄者，死之比也。人殄不悟，则死矣。案人殄复悟，死复来者，与梦相似。然则梦、殄、死，一实也。人梦不能知觉时所作，犹死不能识生时所为矣。"在王充看来，做梦虽然不是死亡，但是做梦时魂魄离开身体，就像人死亡时魂魄离开身体一样。人死后复生，就像梦醒一样。梦不过是次一级的死亡。他在《论衡·纪妖》中还说；"人之梦也，占者谓之魂行。"虽然是引述，不过也正好说明了当时人们对梦的理解。

简单地说，古人认为魂魄能离开身体进入阳世之外的另一个空间，做梦、昏迷以及死亡，只不过是魂魄离开身体的程度不同而已。

梦与现实

在影片中，梦中的世界与现实世界其实并没有物理性质上的连接。

梦只是在意识及潜意识层面影响了各人的选择，比如男主角 Cobb 的妻子就是因为无法区分梦与现实的差别而自杀。而 Cobb 在片中的任务是要通过梦境在"富二代"的意识中植入一个意念，他并不能伤害"富二代"的一丝一毫。

不过，在志怪作品中，当人通过做梦进入另一个世界时，既会改变那个世界，也有可能改变现实世界。

改变"那个世界"最著名的例子，大概是小说《西游记》了，书中有一回说的是魏徵梦中斩泾河龙王。泾河龙王因为与算命先生打赌，没有按照玉帝的旨意降雨，因此被判处了死刑。在仙界进行的司法活动，却要人间的官员参与。玉帝选择的监斩官是时任大唐丞相的魏徵。泾河龙王托梦给唐太宗，请他帮忙拖住魏徵，不让魏徵有空去仙界当差。唐太宗就召见魏徵下棋，可是魏徵却在下棋时打了个瞌睡，借着做梦，魂魄到另一个空间的仙界杀了龙王。而且在仙界被砍下的龙头还要从空中扔下来，仿佛是在示众。

人的魂魄能在另一个空间里做事，这在古人眼中并没什么奇怪的。所以倒过来说，因为做梦，魂魄在阴世的行为会影响阳世，也同样可以理解。《聊斋志异》卷六"连琐"说的就是这么一个故事，年轻漂亮的女鬼连琐爱上了书生杨于畏，红袖添香夜读书，自是卿卿我我。可是在阴世，连琐却命运多舛，被粗鲁的恶霸鬼看中了，要强娶她为妾。连琐无力抗拒，只能请情人入梦到阴世，好搭救自己。第二天，杨于畏按照与连琐的约定，早早入睡，梦中"忽见女来，授以佩刀，引手去"，这就算是进入阴世了。杨与恶霸鬼相遇，言语不合，即动起手来。可是他手无缚鸡之力，根本就不是恶霸的对手，被打得落花流水。正在此时，杨的朋友王生赶到，王生孔武有力，射箭杀死恶霸，救下连琐。事情办完，杨于畏从梦中醒转，手上被恶霸打的地方果然瘀青红肿，显然是梦中的打斗影响了他在现实世界中的身体。第二天他见到王生，得知王生也做了一个同样的梦，与他的梦完全吻合。这就是说，杨、王二人在现实世界中是分别做梦，但魂魄在另一个空间里一起演了场英雄救美的戏。在这个故事里，阳世与阴世通过梦联系在一起的，梦中魂魄在阴世受的伤，通过阳世的身体同样会显现出来。

这种现实世界和阴间世界的交叉，有时会产生诡异的效果。《子不语》卷十五"庄生"条，说的就是临时性的离魂与阳世交流的情形。有位姓庄的秀才在陈姓家里教私塾。有天上完课回家，经过一座小桥时不小心摔了一跤，可是等他到家门口敲门时，却始终没人来开门。他只好再回到陈家，可是陈家兄弟在院子里下棋，就像没看到他一样，他坐了半天也没人理，他帮陈家哥哥支招，似乎也没人听到。庄秀才着急起来，用手指点着棋盘说："再不听我的，就要满盘皆输了。"陈家兄弟惊惶失措，赶快熄了灯，回到屋里关上了门。庄秀才觉得很无趣，只好再回家，经过小桥时又摔了一跤，等到家就责问家人第一次为什么没来开门，家人说："之前没有听到有人敲门啊。"第二天，庄秀才再到陈家，主人告诉他："昨天您回去之后，我们这里闹鬼了。"庄秀才看看院子里的棋盘，这才明白，自己过桥时第一次摔跤，灵魂出窍了，第二次再摔，魂魄又回到身体里。人们看不到庄秀才的魂魄，但是能感受到它的存在，所以会觉得是闹鬼了。这个故事，是不是能让我们想到另一部美国电影《小岛惊魂》？

梦中能做什么

在古人的观念中，人是形神兼具的，但是由于在睡梦中魂魄能离开身体，进入阴间，所以人们对阴间的了解，有一部分是由魂魄感知的（另一部分可能是由鬼魂附体或直接现形得知的）。阴间社会召唤生人，也常常用托梦的形式，很多生人在阴间做兼职，就是采用这种方式，俗称"走无常"。俞樾的《右台仙馆笔记》卷四就介绍了一位走无常的人。苏州人胡某，不知怎么被阴间的官员看中了，录用为阴间的公务员，经常要到阴间办事。他入冥的方式就是通过入睡之后的灵魂出窍。可是每次入冥，事先绝无征兆。有时在大街上走着走着突然就倒地睡着，有时正在上下楼梯也突然摔倒，跌得头破血流的。这个差事让他吃足了苦头。后来阴间的领导告诉他，之所以不事先预告，是因为他前世犯的罪，要在这辈子受责罚。如果以后每天忏悔，就有可能消弭罪过。胡某想想，也不知道该怎么忏悔，于是就立誓永不杀生，从此以后，每次要走无常时，总会事先得到通知，就可以安心地在床上入睡，等待阴间的招魂。

在《盗梦空间》中，虽然每层梦境都是枪林弹雨的，可是现实世界基本没有什么危险，在影片的整个盗梦过程中，所有参与者都是在飞机的头等舱呼呼大睡。可是在志怪作品中，走无常有时却有性命之忧。

《醉茶志怪》卷三"冥狱"条，说的也是一个走无常的事。陈典史被阴间录用后，动不动就熟睡好几天以入冥公干，家人习以为常，也不觉得奇怪。有些好事者向陈典史问起阴间的情况，陈典史是个老实人，说自己到了阴间就只知道干活，从不敢到处乱转。有人就怂恿他四处看看，回来也好让大家增长见闻。于是陈典史就趁着走无常的机会，央求鬼卒带他参观阴曹地府。百般恳求，鬼卒终于答应了，不过告诫他不要随意乱走。陈典史答应了，来到地府，见到一口巨井。他俯身看去，里面竟然是个像万花筒一样的大千世界，不仅有各种珍稀的花草树木，还有无数珍禽异兽纷至沓来。陈典史看得入港，没想到一阵头晕眼花，一头栽了下去。等睁开眼一看，发觉自己已经成了襁褓中的婴儿。没想到这口深井竟然是转世投胎的通道。幸好见到鬼卒在窗外冲他招手，于是奋力一跃，魂魄离开身体跳了出来。同时见到一个小男孩的魂魄进入了婴儿体内，原来是接盘投胎的。鬼卒把他大骂一通，让他回到阳间。不过陈典史在阴间的差事也就此丢了。

梦中的意念植入

电影的英文名 inception，意为"植入"，在片中指的是通过梦境中的思想植入，改变他人原本根深蒂固的思想。不过，由于人的心理拥有很强的防御机制，所以电影在思想植入困难性上的设定，是有一定的合理性的。在人们所知的各种意识状态中，梦境是防御机制降到最低的一种状态，只有借由深层的梦境，才能真正完成思想改造。

在志怪作品中，通过梦境植入观念同样也有难度，尤其是在梦中向做梦者预告死亡时间，要求对方死后到阴间担任冥官。这种梦人们一般都不愿相信，即便是做阎罗王也不愿去。往往需要好几次梦，反复出现，才能将意念植入人的意识中。

《夷坚丁志》卷十七"薛贺州"条说的就是在梦中植入意念的故事，

只不过植入的方式比较具有契约精神。北宋时，贺州太守薛锐在外为官很久，思念家乡会稽，一直有辞官养老的念头。有一天，在睡梦中有个差役上门，对他说："阴间的冥官命我告诉您，您的大限将至，死后要到我们这里做官。不过如果您从此辞官不做，倒是可以多活好几年。"薛锐一听，正合自己的心意，连忙表示自己愿意多活几年。差役回去禀告上司，不一会儿就回来说："您不愿做官很好，不过我们领导希望您立一个字据。"薛锐拿来纸笔写了一份不愿再做官的证明。差役说："白纸黑字，您可不能反悔啊！"说着又拿着字据走了。过了一会儿又回来说："领导看到您的字据很高兴，您这就请回吧。"薛锐也就醒了过来。

　　想来那位没露面的冥官事先打探了阴间的人事安排，知道薛锐死后要来替代自己的位置，于是派人引诱他在阳世多活几年。为防备万一，还让他立了字据，在那位冥官看来，这个意念的植入是成功的。

梦中的物品

　　在影片中，图腾是个非常有意思的创意。因为盗梦者很难分辨究竟身在现实还是梦境之中，所以需要一个私人的小物件帮助自己，比如 Cobb 的图腾是个陀螺。如果陀螺能不停止地转下去，违背物理常识，就说明还是在梦中。不过，这个图腾只能在意念中出现，所有的梦都不能改变现实的物理世界。

　　不过在志怪作品中，物品在阴间和阳间穿越的事情倒是很普遍。同样是在《西游记》中，也有通过做梦实现物品穿越的例子，第三十七回中，死去的乌鸡国国王托梦给唐僧，请求他帮助自己，并且在梦中给他留下了信物，等唐僧醒来，发现屋外的台阶上真的放着一柄金厢白玉圭。

当然，由于处在两个不同的空间，有些物品是不能通用的。其中最常见的就是纸钱，在志怪作品中，我们常常可以看到鬼带着钱在阳间花用，可是商家后来往往发现收下的那些金元宝、铜钱都变成了纸钱。除了钱，梦中的饮食有时也很可疑，《夷坚志乙志》卷四"殡宫饼"条说的就是梦中的饮食问题，有兴趣的可自行翻检。

志怪作品中的梦，与《盗梦空间》对梦的阐释可能有少许相似之处，但两者是没有太多可比性的。一方面，我们总想在美国大片中寻找"中国元素"，可是另一方面，我们又喜欢生吞活剥"西方元素"。记得在《哈利·波特》系列走红之后，国内的模仿作品中，巫师几乎毫无例外地都是骑着扫帚在飞。恕我孤陋寡闻，在志怪作品中我真的没有看到如此具有异域色彩的巫师。

入冥第一课：洗脑

　　栾保群先生在《扪虱谈鬼录》中有一篇《阴山八景》，这八景分别是鬼门关、奈何桥、剥衣亭、望乡台、恶狗村、破钱山、血污池和孟婆店。因各地冥府的尺度不一，在人入冥的过程中，这八景或者说八关，并非严格按照程序进行。也就是说，都不是必修课，而是选修课，而且第一课上什么，也没有规律。

　　这八景中，比较诡异的是孟婆店。按照一般的看法，孟婆汤是一种茶汤，人死之后，在赶赴阴间报到时，喝下此茶汤，就会消除所有的记忆。栾保群先生曾考证过孟婆汤的来历，大约是起源于明代。成书于雍正年间的《玉历宝钞》记载，孟婆是西汉时修真成功的女仙。由于世人有知前世前因者，"妄认前生眷属"，不仅泄漏天机，还扰乱了阳间的人伦，因此上天命孟婆为幽冥之神，造迷魂汤，"派诸魂饮此汤，使忘前生各事。……如有刁狡鬼魂，不肯吞饮此汤的话，脚下现出钩刀绊住，上以铜管刺喉，受疼灌吞"。

　　《玉历宝钞》原本是一部介绍"阴律"的手抄本，到雍正年间正式成文。我们可以将其理解为阴间的根本大法。问题在于，制定了一部法律，不等于所有成员都会自觉自愿地执行。所以，虽然阴律规定了孟婆汤的强制性，但是一样有很多空子可钻。比如出自《谐铎》卷八"孟婆庄"的故事：

清代有位葛姓秀才，虽然穷困潦倒，可花街柳巷还是要去的。只是因为手头拮据，"自顾空囊，亦殊羞涩，愿乖气结，遂以情死"。死后前往阴间报到途中，口渴难忍，见"男女数百辈，争瓢夺杓，向炉头就饮"。葛秀才也想取一瓢饮。这时，一位不久前去世的妓女劝阻他说："君不知耶？此孟婆庄也！渠为寇夫人上寿去，令妾暂司杯杓。君如稍沾余沥，便当迷失本来，返生无路。"在这位妓女的帮助下，葛秀才后来不仅还阳，还一夜暴富，瞬间成为土豪。

这个故事很细致地描绘了阴间众鬼抢喝孟婆汤的场景，不过，孟婆庄虽然由专职打理，但并非强制要求，似乎属于自助消费项目。而且，遇到熟人，管理者还会劝阻他喝汤。《聊斋志异》卷一"三生"条就说，某位乡绅到阴间报到，阎罗王客气地请他喝茶，此人看自己的茶与阎王的不一样，担心是迷魂汤，就偷偷倒掉了。所以法律是法律，执行是执行。

明代有一个善人去世，到了阴间，阎王因他生前做了很多善事，专门摆了一桌酒席宴请他。席上一共四人，和尚、道士、阎王和善人。入座之后，阎王爷举杯先敬和尚，和尚低头合掌念佛，不肯喝。阎王也不勉强，又敬道士，道士连连拱手辞谢。阎王再敬善人，善人想，两位方外高人都不肯喝，我怎么敢喝呢？也推辞了。阎王爷劝了三次，没一个人喝。阎王站起身，请三位来到一口井边，请他们分别下井，这就是要转世了。和尚、道士和善人依次下去。善人清醒后，已托生人间，前世的事都历历在目。特别忘不了的是一起转世的和尚和道士。善人长大后中了进士，出为县令，意外地发现，道士转世为礼部尚书，和尚转世为藩王。因为拒绝喝酒，三人的记忆都没有抹去。（《坚瓠秘集》卷五"辞阎君酒"）

至于孟婆汤的来历，可能还有文化人类学的原因，即入冥者在阴间有饮食禁忌。在明代之前的故事中，有多处提到临时入冥者被告诫在阴间不要乱吃乱喝，否则无法还阳。这个禁忌配上所谓西汉时就已成仙的孟婆，到明清时期转化为成文法。即便入冥时留了心眼，面对千变万化、各种形态的孟婆汤以及孟婆，肯定防不胜防。这大概是孟婆汤的故事流传极少的原因吧。

最后奉送一首关于孟婆汤的小诗：

> 月夜魂归玉佩摇，解来炉畔执香醪。
>
> 可怜寒食潇潇雨，麦饭前头带泪浇。（《谐铎》卷七"虫书"）

谁来管管女鬼

　　我国有专门做妇女工作的妇联，古代社会似乎没有类似的机构。不过有意思的是，冥界却有专门管理女鬼的机构，在这一点上，阴间领先阳间太多。《还冤记》记载：

　　东晋时，王范担任浙江富阳县县令，王范的小妾桃英貌美风骚，与王县令的下属丁丰和史华期勾搭上了。只要王县令公出不在家，两人就轮番侍寝。没有不透风的墙，这事被王县令的另一位下属孙元弼发现了。丁、史二人为避祸，抢先诬告孙元弼与桃英有染。王县令一听，我的女人你也敢碰，立刻杀了孙元弼，当时在座的朋友陈超也未劝阻。后来王县令轮岗离开了富阳，陈超去拜访，忽然莫名其妙地被人拽到荒山野岭，见到一个恶鬼，面色青黑，眼睛没有瞳孔。恶鬼说自己就是孙元弼，因为无辜被杀，向皇天上帝申诉，因为当时你是目击者，也没有主持公道，所以也有罪。恶鬼说：在泰山府君治下，生死名录是由大学者贾逵和名士孙文度共同拟定的。我已经看得很清楚了，王范是罪魁祸首，要先杀掉；桃英的魂魄已经拘押在女青亭了，女青亭是第三地狱的名字，专门管女鬼的。至于你老兄，当然也逃不掉。到第二天天亮，恶鬼才离开。陈超战战兢兢赶到王范家，也不敢说，然后就见那恶鬼果然直接出现，进了王范的房间。当晚，王范就中了魇，昏迷不醒，巫、医都手足无措，十几天后就去世了。小妾桃英也在那天暴毙。陈超吓坏了，赶紧改名逃走，不过五年后还是死在孙元弼鬼魂的手上。(《还冤记》)

这个故事并不算什么，不过有意思的是，孙元弼提道："桃英魂魄亦收在女青亭者，是第三地狱名，在黄泉下，专治女鬼。"

女青亭是什么地方？有什么来历吗？在《中国道教》杂志 2003 年第二期有《早期道教神仙女青考》一文，文章提到，古代的买地券、镇墓文中多次提到"天帝使者女青""五帝使者女青"等，《道藏》中还有《女青鬼律》六卷。作者认为："《女青鬼律》是太上大道君所制定的，由女青传述众人。女青既是道教大神的使者，又掌管玄都中宫鬼律，所以她就具有强大的镇伏万鬼的威力，买地券、镇墓文称女青名字，正是借助于她的这种镇鬼威力。……北宋中期以后，道教经籍不再提及女青，她也就逐渐从人们的视野中消失了。……到明清时期，《无上秘要》提及的和《真灵位业图》排过位次的神仙，其中的绝大多数已经风光不再。同样，女青作为早期道教神仙也不能幸免，在道教教派的新旧史迭中，她也失去了往日的辉煌，变得陌生了。于是，女青渐渐退出活跃的神仙群体，这对于道教来说是很自然的事情。"

在这篇文章的作者看来，女青是道教大神的使者，主要执掌鬼律，是身为女性的司法部长。所以上面笔记中记载的"女青亭"，就以冥府司法部长女青命名的，就像各个城市都有的"中山路"一样。道教文献中，就有多处提到"女青之狱"，比如王利器先生注《颜氏家训》时引了一则《道藏》中的《断亡人复连章》(意思是上表请求神仙让逝者升仙，不要让逝者的灾祸殃及生者）：

> 伏乞太上老君、太上丈人、天师君门下主者，赐为分别，上请本命君十万人，为某解除亡人复连之气，愿令断绝生人魂神属生始，一元一始，相去万万九十余里，生人上属皇天，死人下属黄泉，生死异路，不得扰乱某身。又恐亡某生犯莫大之罪，死有不赦之罪，系闭在于诸狱，时在河伯之狱，时在女青之狱，时在城隍社庙之中，不知亡人某魂魄在何处，并乞迁达，令得安稳，上升天堂，衣食自然，逍遥无为，坟墓安稳，注讼消沉。……臣为某上请天官断绝亡人复连章一通，上诣太上曹治。

文中提到河伯之狱，应该是江河湖海诸神办的水牢；女青之狱，应该指的是冥府的监狱；至于城隍社庙，应该相当于在街道派出所临时拘押，不好意思，级别有点低。

《酉阳杂俎》的注释者则引述了另一段道教文献：

> 《太真玉帝四极明科经》卷一："酆都山在北方癸地，山上有八狱……八狱主上天三官。山中央又有八狱……八狱主中天三官。山下又有八狱，第一无量狱，第二太真狱，第三玄都狱，第四三十六天大狱，第五天一北狱，第六河伯狱，第七累劫狱，第八女青狱。八狱主下三官。凡二十四狱，并置酆都山之北。狱有十二掾吏，金头铁面，巨天力士，各二千四百人，手把金槌铁杖。凡犯玄科死魂，各付所属狱，身为力士铁杖所考，万劫为一掠，三掠乃得还补三涂之责。"

这条材料把监狱划分得细致多了，女青之狱只是二十四座监狱之一，而且是最低的级别，从男尊女卑的风习上猜测，大概也是专门管女鬼的。

然而，千万不要认为古代对于女性就只安排了监狱。与逐渐湮没无闻的女青对应的，还有女性的拯救者伟大的西王母。台湾学者李丰楙先生在《仙境与游历：神仙世界的想象》一书中，专门讨论了"西王母五女神话的形成及其演变"，文章难度太高，有鬼君只看得懂结论，摘抄如下：

> 在中国神话传说中，西王母为人间早夭少女而登仙者灵界女仙的"母亲意象"，具有原型性的阴、母象征，成为护佑者、养育者的大母神原型，基本上这是民间信仰崇祀西王母的集体意识的反映，可与中国各地域的女神庙并存。……
> 西王母之成为早夭女子得道者的养育、掌领之母，正反映男性、父权社会中对于不幸早亡而无所凭依的女性提供一种补偿、解决方式。因此从民俗学、道教学的理解，可以说明西王母是中国女神中一位永恒的母性神。（第105页）

按照有鬼君的理解，西王母是广大女性的永久保护者，一位真正的女权主义者，最伟大的妇联主席。

死人是怎么做群主的

据统计，截至 2019 年 5 月，微信月活用户已经达到了惊人的 11 亿，至于微信群的数量，有鬼君没查到数据，不过据说，一个宿舍六个同学，就能建五个群。估计微信群的数量不会低于用户数，哪怕打个对折，也有四亿个群，也就是有四亿个群主，去掉在多个群担任群主的重复人数，可能也有一两亿人正在担任群主。转让群主就像击鼓传花，不是好的解决办法，拉逝者入群担任群主，或者请海外华裔担任群主，目前看起来可以规避风险。

死人怎么做群主呢？

先简单定义一下，所谓的微信群，其实大致相当于虚拟的社群、社区，与实际生活中作为社会组织的社群相似但并不重合。在古代社会，某地的乡镇干部可能是里长、里胥、里宰之类，但在同一区域的虚拟社区，其宰执可能是土地爷、关帝爷等。土地爷、关帝爷就有点像鬼世界的群主。我们以关帝爷为例，看看他们是怎么做群主的。

清代江苏溧阳的秀才马丰，在某村李家做私塾教师。李家的隔壁是王家，王某性情粗野，对妻子经常饿饭、家暴。有一次，王妻饿得没办法，偷了李家的鸡吃了。王某得知大怒，提刀就要杀她。王妻为活命，只能诬陷马秀才，马秀才无以自辩，要求到关帝庙请求审判。没想到掷杯珓占卜，都显示是他偷了东家的鸡。从此马秀才声名扫地，没人再请他坐馆。

过了两年，村子里有人扶乩请神，请来的神自称是关帝爷。马秀才想起旧事，勃然大怒，大骂关帝爷不灵，害得自己背黑锅。乩神在灰盘上写着：马秀才，你将来是要做父母官的，难道不知道事情的轻重缓急吗？你偷鸡，不过是没了饭碗；王妻偷鸡，就会被老公杀了。我宁可受不灵验之名，也要救人一命。而且，天帝念我识大体，还升了我三级呢！马秀才嘿嘿一笑：你也太能胡说了，你都是关帝了，还能怎么升迁？乩神说：这你就不懂了。如今四海九州都有关帝庙，哪有这么多关帝爷在岗？"凡村乡所立关庙，皆奉上帝命，择里中鬼平生正直者代司其事，真关神在帝左右，何能降凡耶？"

也就是说，所有乡村关帝庙的群主，都是关帝爷的代理鬼而已，生前正直的人，死后就可能在关帝庙做群主。（《子不语》卷二"关神断狱"）

这个故事里，担任关帝庙的群主是有一定门槛的，即"平生正直"，也就是分享了关帝爷的部分品性。

孤证不立，另一则关帝爷的故事可以印证这一点：

也是清代，某秀才扶乩请神请到了关帝爷。秀才问了关于《春秋》中的一段话，乩神批答清晰无误。秀才很满意，可是回家后觉得有点不对劲儿："关帝忠贯日月，位至极尊，如何以一纸之符，即能立刻请到？"关王爷何等尊贵，怎么我一请就到，莫不是有人假冒。不行，我要写状子到天帝那里去告状，好好查查这些假冒伪劣的家伙。正写着呢，有位小鬼现身讨饶："大哥，且慢告状，我就是假冒关帝的，因为魂魄流落到关帝庙，每天打扫打扫房间。天帝看我可怜，让我代替关帝，吃点供品什么的。关帝只有一个，各地关帝庙里的神仙，都是就近取材，选些品德好、文理通顺的鬼做替身。普通人是别想请到关帝的，只有皇帝亲自祭祀，关帝才会下来寒暄一番。"（"关帝只有一尊，凡天下各庙中血食，皆系我等享受，惟天子致祭，方始临坛。"）（《续子不语》卷十"关帝血食秀才代享"）

此处关帝庙的群主则是文才不错的前世秀才，至少要熟悉关帝爷常翻阅的《春秋》，可见也是有门槛的。

那么，关帝庙的群主是如何转让的呢？清代的李秀才因为机缘巧合，在赶考途中曾与一鬼同行数日。这个鬼与李秀才同船而行，吃喝都在一起，只是"一切饮食，嗅而不吞，热物被嗅，登时冷矣"。

船行到江苏宿迁，鬼对李秀才说，这里某村今晚有戏班子唱戏，咱们一起看看吧。于是两位一起到了戏台下。鬼忽然不见了，而且戏台周围一片飞沙走石之声。李秀才不知这鬼闹什么么蛾子，只能自己回船。天快黑时，那鬼穿着官服回来了，说：老子不走了，要在这里做关帝爷。李秀才大惊：你怎么敢如此僭越？鬼对他说：你不知道，世上的观音、关帝，都是鬼冒充的，这是天界常例。这个村子今天唱戏，是要还关帝之愿。我到戏台一看，这个山寨关帝，比我还无赖。老子辛苦奔波，他倒在这里有吃有喝有戏看。一怒之下，跟他打了一架，把他赶走了，我在此地做关帝爷。你刚才听到的飞沙走石之声，就是我在跟他开练呢。（《子不语》卷二十二"成神不必贤人"）

此地关帝庙的群主，不是和平移交，而是打出来的。当然，我们也可以说，好勇斗狠同样是分享了关帝的品性。关羽的名声难道不是靠打仗打出来的吗？

简单地说，要在关帝庙这一虚拟社群中担任群主，基本要求是能部分地具有与关帝爷相近的品性。关帝爷的神性，明清以来，已如日中天，普通的小鬼当然难以复刻。但是佛教说"月印万川"，儒家则说"理一分殊"，朱熹说："伊川说得好，曰：'理一分殊。'合天地万物而言，只是一个理；及在人，则又各自有一个理。"点校本的《朱子语类》的序这么解释："朱熹所谓理一的理与分殊的理之间的关系，既不是一般和特殊的关系，也不是全体和部分的关系，而是一种带有神秘主义性质的类似大宇宙与小宇宙的关系。这种关系他无法运用逻辑分析加以说明，而只能借用月印万川的比喻来描述。"我们借用一下就是，各地的那些山寨关帝爷是小宇宙，真正的关帝爷是大宇宙。他们在品性上当然有各自的缺陷，但是在关帝庙享受祭品，就要按照关帝爷的"理"来行事。换句话说，要按照关羽封神所展现的古代社会的核心价值观来行事。即使像第三个故事中，两鬼好勇斗狠，也要打赢了才能成就小宇宙。

写到这里，现实生活中的群主该怎么做就比较清楚了。宋儒说："天理二字，却是自家体贴出来。"群主们以王阳明格竹的精神，自可体会"理一分殊""月印万川"的高妙境界。

摊丁入克，共克时艰

　　有鬼君是丁克一族，并且对丁克税举双手赞成。我的朋友还为丁克税起了个响亮的名字：摊丁入克。有鬼君为此请教了专研明清经济史的学者，他认为，摊丁入克绝对是 21 世纪赋税制度的伟大创新，完全可以无愧与租庸调制、两税法、一条鞭法、摊丁入地这些中国历史上具有划时代意义的赋税制度并列。

　　古代社会之所以没有实施摊丁入克，是因为丁克家庭处于鄙视链的底端，根本无须征税，单是绝后带来的经济、心理压力，就已经让他们难以坚持了。此外，作为辅助的制度安排，为了尽可能避免家庭绝嗣，古代社会已经做到了人鬼总动员（说明：下面的故事并非丁克，但同样涉及绝嗣的问题）：

　　南宋时期，南京张通判的次子患痨病多年，奄奄一息，巫师说是因为亡灵作祟。正巧有个出名的术士路当可经过南京，张通判就请他来作法驱鬼。路先生焚烧符箓作法，不久就见一冥官来参拜，路先生说：你身为城隍，明知有亡灵作祟，职责所在，怎么不捉拿？城隍说：鬼已经捉住了，只是他有隐情要禀告。说着命阴差将一少年带上来。这少年满身是血，一手遮脸，一手捂肚，痛哭不已。他向路先生报告说：我是张家的长子，因为生前犯错，惹怒了父亲。他和我弟弟合谋把我杀了。利刃穿心腹，至今我仍受刀伤之苦。父亲杀不孝子，我理当承受；可是弟弟杀哥哥，不合圣人"兄友弟恭"的教训，而且我死之后，所有财产都是他继承，于理难合。这才作祟。

路先生沉吟半晌：你这样杀了弟弟，虽然也可算是报仇，可是张家就因此绝后。这个罪过更大了。我看这样，让你父亲办一场黄箓大醮超度你，怎么样？长子与他反复讨价还价，最后终于达成协议。张通判的次子逐渐痊愈了。（《夷坚三志》己卷八"南京张通判子"）

路先生遇到的是个伦理困境，如果严格遵循因果报应，那就是绝嗣的双输结局。杀人偿命的原则，在这个时候要让位给更高阶的原则，即家族的延续。所以路先生与亡灵的交易，是一种从权，也是合乎情理的。不过这个故事的结局比较令人无语，张通判是个吝啬鬼，见儿子痊愈，竟然不肯办道场，没过多久，次子骑马时摔下来，还是死了。这说明，人口问题既是家族的延续问题，更是涉及阴阳两界的经济问题。

为了阳间人子嗣的延续，冥界甚至不惜用一些匪夷所思的办法：

山东沂水一户姓马的人家，娶妻王氏，夫妻俩琴瑟和谐。叵惜天不假年，马先生早早就因病去世。王氏父母想让女儿再嫁，可是她坚持要守节，矢志不渝。因为思念丈夫，还让人做了一尊丈夫塑像，每天献祭。

一天晚上，她正准备就寝，忽见塑像动起来了，身子逐渐变大，与丈夫一模一样。塑像马先生说：不要怕。我是奉了冥官之命现形的。我马家一门忠贞，几代祖先都有功业。只是因为父亲生前德行有亏，到阴间受罚绝后，所以我才早早病死。冥官见你守节辛苦，命我短暂还阳，与你生个孩子，以承祧绪。王氏听闻，感慨不已，就此与塑像丈夫同居。一个月后，发觉自己已经怀孕，丈夫说，期限已满，马家有后，咱们就此永诀了，从此再也不来。

王氏的肚子越来越大，隐瞒不住，将实情告知母亲。她娘怎么肯信？可是女儿在家绝不出门，不可能与外人接触，又不由得不信。十月期满，王氏生了一个男孩，全村人无不窃笑，认为是哪里的野种。有人去县衙告状，县令拘传王氏母子及村民。这事确实太诡异，县令也不敢妄断，说：传闻鬼没影子，在太阳下验证一下。果然那孩子的影子淡如轻烟。又刺了一滴孩子的血涂在马先生的塑像上，血立刻渗入，不留痕迹。用别人的血，就没法渗进去。县令就此断定，这是马先生的骨血无疑。等孩子长到四五岁时，容貌举止，无一不像马先生，众人这才不再怀疑。（《聊斋志异》卷五"土偶"）

这个故事最神奇的桥段当然是人与土偶的"滴血认亲"，不过，有鬼君认为，关键在于冥界对阳间家族延续、人口增长有同情之理解。马家原本受罚要绝后的，可是因为王氏守节，获得了额外的奖赏。可见冥界法律的人性化，以及对人口问题的重视程度。

在古代社会，丁克家庭不是自由选择，毋宁说是受罚的结果。到了21世纪，丁克当然不再是犯罪，但既然越来越多的家庭不愿为国生娃，那就多交点儿税吧。

抄佛经，得永生

有鬼君有很多师友字写得很好，偶尔遇上师友的书法雅集，有鬼君一边装模作样地作鉴赏状，一边心里惴惴。因为自己那笔狗刨的字，从小就被鄙视。虽然自己写不了，但看着师友们抄录得工工整整的《心经》、《金刚经》等作品，还是赏心悦目的。

现代人抄佛（道）经、抄书，除了练习书法，还可修身养性。但古人这么做，其实会有更多的散发效应：

清代有个举人进京赶考，在右安门（当时称丰宜门）外一座小庙借住。右安门现在南三环，房价是八万元，不过那时还是个幽静的所在。这举人得到一部揣摩秘本（类似现在的职场心理学图书），晚上就在灯下亲自抄录。写着写着，感觉窗外窸窸窣窣的，仿佛有人。举人问了一声，外面答应说：我是滞留于此地的幽魂，已经有百年没见到有人在这里读书写字了。见您如此向学，想来也是风流蕴藉之辈，忍不住想打搅您，做竟夜长谈，"以消郁结"。说完，这鬼就径直走进房间，举子一看此鬼，举止文雅，颇有士人之风。可是再文雅也是鬼啊，举子连忙喊来庙里的和尚。鬼也不回避，对和尚说，我认得大师，您"素朴野，无丛林市井气"，也可一起谈谈。两人都哆嗦成一团了，哪里说得出话来。那鬼也不客气，直接拿起举子抄录的秘本，才看了几行，脸色一变，将书往地上一扔，"奄然而灭"。（《阅微草堂笔记》卷十九）

显然，这位雅士鬼对举子醉心于抄职场秘籍很不屑，在他看来，读书人不能堕落到抄些乱七八糟的东西，要抄些三坟五典、佛（道）经之类修身养性的高雅作品。所以，读书人抄什么很重要，哪怕是在晚上抄，抬头三尺有神明啊。

那么具体抄什么有用呢？之前有鬼君曾谈过《广异记》"李洽"条的故事，唐人李洽被阴差索命，他在前往冥府报到的途中对阴差百般讨好，对方感激之下，准他先回家料理后事，并建议他速速抄写一部《金光明经》。李洽回家后将经文抄写一遍，告别家人。没想到，到了冥府之后，阎罗王翻检他的冥簿，说：此人"新造"《金光明经》一部，折算下来可以延寿，不该死，然后命阴差送他还阳。

抄一部佛经能多条命，很合算吧。不过，有鬼君查检了今本的《金光明经》，共有近三万字之多。李洽能在短时间内抄完，为了这条命，也是很拼的。当然，需要指出的是，他这种临时抱佛脚的办法并不值得推荐，因为并不是每个阴差都会那么大发善心的。古人一直强调要敬惜字纸，如果平时就有意识地抄佛（道）经，关键时刻自会有奇效。

还是唐人，李丘一于武则天通天元年在扬州高邮做官。此人喜好打猎，公务之余，常常携鹰犬出城田猎。某天忽然暴死，被阴差带至冥府。阎王严厉斥责他说：你生性残忍，以杀伤动物为乐。那些被你杀的禽兽此刻都在阴间控诉你。说着，一众被杀的猎物出来指证李丘一，要求严惩凶手。李丘一无话可说，只能认命。没想到，有一阴差忽然出班对阎王说：此人有功德，还不该死，他曾抄了一遍《金刚经》。阎王一听，立刻合掌称颂：阴间最看重《金刚经》，你能亲手抄写，其福不小啊！不过，这事口说无凭，阎王命阴差去藏经阁查验，阴差带着李丘一到了一间大殿，抽出一部经书，李丘一辨认之下，果然是自己抄的。

人证物证都有了，阎王很高兴，命李丘一向那些被杀的猎物诚恳致歉，并且许诺再造功德。李丘一满口答应，还特别许诺那位救他的阴差焦策"与造经二十部"。众猎物与焦策都欢欣不已。焦策带着李丘一还阳，他醒来一看，原来自己已死去三天，差点就被家人埋了。

李丘一复生之后，认认真真地将《金刚经》抄了一百遍。扬州刺史得知此事，上奏则天皇帝，将他升为五品的嘉州招讨使。（《太平广记》卷一百零三引《报应记》）

"我文身、抽烟、喝酒、说脏话，但我知道我是好姑娘。"李丘一身为国家高级官员，不仅并没有做出什么特别的贡献，甚至以田猎为乐，大违佛教爱惜生命之意。只是因为无意抄了部《金刚经》，就被冥府登记造册，在关键时刻不仅起死回生，还能连升数级。抄佛经就是能这么跩，你打算上哪儿说理去？

抄佛（道）经的好处这么多，可有人偏偏不肯信：

南宋孝宗淳熙年间，常熟一位姓曾的退休尚书去世。曾尚书有四个儿子，不过个个都不怎么成器。曾尚书死后，托梦给大儿子，说自己被任命为福山岳庙土地，新官上任，按礼数要在官场打点。家里有几千张好纸，你吩咐仆人"印造大梵隐语"，烧了给我！大儿子醒来后，根本不把老爹的吩咐当一回事。曾尚书又分别托梦给二、三、四子，这几位少爷根本连大梵隐语是什么都不知道。老二稍好，去问了道士，得知是道教灵宝派的核心经典《太上洞玄灵宝无量度人上品妙经》的最后一章。不过知道后也只是呵呵一笑：这玩意在冥府还能有用？仍旧置之不理。

曾尚书见儿子们如此混账，托梦给学生陈秀才，说逆子不孝，自己要请天帝来惩治他们，让陈秀才做个见证。果然，过了几天，他的三儿子在逛庙会时，被两个恶鬼拖到厢房里痛打一顿。往来之人只见到他在那里大呼小叫地哀号，却见不到行凶之鬼。陈秀才得知后，到曾家说明情况，曾尚书且现形与陈秀才假意讨论一番。在陈秀才的一再求情之下，曾尚书勉强答应放过四位逆子。这四位少爷"流汗亘体"，第二天赶紧"印此经五百本，焚献谢过"。（《夷坚支》乙卷二"大梵隐语"）

大家当然会注意到，这个故事说的并非抄经，而是刻经。需要说明的是，以南宋时期的技术水平，临时印五百部经文的难度，恐怕并不比抄写更容易。有鬼君猜测，曾尚书大概是急着要在冥府打点，现抄写来不及；或者是觉得让几位少爷抄写根本不靠谱，宁可让他们找人刻印。

类似抄写佛（道）经得福报的故事，在佛教、道教经典里有很多，不过，也有不少故事指出，抄写的认真程度很重要。千万不要以为可以随意打发，如果抄经时草率、出差错，也等于白抄。不诚心的话，哪天晚上抄都没用。关于这点，不再赘述，可参看《太平广记》卷七十一"窦玄德"所载之故事。

以上几个故事都与投胎无关，但如果从更宽广的范围理解，那些死而复生、阴间为官的事，其实也是变向的投胎，或者至少避免了糟糕的投胎转世，所以抄佛（道）经也属于投胎学的范围。至于抄职场登龙术、厚黑学之类的，鬼其实是懒得搭理你的。

身许阴曹心许你

在有鬼君心中，投胎学就像永恒的道德律和头顶浩瀚的星空一样，不为世事变迁所动。人鬼之间，或者说形神之间的交流切换，在志怪小说中一点也不稀奇：

唐代开元年间，凉州节度使郭知运到治下视察，没想到在驿馆中暴病身亡。此时尚无人知晓，他的魂魄与肉身分离出门，命令驿卒把尸体所在的房间门锁上，不准任何人进去。然后，魂魄独自回到节度使官衙，处理公私事务，一气做了四十天，把所有事情都处理好了。再命人到驿站将自己的尸体运回，生魂亲自主持了自己的葬礼。入土前一刻，他与家人告别，"投身入棺，遂不复见"。（《太平广记》卷第三百三十"郭知运"）

这个故事没有提到郭节度使家人、下属的反应，想来魂魄回家时已经知晓。魂魄可以代替肉身工作四十天，如果不是肉身要下葬，也许形神还可以继续分离下去。当然，严格说起来，在正式下葬前，魂魄尚未在冥府报到，还不能算是身许阴曹。有点像佛教中说的中阴身。可是，这个故事至少说明："身许××心许你"并不违和，随便骂人是不对的。

淮阳叶秀才，"文章辞赋，冠绝当时"，时任淮阳县令丁乘鹤对他极为看中，提供各种奖学金，一心栽培，可是叶秀才命中无禄，还是铩羽而归。郁闷之下，叶秀才"形销骨立，痴若木偶"，一病不起。丁县令命人求医问药，可始终不见好转。

恰在此时，丁县令因得罪上司被免官，预备回乡。正要动身，叶秀才忽然上门求为家庭教师，跟随县令北上。县令当然求之不得。回乡之后，叶秀才悉心调教丁公子，而丁公子也不负所望，"凡文艺三两过，辄无遗忘。居之期岁，便能落笔成文"。在科场连战连捷，直至外放为官。公子对叶秀才感激不尽，替他捐了科名、捐了官。后公子到南方做官，离淮阳不远，就命仆人送叶先生回乡省亲。

叶先生回到家中，见门庭冷落、萧条，妻子出来一见他，吓得扔下手里的东西就跑。叶先生神色惨然：如今我富贵回乡，才三四年不见，难道你连夫君也不认识了吗？妻子说：你都死了那么久了，还说什么富贵还乡的昏话？当初家里穷，没法给你下葬，现在孩子长大成人，要找一方吉壤，你现在跳出来吓人干什么？叶先生听闻，怅然不喜，进了房间，见灵柩还在屋中放着。忽然仆地倒下，身体像水汽蒸发一样消散掉，只剩下衣冠鞋袜落在地上。

原来，叶先生在县令回乡之前就已去世，魂魄一直跟着县令数年，像正常人一样生活。如果不是他妻子说破，形神分离恐怕还会继续下去。(《聊斋志异》卷一"叶生")

这两个故事很容易被认为是在描述魂游，不过从形神关系上看，并不那么简单。首先，这两个故事中的主人公都已死，魂魄在外游荡之后，依然要附于肉身下葬。而在魂游故事中，人并未死去，而是在睡觉、昏迷或假死的情况下，魂魄脱离肉身的控制，在外游荡。贾宝玉魂游太虚境，看了金陵十二钗的判词，睡了秦可卿，一觉醒来，还是身在阳间。其次，这两个故事中的魂魄能自主地、心智无碍地在阳间生活，前者生活了四十天，后者更是活了三四年，还培养了一个进士学生。而魂游故事中的魂魄大都不能自主，很难和阳间的人正常交流。

实际上，古人对这种情况有专门的说法：生身活鬼。这个故事见于《夷坚三志》壬卷十"颜邦直二郎"：

江西弋阳农民何一，小时候曾经在邻镇颜二郎邦直家中做过三年学童，之后再无往来。某天，何一在田里干活，有人自称是颜邦直，让何一跟他走一趟。何一与田里的其他人打了声招呼，就跟着主人走了。没想到这一走就半月没回来。何家人找到颜家，颜家更是大吃一惊：二郎已经过世十多年了，怎么可能去找旧日的书童呢？何家无可奈何，只能慢慢求访。

两年后，何一忽然回家，讲述了自己的奇遇：他跟着二郎东奔西走，到各处寺庙拜访。去年莫名其妙到了湖北蕲水武三郎家。颜二郎与武三郎寒暄之后说：您府上有一个婢女桂奴是生身活鬼，她领养的一个孩子也是鬼。武三郎把桂奴喊来对质，桂奴大骂颜二郎：你说我不是人，你又是什么东西？还不一样是尤身之鬼，还骗了个活人何一，害得他撇妻离子到处乱窜。二郎说：吾虽无身，但生前读了《度人经》，可以逍遥自在地在阳间游荡，我这是超度何一，怎么可能害他？桂奴无言以对，转身又大骂武三郎：我在你家勤快做事，没犯什么错。现在被颜二郎说破，你也不给我做主。说着就抱起领养的那个孩子走到厨房去，再也不见了。

颜二郎说破桂奴，自己也被桂奴说破，何一当然不敢再跟着他了，自行返乡。幸好一切如常。

　　这个故事里的颜二郎和桂奴都是生身活鬼，也就是以鬼之身份在阳间像正常人一样生活。如桂奴所说，虽然表面看起来大家都一样，但无身之鬼究竟与人在形质上不同，一旦说破就无法挽回。

　　很多志怪小说都暗示，有相当多的鬼在阳间像正常人一样生活，也并不显示出任何超能力。一旦出于各种偶然的原因被说破，就立刻消逝。无论他们心中如何向往阳间，身体（形质）却很诚实。为什么这些鬼喜欢在阳间生活？也许他们只是喜欢潜伏吧！

吃素与投胎

　　南宋高宗绍兴年间，徽州城住着一位富户汪朝议，汪家的祖坟在城外，在祖坟边还造了一座小庙。汪先生请了一个和尚惠洪做住持，看守墓园。也许这种家庙对和尚的专业素质要求不高，所以惠洪每日只是饱食安坐，也不念经打坐，对于香火祭祀也虚应故事而已。好在汪家也只是找个人守墓，主客相安无事。二十年后，惠洪病故，就葬在附近的山上。墓边有一棵大树，枝叶繁茂，奇怪的是，自从惠洪葬在那里后，几个月间，大树就枯萎而死。枯木上生了很多蘑菇，"肥白光粲"，汪家的仆人放羊经过，就采了献给主人。汪家一吃，鲜美无比。更奇的是，这蘑菇今天采完，明天又长出来，源源不尽，有点像《山海经·海外南经》中提到的"视肉"（郭璞注云：形如牛肝，有两目也；食之无尽，寻复更生如故）。

　　汪家从此吃饭顿顿有"牛肝菌"，一直吃了三年。奇闻远近哄传，有人就拿了钱来买，汪家不肯卖。为了防人偷，还造了围墙围起来。邻居愤恨不过，半夜翻墙进去，想捣毁这个"牛肝菌"生产基地。没想到枯木忽然发声：这牛肝菌不是你能吃的，强吃必遭祸害。我就是当年汪家家庙的住持惠洪，因为不作为，空领布施，死后被冥府惩罚，转世为蘑菇，特供汪家食用。之所以好吃，"吾精血所化也"。如今命数已满，我将转世投胎而去了。邻居吓得半死，第二天告知汪家，汪朝议亲自来验证，果然再也没有"牛肝菌"长出来。（《夷坚支志》景卷八"汪氏庵僧"）

这是个很罕见的转世故事。人转世成蘑菇，脑洞开得有点大。问题来了，故事中明确地说，这"牛肝菌"之所以滋味鲜美，胜过肉食，是因为这是人的精血所化，那么，这算不算吃素呢？如果人可以转世成蘑菇，当然也可能转世成牛油果、甘蓝、冰草之类时尚的素食原料。这对出于某些因宗教信仰而吃素的素食党，会不会有人设崩塌的意味呢？

有鬼君请教了佛教研究专业的朋友，朋友回答得很简洁：六道轮回里根本没有蘑菇，只有"有情众生"才能进入轮回之中，而牛肝菌、牛油果之类的真菌、植物有生命而无意识，不能转世。朋友特别指出，"有情众生"在梵文里是"有识众生"，识相当于意识，而中国人换用"情"字，就把植物也包括进去了。

古代中国人一方面什么都吃，一方面又大爱无疆，从万物有灵开始，开脑洞开到万物有情，从香草美人到花妖、树精。总之，植物是有灵的，可是为了不杀生，又是应该吃素的。佛教的两大圣地，印度和日本，都不强调吃素，偏偏中国佛教，特别强调吃素。真是让人着急。

更有意思的是，在志怪小说的描述中，鬼大都是爱吃荤菜的，有鬼君以前曾写过《鬼是素食主义者吗？》，专门讨论鬼吃荤的情况。这里再补充一则：

南宋孝宗乾道年间，秘书丞程士廊辞官回到家乡景德镇浮梁县居住。有一天，他弟弟程宏父到景德镇办事，梦见旧交叶伯益来访，请求借宿一晚。宏父说：我这里是临时居所，不甚方便，不过哥哥在这里有一处书房，您可住一晚。于是领着叶伯益来到书房，果然整洁如新。叶伯益很高兴："此中便可久留，吾得之足矣。"于是一起坐下来吃饭，叶伯益特别要求上一道菜：火肉（可能指火腿）。宏父就在哥哥的书房里到处找，还真找到了。于是两人饱餐了一顿，各自休息。宏父第二天醒来才意识到，叶伯益已去世整整三年了。他一回家，就听说嫂子昨晚生了个孩子，就是叶伯益在程士廊书房安寝的那段时间。显然，叶是投胎到了程家。(《夷坚丙志》卷十一"叶伯益")

有时想想，冥府的这帮鬼其实蛮没有操守的，他们自己大鱼大肉地吃着，临到转世的一刻，还要翻箱倒柜找火腿吃。可是每逢有人入冥游览，总是再三告诫他们还阳之后要茹素念经，以求下辈子投胎顺利。更直接的证据是俞樾在《右台仙馆笔记》卷十二中记录下的冥府公务员的工作餐："馔以四簋，切猪肉作丝，蒸鸡卵作饼，余则蔬菜，其味悉如人间。"嗯，工作期间不喝酒，四风很正。

《射雕英雄传》第十二回中，黄蓉为洪七公整治美食：

> 洪七公眼睛尚未睁开，已闻到食物的香气，叫道："好香，好香！"跳起身来，抢过食盒，揭开盒子，只见里面是一碗熏田鸡腿，一只八宝肥鸭，还有一堆雪白的银丝卷。洪七公大声欢呼，双手左上右落，右上左落，抓了食物流水价送入口中，一面大嚼，一面赞妙，只是唇边、齿间、舌上、喉头，皆是食物，哪听得清楚在说些什么。吃到后来，田鸡腿与八宝鸭都已皮肉不剩，这才想起郭靖还未吃过，他心中有些歉疚，叫道："来来来，这银丝卷滋味不坏。"实在有些不好意思，加上一句："简直比鸭子还好吃。"

　　无肉不欢的有鬼君，真心希望素食党越来越多，少点人分肉吃。

转世有风险，投胎须谨慎

　　关于投胎学，有鬼君觉得《阅微草堂笔记》中的一段话最得真谛："六道轮回，不烦遣送，皆各随平生之善恶，如水之流湿，火之就燥，气类相感，自得本途。"（卷九）这段话有鬼君引述过多次，不必再解说了。以此为原点引申，我们大约可以说，投胎学有几个原则可资参考：一、转世如水流，但水流有深浅、河谷有起伏，再加上人为的干扰，所以其间会出现各种意外，并非如工厂流水线一般机械地流转；二、在转世过程中，个人意愿、意志也同样能起作用，并非全然被动接受；三、转世涉及魂魄与肉身的分离或结合，也就是形神之间的关系。

　　所谓形神之间的关系，似乎很拗口，不过只要打个比方就很清楚了。古人将肉身视为魂魄的居所，会称肉身为宅舍。所以，形神之间的关系，就是魂魄与宅舍的关系，转世也就像楼市里买（卖）房人与房子的关系。前几年，各地都针对楼市出台了各种限购措施，比如某地出台的政策中，最严厉的一条是："严格执行限购，提高非本市户籍居民家庭购房缴纳个人所得税或社保的年限，从自购房之日起计算的前 3 年内在本市累计缴纳 2 年以上，调整为自购房之日前连续缴纳满 5 年及以上。"而且这些措施没有缓冲期，立即执行，造成一些购房人瞬间失去购房资格，最惨的是刚卖掉自住房子的购房人，原房产已转给下家，而上家的房子又没法买，生生被顶在杠头上。

转世的风险也与此相似，在给定的时间线之前，魂魄无法进入新的宅舍，转世没法完成，会有生命之忧：

金山县有个老农，某月初一梦见阴差带着公文来找他，阴差说，按照冥簿的记录，您要在本月十七号去世。不过因为您一生勤勉，也没有犯什么大过，所以安排您死后立即托生在某小康之家，下一世衣食无忧。我这次是提前来通知您，希望您在这半月内处理好后世，届时我领着您去投胎。老农醒后，将此事告知家人，把家室托付给儿子，几天就全处理好了，然后在家中静候阴差。

到十二号晚上，老农梦见阴差来催促他投胎，老人家奇怪，这不是还没到十七号吗？阴差说：事出紧急，您转世的下家，孕妇在初十那天摔了一跤，触动胎气，孩子提前出生了。宅舍是有了，但是还得生魂入窍，婴儿才能正常饮食，现在已经三天不吃不喝了，您再不随我去投胎（生魂入胎），那孩子就活不了了。老农醒后，将事情告诉家人，"复安枕而殁"。（《续子不语》卷十"生魂入胎孕妇方产"）

当转世出现问题时，上家的生魂无法过户到下家，下家的宅舍就接纳不到指定的魂魄。把这一进程替换成房产交易、过户的流程，就一清二楚了。

转世是阴阳之间的通则，六道轮回都要遵守，所以下面这个故事同样很明白地说明了魂魄与宅舍的关系。

江西玉山县水南寺是一座颇有历史渊源的古刹。住持老和尚叫月印，六十多岁了，道行颇高，每天足不出户，只在屋中诵经。月印养了一条土狗，跟着他十多年了。每当他诵经时，木鱼一敲，土狗就会摇着尾巴来听。众僧都感慨这狗有慧根。后来狗生了病，皮毛脱落，身上又脏又臭，但还是每天都来听经。

有一天，老和尚正在讲经，忽然对众僧说：这癞皮狗真讨厌，脏兮兮、臭烘烘的，你们把它拖出去打死。众僧瞠目结舌，不知狗怎么得罪了老和尚。可是老和尚向来严肃，不可能是开玩笑，众僧将狗赶出去，不让它再来听经，却不忍心杀了。

过了三天，这癞皮狗又来听经，老和尚一见，大惊失色：你们怎么没把狗打死，这下糟糕了。命徒弟到某村某家去探访，徒弟回报说，那户人家的孕妇难产，三天了孩子还没生下来，产婆束手无策，母子都命在旦夕。老和尚说：你们不忍心杀狗，就忍心杀孕妇吗？这狗不死，孕妇就生不出孩子。命令徒弟立刻把狗打死，再去那户人家打探。果然那孕妇生下了一个男孩。

老和尚说，这狗跟我十多年，一直听经，结了善果，可以托生到那户人家，将来也颇有福报。我是见不到了，你们要记得。后来，那孩子长大，总喜欢来庙里玩，不肯离去。和尚对孩子说："汝不昧宿根，此意甚善。"但你命中还有小富贵未享，以后不要来了。孩子听话，此后努力向学，科举顺利，做了个小官，家境也比较宽裕。晚年辞官回乡，就一直在水南寺寄宿。那时月印老和尚早已圆寂，他就出资修缮佛塔、房屋，还买了一大块田供奉寺庙。(《右台仙馆笔记》卷一)

比之上一则，这个故事同样也是讲魂魄过户到宅舍，却更跌宕起伏，富于戏剧性。当然，这种转世模式也不是只有死路一条，但形神分离，对身体确实会造成一定的损伤。

唐武宗会昌年间，通州郑刺史的女儿自出生以来就体弱多病，特别是神志不清。郑刺史多方请医生诊治，都没有效果。后来找到一位会道术的王居士。王居士了解了情况后说：您的女儿不是生病，是生魂没有附体，所以才会有丧魂失魄的症状。某地的县令是您女儿的前身。他本来好几年前就该去世了，可是因为平生所做善事太多，冥府不断给他续命，已经过了命定的期限，现在都九十多岁了。县令去世，魂魄才能在您女儿的身体里过户，病才会痊愈。郑刺史命人去那个县打听，果然有一位九十多岁的退休县令。过了几个月，郑刺史的女儿忽然像酒醒了一样，神志恢复正常，刺史再派人打听，就在女儿病愈的那天，那位县令无疾而终。冥府终于不再给他续命了。（《宣室志》"郑氏女"）

　　转世投胎是一个复杂的系统工程，稍有偏差就会出现问题。这几个故事说的都是转世时限带来的风险。转世是为了维持阴阳之间的正常流转，同样地，作为经济支柱产业，中央政府不断调控房产市场，也是为了让国民经济更好地可持续发展。当然，绝大部分转世投胎属于刚需，无法规避。而房产市场则丰富得多，并不全是刚需，买房不成，还可以租房。房子只有七十年产权，为了经济滚滚向前，可以反复拆建。对人来说，宅舍只是一具皮囊，魂魄则可以不断生生流转。

用爱发电

有鬼君曾搜检读过的涉及两世甚至三世姻缘的志怪小说，发现《聊斋志异》卷八的"邵士梅"条有点意思，很短，先把原文附录于下：

> 邵进士，名士梅，济宁人。初授登州教授，有二老秀才投刺，睹其名，似甚熟识；凝思良久，忽悟前身。便问斋夫："某生居某村否？"又言其丰范，一一吻合。俄两生入，执手倾语，欢若平生。谈次，问高东海况。二生曰："狱死二十余年矣，今一子尚存。此乡中细民，何以见知？"邵笑云："我旧戚也。"

> 先是，高东海素无赖；然性豪爽，轻财好义。有负租而鬻女者，倾囊代赎之。私一媪，媪坐隐盗，官捕甚急，逃匿高家。官知之，收高，备极搒掠，终不服，寻死狱中。其死之日，即邵生辰。后邵至某村，恤其妻子，远近皆知其异。此高少宰言之，即高公子冀良同年也。

这则故事很短，也未延至三世，不过有意思的是，在朱一玄先生编的《聊斋志异资料汇编》的"本事编"中，收录了这个故事的多个版本，计有《虞初新志》卷十二转录的"邵士梅传"、《池北偶谈》卷二十四"邵进士三世姻"、吴光著《吴太史遗稿》"邵峰晖两世姻缘传"、《瓠剩》卷二"邵邑侯前生"、《小豆棚》卷十六"邵士梅"。这说明，这段奇缘在当时很可能流传已广，大家都作为真实的事件记录下来。有鬼君并不是要掉书袋，而是想用这些不同的记载拼接出比较完整的三世奇缘。当然，也是因为现在抄袭的太多了，有鬼君索性把书目都列出来。

邵士梅是山东济宁人，一出生便会说话，说自己姓高，要去高家庄。父母担心他中了邪，给他灌了朱砂，自此就正常了。邵士梅从小聪慧，读书过目不忘，家里进学中举的期待，就落在了他身上。参加乡试之前，家里给他成了亲。洞房之夜，邵的嫂子在窗外听房，奇怪的是，这小夫妻俩仿佛相识已久，一晚上"絮絮叨叨，如远年久别，枕边话旧云"（《小豆棚》）。原来，邵士梅的前身叫高东海，是山东栖霞人，在世时是小吏，但是从不鱼肉乡里，仗义疏财，"病革时，见二青衣，如公差状，令谨闭其目，挟与俱行。行甚捷，惟闻耳边风涛声。少顷，至一室，青衣已去，目顿开，第见二妪侍房帏间，则已托生在邵门矣"（《虞初新志》"邵士梅传"）。因为在投胎时没有喝孟婆汤消除记忆，所以才会有要去高家庄的异常之举。

邵士梅后来中举，担任山东登州府的教育局局长，栖霞县正隶属于登州府。邵局长巡视栖霞的基础教育工作时，就顺便拜访了前身高东海的家，得知高家的子孙生活境况很差，就出资购买田产，安顿了自己前世的子女。还赋诗感慨地说：两世顿开生死路，一身会作古今人。

邵局长的夫人后来病故，临死前对他说，我们有三世的姻缘，这才是第一段。我死后要投胎到馆陶县。你届时到馆陶的庙里翻阅经书，自然会有领悟，"所居滨河河曲第三家。君异时官罢后，萧寺缮经，尚当重结丝罗也"。投胎精准度相当高。

夫人去世后，邵局长又辗转多地为官，后来辞官回乡，朋友介绍到馆陶的寺庙游玩，忽然意有所动，就出门探访，见到河边的一户人家，得知其家有女十八岁，就将转世姻缘的话头跟女方父母絮叨一遍，对方哪里肯信这种鬼话，严词拒绝。后来又在河边问了第二家，也同样被拒绝（《邵峄晖两世姻缘传》）。问到第三家董姓人家时，奇迹发生了：

董家有个女孩，十五岁了，她父亲说，这孩子生来就知道前身的事，不肯嫁人，说是要等济宁的邵进士来。于是奔四的邵进士就娶了十五岁的董小姐，七〇后娶了〇〇后。老牛吃嫩草，邵进士总有点不好意思，可是董小姐却"视邵之斑苍更欢，若忘年交"。两人结婚十余年，生了两个孩子。后董小姐病危，临死前又跟邵进士诀别说：咱们凤缘还未了结。我这次要转世到襄阳王家，门前有两株柳树，届时你过来，我们再作夫妻。邵进士不忍心，说，三世姻缘，自古以来就罕见。我现在已年过半百，十多年后行将就木，还谈什么情？月老的红线，又不是专为我们设的。董小姐说，尘缘难断，你要认命，说着就去世了。邵进士不愿再续前缘，坚决不去襄阳，回乡后，在六十五岁时去世了。

奇迹就是没完没了。襄阳的那位董小姐转世的王小姐，长到十多岁后，求亲者络绎不绝，可王小姐都不肯答应。襄阳城当时有户姓邵的世家，七八岁的小公子随父母出游，经过王家，见到两棵柳树，忽然像大人一样"攀条泫然"，一定要去王家看看。王家当作小孩子串门，端出瓜子点心哄他玩。王小姐也出来逗小孩子玩，没想到邵小公子语出惊人："卿怎不似馆陶重会时乎？"王小姐也恍然大悟，邵进士也转世了。两人一起抱头痛哭。然后王小姐一定要嫁给这位七八岁的小娃娃，而邵小公子也是日夜号泣，非王家小姐姐不娶。双方父母头痛不已，只能等小公子到十五岁时，让二十二岁的王小姐过门（在那个年代当然算是很晚的晚婚了）。女大七的婚姻非常美满，王氏高寿八十二才去世，邵公子享年七十二，子孙满堂。

在第三段婚姻里，其实是生了变数。原本邵进士是要连娶女方三世的，可是他自己也转世了。为什么会出现这样的偏差，邵公子在酒醉后曾经说明真相：冥簿里其实已登记了他们三世夫妻的姻缘，可是因为冥簿装订不整齐，有些文字藏到装订线里面去了，有所遗漏。冥吏发现后，就让他们自行想办法相聚。"装砌时钉入夹缝，曹橡翻忙迫，往往遗漏，故由我两人自为之也。"（《小豆棚》）

这大概是志怪小说史上特别神奇的三世夫妇的故事。有几点需要特别说明，首先，两人的姻缘是受限于冥簿的，也就是说，他们三世的姻缘，是命中注定的，其中固然有个人意志的因素，但更重要的因素还是命运的安排。其次，在三世的姻缘中，除了第一段婚姻，另外两段双方的年龄差距都不太符合风俗习惯，也就是说，并非俊男靓女的组合。最后，虽然三段婚姻都比较美满，但爱情在其中并没有起到决定性的作用，否则你很难解释一个七八岁的小娃娃日夜号啕大哭要娶十几岁的小姐姐。三世姻缘是不是合情合理姑且不论，至少不是那种王子与公主从此过着幸福生活的套路。

相较而言，《三生三世十里桃花》就很符合某些文艺青年对爱情的期待：无论在哪一世，男女双方都颜值超高，几万岁的年龄差距，对外貌毫无影响；无论在哪一世，无论是神仙、狐狸精还是凡人，男女只要相遇，就一定会爱意满满地看对眼；无论历经几万年的磨难，爱是两位上神唯一的目标。

以有鬼君所知，在几大宗教中，有的以长生久世为目的，有的以摆脱轮回之苦为目的，有的以天堂永生为目的，爱只是达成目标的手段之一，从来就不是目的。

有鬼君一直倡议研究投胎学，投胎学看重的是在现时代，如何一代一代地接力，实现中华民族的伟大复兴。而那些修仙的上神，动辄几千几万十几万年爱得死去活来，咋不去发电呢？

协商转世

　　转世有转世的规则，我们一般想象中的转世场景，多半是魂魄被拘押至阎罗殿，阎罗王翻看冥簿之后，根据其人生前的善恶福报，按照一定之规，决定转世的去向。但是，我们要知道的是，地府的法律并不是刚性的，其人情味以及弹性都远远超过我们的想象。在转世与否的问题上，也比较充分地尊重个人的意志。比如有鬼君用过好几次，特别喜欢的一个故事：

　　明代有个姓宋的，擅长堪舆之术，专门帮人选吉壤（好的坟地）。有一次到歙县深山去勘察，在一个山洞里遇到一位神奇的隐士鬼。这位隐士鬼生前曾做过县令，因为厌恶官场的倾轧，辞职隐居。死后向阎罗王表示，不愿再回人间，宁愿做个阴官。可是阴间官场也同样是尔虞我诈。索性再辞职，隐居起来，跟其他的鬼也不来往。（《阅微草堂笔记》卷六）

　　很多知识分子鬼也持类似的看法，比如在《阅微草堂笔记》卷八的一则故事中，一位耽于鬼趣，不肯转世的士大夫鬼就这么解释说：死生虽殊，性灵不改，境界亦不改，山川风月人见之，鬼亦见之；登临吟咏人有之，鬼亦有之，鬼何不如人。且幽深险阻之胜，人所不至，鬼得以魂游萧寥清绝之景，人所不睹，鬼得以夜赏；人且有时不如鬼，彼夫畏死而乐生者，由嗜欲撄心，妻孥结恋，一旦舍之入冥漠，如高官解组，息迹林泉，势不能不戚戚。不知本住林泉，耕田凿井，恬熙相安，原无所戚戚于中也。……求生者如求官，惟人所命。不求生者如逃名，惟己所为。苟不求生，神不强也。

这段话的意思大致是说，人能享受的精神生活和物质生活，鬼都能享受，而且人到不了的幽深险阻的旅游景点，对鬼来说轻而易举。注意最后两句，说的就是在转世过程中自由意志的作用：求生如求官，要看各人的命；但不求生就像舍弃功名利禄一样，只看自己的选择，冥界不会强求的。

对于境界高的鬼来说，这些理由已经足够充分了，但是对一般人来说，愿意留在地府，还是需要一点现实的利益的。比如《子不语》卷十一"通判妾"讲的故事：

徽州府官衙里一位做仆役的老太太，某天被鬼魂附体，附体的是一位通判的小妾，因为被衙神看管，没办法四处觅食，只能借着老太太的身体求点吃喝。这位小妾附体之后有两个优点：一是除了吃喝之外，不做任何害人、骚扰人的事；二是具有中国大妈爱传话的特质，凡是在阴间见到的事，都愿意到处传播。因此人们经常向她打听自己亲人在阴间的生活状况。有一位司马问及自己早逝的女儿的情况，这位小妾告诉他：你上任的时候，把女儿的灵位留在庙里，所以她现在就在庙里生活。而且，因为这庙香火繁盛，她每月分到大笔的香火钱，日子过得很滋润，所以不愿再转世到人间受罪了。只是希望你以后多烧点纸衣给她，最好选择当令的新款，不要烧换季打折的低档货。

对普通百姓来说，衣食无忧就是最好的选择了，无需读书人这样那样的清新境界。不过，对生前做过官的，特别是做过高官的鬼来说，转世与否就要看情况了，比如下面这个故事：

清初的名臣张英，字敦复，一字梦敦。这个"敦"其实是东晋王敦的"敦"，也就是说，张英是王敦转世的。当时张英的父亲张封翁还年轻，梦见有金甲神自称是王敦，要托生为其子。王敦是著名的叛臣贼子，封翁当然不肯，严词拒绝。王敦说：那时晋朝衰败，我做奸臣也是应运而生的；如今天下清明，兄弟我要做良臣了。封翁拗不过他，在梦中应允了。不久他果然有了个儿子，可是没几天就夭折了。封翁觉得不过是个异梦，也没在意。过了几年，这王敦又在梦里要求托生，封翁大怒：你这奸贼，确实是习性不改，上次托生，结果转眼就走，这次又来骗我，绝不答应。王敦说：您批评得对！这两年我离开后，"历相江南诸家，福泽无逾于君者"，整个江南就你的福气最好。这回我铁了心了，一心一意做你的儿子，不走了！两人在梦里争执商量了半天，封翁最后还是同意了。后来，出生的孩子没有再夭折，就是张英，为康熙朝的名相，张英之子张廷玉，则为雍正、乾隆两朝名相。张家的福报确实是冠绝江南。（《庸闲斋笔记》卷四"古人转世"）

当然会有人对此提出疑问：一是王敦既为逆贼，为何能转世为良相，如此福报，实在不合理。二是为何一千多年才能转世，隔得时间太久了吧。

故事里王敦对自己一千多年的阴间生活没有说明，不过有鬼君倒可以略微解释。转世是有档期的，不像地铁、公交车，可以随到随走，对著名的奸臣或忠臣，阴间会有特别处置。比如曹操、秦桧甚至白起，根据阴律，判的刑极重，隔三差五就要被拖出来吊打。当年审判"四人帮"，也是由特别法庭处理的。所以，像王敦这样历史上数得着的逆贼，肯定不会按照常规处理的。

至于王敦为何如此执着地想要做名相，反复与张封翁协商，而读书人和老百姓却无此念想，有鬼君想起了宋美龄说的一句话：那只不过是因为他们还没有尝到真正权力的滋味。

怎样才能投胎到北京市西城区

有鬼君有一位发小，我俩的父辈原籍都是老少边穷的农村，后来通过努力，来到不那么偏远的山沟，且吃上了商品粮（这个词有点历史了），这是第一代；我和发小分别在上海和北京上大学，幸运地留了下来，这是第二代；不久前，发小的女儿赴美留学，这是第三代。对普通百姓来说，通过一代一代人接力，能改善生活境遇，已经很幸运了。而现在，随着社会阶层的逐渐固化，有鬼君觉得这条路基本走不通了。

之所以说这个，是因为最近一段时间，北京房价，特别是西城区学区房的房价，令人咋舌。享受西城区一流的教育资源，并不容易办到，甚至不是一代人就能实现的。既然涉及代际的更迭，就可以通过投胎学的分析，探究一下转世到北京市西城区的可能性。

首先要考虑的是空间问题。换句话说，二三线城市乃至九线小城的人，是否可以长途跋涉到西城区投胎呢？有点抱歉，以有鬼君阅读所见，转世也大致依照就近的原则。

清嘉庆年间的军机大臣沈初（沈云椒），年少成名，于乾隆二十八年科举中的探花。他的出生就颇有传奇色彩。其母陆夫人出嫁后才一

年，丈夫就去世了，幸好有了遗腹子，可不幸的是，这个孩子在三岁上
也得病死了。陆夫人痛哭不已：沈家和我的期望就在这孩子身上，难道
沈家要绝后吗？在收殓孩子时，陆夫人在孩子尸体的手臂上用朱砂做了
个标记。诚心祈祷上天能让沈家有后，如果这孩子能转世投胎，以这个
标记为准来相认。果然，就在这个月，沈氏族人中，一户住在陆夫人
隔壁的人家生了个孩子，手臂上有朱砂状的胎记。族人哄传，这孩子就
是陆夫人遗腹子转世而来。于是族人公议，将其过继给陆夫人，就是沈
初。后来沈初与纪晓岚同朝为官，曾将此事原原本本地告诉给他。(《阅
微草堂笔记》卷九)

　　沈初从隔壁转世而来，这大概是距离最近的投胎了。稍微远一点到
邻村的也有：

　　清代江西临川有位员外乐子惠，家境富裕，乐善好施，方圆几十里
都很出名。邻村寺庙的一个和尚就很羡慕，当然，这和尚修行也是很虔
诚的，只是经常对人说：我努力修行，"敲木鱼、宣贝叶以种善果"，为
的就是将来能投胎作乐员外的儿子。有一天，乐家的族人遇到这和尚，
问他去哪里，他说：到子惠公家去。后来族人遇到乐员外，问起和尚那
天来做什么。乐员外说，和尚没来啊，那天正巧我有弄璋之喜，儿子乐
瞻出生。族人之前听说过和尚希望投胎乐家的传言，也没声张，立刻去
邻村寺庙探访。果然，那和尚已经圆寂了，而且就是在族人遇到他的那
天圆寂的。和尚的愿望实现了。(《耳食录》卷八 "荷袈裟")

　　在转世的过程中，个人的意志也能发挥作用，不过有两个前提：长
年修行种善果，住得近。神奈川富丘初中著名的篮球天才流川枫，没有
去实力更强的陵南高中，而是去了湘北高中，并不是冲着安西教练的名
声，而是因为——离、家、近。

远距离转世当然会有，比如明嘉靖年间，青城山一个小道童，转世到江苏宜兴，长在富户潘家，再转到安徽桐城方家，长大后学画，成了清初有名的画家方亨咸（《续子不语》卷四"方官詹"）。但相对而言，这种情况并不多见，至少比在北京摇号买房中签的概率低。

除了空间（距离）限制，能否转世成人也是一大障碍。这个无须多解释，六道轮回，如果前世不结善缘，很难保证下辈子还能转世成人。即使是仙界大佬天蓬元帅，转世都可能搞错，何况凡人。在志怪笔记中，人转世成六畜的故事数不胜数，比如《夷坚甲志》卷十七"人死为牛"、《夷坚丙志》卷十八"猪耳环"等，可自行翻检。《夷坚甲志》卷十八"邵昱水厄"的故事中，人转世为鱼虾，离得就更远了。投胎到西城区水产市场，也不是事啊！

即便能顺利地转世成人，并且如愿以偿地生在西城区，还有一个变量需要考虑：时间！只有在合适的时间精准投胎，才可能享受西城区优质的教育资源。关于转世的时间问题，有鬼君已写过多篇，这里不再重复了。之前豆瓣上的一个段子说得好：如果有人1949年在北京为刚出生的孩子买了一套学区房，那么孩子18岁的时候，高考取消了，取消了，取消了……

也许有人会发飙了，说了那么多，难道就没有一个成功的案例吗？如果没人能投胎到西城区，那还说个屁啊！

当然不是，《阅微草堂笔记》卷二十一就记载了一个成功案例：

恒兰台之叔父，生数岁，即自言前身为城西万寿寺僧，从未一至其地，取笔粗画其殿廊门径，庄严陈设，花树行列，往验之，一一相合。然平生不肯至此寺，不知何意，此真轮回也。

其中的恒兰台，有鬼君请教清史学者，很可能是恒博，此人为清宗室，正红旗人。乾隆年间的侍卫，嘉庆三年升为齐齐哈尔副都统，嘉庆十一年为内阁学士兼礼部侍郎，后又兼镶黄旗蒙古副都统。老北京有"东富西贵"的说法，恒博这一家族住在西城区，基本也可以确认。纪晓岚的故事说，恒博的叔叔是万寿寺的和尚转世的。万寿寺，百度上说是集寺庙、行宫、园林于一体的皇家佛教圣地，曾是清代皇家祝寿庆典的重要场所。历经万历、康熙、乾隆、光绪历朝的数次大规模翻建，形成了集寺庙、行宫、园林为一体的建筑格局，有"京西小故宫"之誉。

再直截了当一点，皇家寺庙的和尚确实能转世投胎到西城区。但是他的成功很难复制。

怎样将转世变成行为艺术

先引一段《坚瓠续集》卷四"前身"的文字：

　　轮回之事，正史载羊祜前身为李氏子。他如蔡邕是张衡后身。顾总是刘桢。边镐是谢灵运。侯景是齐东昏侯。岳阳王萧察是许玄度询。严武是诸葛武侯，韦皋亦是武侯。房琯是永禅师。韩滉是仲由。宋太祖是定光佛。仁宗是赤脚大仙。冯京是五台僧。苏子瞻是五戒和尚，又是邹阳。范祖禹是邓禹。刘沆是牛僧孺。张方平是琅琊寺僧。黄山谷是涪阳诵法华经女子。王安石是秦王。宋高宗是钱镠，赵鼎是李德裕。王十朋是严伯威。真西山是草庵和尚。史浩是文潞公。史弥远是觉阇黎。陆游是秦少游。袁滋是西华坐禅和尚。徐知威是徐陵。潘佑是颜延之。武夷君再世为杨大年。玉京之为王素。马北平之为马仁裕。刘公幹为昏愚小吏。泽公为浣衣李氏子。明胡尚书濙是天池僧。周文襄忱是滕懋德尚书。王尚书琼幼年能诵番经，恍然悟前生为西僧。周文安洪谟前生为友鹤山人丁逢。王新建伯守仁是入定僧。杨忠愍继盛是二郎神托生。徐国公鹏举为岳忠武后身。冯宗伯琦为韩忠献后身。海盐郑尚书晓是海宁寺盲道人。万历甲戌状元孙继皋是正德甲戌状元唐皋后身。本朝丁亥探花金坛蒋超是峨眉山伏虎寺僧。大学士余诠庐国柱前生为吴中积善庵僧，闻其图记有积善桥边过客。

《坚瓠集》的作者褚人获是明末清初人，他最著名的作品是《隋唐演义》。此人读书极多，这一则笔记是他简单汇集的名人转世的不完全统计。我们可以看到，其实古代的大 V 大多是前朝大 V 转世而来。实际上，转世是古代鬼世界运转的重要动力因，算是普遍的规则，如果不是很奇特，普通人的转世不会被文人记录下来。

当然，转世虽然是普遍规则，但确有不少无法转世的情况，比如《广异记》中的一则故事：

唐玄宗天宝年间，四川犍为驻军的一个下级参谋费子玉被阴差拘押至冥府，说他命数已到。费子玉平日里信佛，经常诵读《金刚经》，危急时刻，不由在心里默默诵读，还一边祈祷：最好能遇到菩萨搭救。阎王命他过堂时，果然有菩萨从云中下降，原来是冥府的精神领袖地藏菩萨。地藏菩萨对阎王说，此人一生诵读《金刚经》，福泽不小，应该加几年阳寿，王爷不如放他还阳吧。阎王无奈，对费子玉说，既然有地藏罩着你，就放你复生吧。费子玉出了阎王殿，见冥府城内外有成千上万的人在候着，就问菩萨怎么回事。菩萨说："此辈各罪福不明，已数百年为鬼，不得记生。"就是说他们罪行和福报都算不清楚，所以在这里待了几百年了，还没法转世。菩萨还告诫他，还阳后不能再吃肉，才能长寿。费子玉还阳之后，坚持三年吃素，后来忍不住开荤，就被拘到冥府。菩萨怒了，让你不要吃肉，怎么不听？菩萨骂归骂，费子玉究竟是信佛的自己人，所以还是放他还阳。当然，此后费子玉再也不敢吃荤了，他后来活了很久。

这个故事指出了转世的基本规则，也就是说，转世是正常操作，但有些人因为罪福未定，所以暂时在冥府候着，并没有彻底剥夺他们转世的权利。清代一个吕姓无赖，死后托梦给妻子："我业重，当永堕泥犁，缘生前事母尚尽孝，冥官检籍得受蛇身，今往生矣。"（《阅微草堂笔记》卷一）即使是重罪，也有转世的可能。古人眼中一些十恶不赦的奸佞如蚩尤、秦桧、曹操等，也不过是受罪久一些，并未彻底剥夺他们转世的政治权利。笔记中多有记载秦桧转世为猪、狗等在阳间受屠戮之苦。不管怎样受苦，至少他们还是在轮回之中。"诸书所载白起、李林甫、曹翰、秦桧等历劫为猪牛受报，宜矣。"

古代有八议制度："一议亲，二议故，三议贤，四议能，五议功，六议贵，七议勤，八议宾。"在转世的领域，既有因为罪错延迟转世，也有迅速转世或复生的。

南宋乐山有个常罗汉，经常劝人设罗汉斋会祈禳，所以乡里都叫他常罗汉。当地有个富户杨老太，喜欢吃鸡（不是鸡腿），平生所杀的鸡，不知有几千只。杨老太去世后，家人设斋醮，请道士超度。道士正在作法，常罗汉不请自来，说要为杨老太忏悔、祈福。家人很高兴。常罗汉说，你们去东边第几家的邻居家买一只鸡来。鸡买来后，常罗汉又让家人杀了做菜。杨老太的儿子大吃一惊，恳求说：我们今天正在斋醮作法，全家都不吃荤腥。您这么做，我们很为难啊。常罗汉说不行，一定得做。家人无法，将鸡杀了做菜。常罗汉就在灵堂前将鸡分成数份，分别放在供奉的道教神仙牌位前，然后一边啃鸡腿一边让道士作法。道士无法，硬着头皮走完程序。斋醮结束，常罗汉也啃完了鸡腿，扬长而去。当晚，杨老太就托梦给家人和卖鸡的邻居，说自己生前因为吃鸡太多，转世成鸡。幸好常罗汉立刻帮我化解了，我已经转世到别处了。此后，当地乡民做法事，再也不请道士，都请常罗汉作法。（《夷坚丙志》卷三"常罗汉"）

这个故事的主旨大概是佛道斗法，常罗汉法术高强，从此独霸了乐山一带的荐亡产业。他强就强在能让杀生罪孽深重的人立刻消除罪愆并迅速转世。跟对人很重要。顺便说一句，不要担心有鬼君爱吃鸡腿的问题，自有化解之道。

有意思的是，笔者读到一则笔记，也是疯狂转世的。可见，太阳底下真没啥新鲜事：

四川有两个和尚吴济神仙和广善禅师，经常互相对飙偈语。有次广善禅师说："吴济吴济，终是不济。捏住鼻子，如何出气？"吴济回应说："广善广善，到底不善。若要成佛，转生七遍。"

然后就是见证奇迹的时刻了，广善果然就在成都所属的各个县方圆不超过三百里的地方，转世了七次。更神奇的是，他每次转世所在的家庭，父亲都姓王，母亲都姓郑。生下来就说我前世是广善和尚，所以一定要出家。每到六七十岁时要圆寂时，他就召集门徒预告说：我要在某月某日托生在某村的某某家。然后门徒届时去那家围观，果然丝毫不差。广善把转世投胎这么严肃的事，活生生地弄成了宣扬佛教的行为艺术，延续几百年，营销能力超强。（《耳谈》卷十一"广善禅师"）

对于转世的普世规则，古人也有反思，纪晓岚曾记载说："问六道轮回，事有主者，何以竟得自由。曰：求生者如求官，惟人所命。不求生者如逃名，惟己所为。苟不求生，神不强也。"以有鬼君的理解，转世从必然王国飞跃至自由王国，至少目前还只是个奋斗目标。

意志战胜因果报应

　　人类究竟能否预测、把握自己的命运，对于个人或人类整体来说，都算是个难题吧。马克思主义认为共产主义是人类最后的归宿，而弗朗西斯·福山在其著作《历史的终结及最后之人》中，提出自由民主将成为历史的最后阶段，都认为历史是有目标且可以预测的。

　　政治哲学的宏大叙事，其背后总以对人性的整体判断为基础。不过对于作为个体的个人来说，这些整体判断有时会失效，因为自我选择的空间还是存在的。

　　南宋时期，临安城有个张公子，偶然经过一座破庙，看见里面的佛像残败不堪，手脚都没了。张公子笃信佛教，就将佛像带回家中虔诚供奉。如此过了一年，佛像渐渐有些灵应了，家里有什么吉凶，佛像都会事先托梦告知。建炎年间，金兵进犯临安，张公子无处逃难，只好躲在枯井中。恍惚间梦见佛像来告别，说："你这次是大难临头了，命数所在，我也救不了你了。你的前世在黄巢之乱中杀了一个人，此人如今转世，叫丁小大，明天就会来杀你。因果报应，谁也躲不掉的。"张公子听了，万念俱灰。但也无法可想，只能寄希望于运气。第二天，果然有士兵手持长矛来到井边，"叱张令出"，准备杀了他。张公子大呼："你就是丁小大吗？"那人大吃一惊，张公子就把佛像所说的话陈述一遍。丁小大听完，怅然若失，说："你的前世杀了我的前世，我现在杀你，将来你的后世也会杀我报仇。因果报应如此循环下去，何时能停止？我今天偏不杀你，果报效应就从我这里断了吧。"丁小大不仅没有杀张公子，还护送他离开了战场。(《夷坚甲志》卷八"佛救宿冤")

有个听过这故事的朋友觉得丁小大非常了不起，因为他对抗的不只是自己心中的恶念，而是整个因果报应的链条，是人世间的基本规律。我们现在似乎并不觉得有什么稀奇的，可是在那个几乎人人都相信轮回转世、因果报应的年代，仅仅凭借自己的意志，就能抗拒命运确定不移的安排，并不是一件容易的事。

《论语·阳货》中，孔子与弟子宰我有一段关于三年之丧的讨论。宰我问："父母去世，子女守孝三年，期限太久了。君子三年不讲习礼仪，礼仪必然荒废败坏；三年不演奏音乐，音乐必然生疏忘记。旧谷子已吃完，新谷子已成熟，取火用的木料也都轮了一遍，守孝一周年就可以了。"孔子说："父母去世还不满三年，你便吃大米饭，穿锦绸缎，你心安吗？"宰我说："我心安。"孔子说："你心安，就这样做吧！"和现在一些在网上咄咄逼人的学者比起来，孔子实在是个很温和、很尊重自由意志的人。

面对命运的安排，个人虽然有选择的空间，可是当个人的意志挑战整个因果报应的链条时，大都不会成功。不过，意志力总是会屡败屡战。从下面这个故事可以看到，意志与命数的博弈有多激烈。

太平天国战乱的时候，徽州商人某甲与两位同乡，为躲避战乱，逃到浙东。一路上战火不断，晚上没地方睡觉，只好躺在死人堆里。半夜时分，忽然灯火通明，一位冥官在侍卫的簇拥下，到此核查死人名目。侍卫拿着冥簿唱名，尸体就一一应声而起答到。轮到这三人时，冥官发现不对，让侍卫核查这三人是否应当日的劫数。侍卫翻检之后回答：某甲三日后将在龙游被赖麻子所杀。冥官点头，带着侍卫离去。

天色渐亮，三人惊诧不已，但也来不及多想，继续逃难。三天后，果然到了龙游，而且巧合的是，太平军也正好杀到龙游。两人劝某甲快走，或许可以逃过这一劫。某甲说：这是命之所在，我"将延颈待贼，了此劫数"。两人苦劝不得，只能先跑了。某甲索性不走了，就在一座古庙中休息。到了中午，太平军大队人马到来，某甲见居中一位骑着高头大马的，知道是首领。那首领见竟然有人敢不逃，命人将其带来讯问。某甲见那首领"满面痘瘢"，心中一动，说：你就是赖麻子吗？我命丧你手，也是死得其所。那首领大吃一惊：你怎么知道我姓赖。某甲就将三日前所见讲述一遍。赖麻子听了哈哈大笑：我们信的是高大上的拜上帝教，偏不信你们邪教的劫数。我不仅不杀你，还要让你活得好好的。说罢，命人给了某甲五两银子，放他走了。某甲感激涕零，可惜路上又遇到太平军，被抢劫一空，正在为难之际，又遇到冤家赖麻子。赖麻子又给了他十两银子，某甲继续逃命。当然，再次被太平军抢光了。第三次遇到赖麻子，某甲实在不想再逃了，一心求死，说：虽然蒙您老人家一再开恩，但是命数已定。不如您一刀砍了我吧。赖麻子也是倔人，说：老子这回还跟你的劫数耗上了。给了他五十两银子，还开了张路条，再遇到太平军，只要出示路条，就安全无忧。某甲还是不放心，说：虽然您如此厚意，不过冥簿上有我的名字，未必能逃掉。不如您用刀在我脖子上轻轻划一下，意思意思。赖麻子也答应了，用佩刀在某甲脖子上象征性地划了一下，就像手指抓的一样。

　　某甲这次再逃，果然一路平安，顺利回到家乡，并向家人诉说赖麻子不信邪的传奇。可是过了没几天，脖子上的痕迹越来越痒，越来越痛，医生也束手无策。赖麻子送的五十两银子全部用完，某甲的脖子上的伤痕爆裂，头颅落地，就像新用刀砍的一样。(《里乘》卷十《徽州某甲》)

　　在这个故事里，在赖麻子的执拗之下，某甲的命运一再出现转机，但是命数所在，意志还是败下阵来。

　　有鬼君觉得，这个故事更像是用宗教争锋的形式在布道，信仰拜上帝教的赖麻子在超现实领域还是输给了某甲，某甲命虽不在，但他信奉的传统信仰，最终击败了四不像的拜上帝教。

役鬼

在梦枕貘的小说《阴阳师》中，几乎无所不能的安倍晴明，最让朋友源博雅感到神奇的，是他总是能指挥各种"式神"为自己服务。这些式神组成复杂，有被注入短暂生命的树叶，有各种魔怪，也有死者的魂灵。不过，指使一些低级式神端茶倒水、送信跑腿，安倍晴明多半是为了炫技，在真正的危急时刻，还得靠自己的技术。到了当代，式神的用途也有了新扩展，比如，在日本作家万城目学的小说《鸭川小鬼》中，京都大学新生安倍明加入了京大青龙会，这个社团成员，每人居然需要操纵一百个名为"小鬼"的式神，和京都其他三所大学社团进行比赛。这比之牛津、剑桥的赛艇比赛，恐怕要有意思得多。

《阴阳师》中的不少故事取自中国古代的志怪小说，虽然没有明显的证据显示式神也是从中国借来的。不过，这类在古代中国称为"役鬼"的法术，确实很常见。

唐代薛用弱的《集异记》记载：丹阳的术士张承先就很擅长役鬼。他指使的鬼经常为主人跑腿。有一次张请客吃饭，需要二十条鲤鱼、两斗莼菜，让这小鬼去办。小鬼领着一个孩子走到十字路口，让小孩子在路口睡一觉，醒来时，孩子身边的篮子里已经装着需要的物品。与低级式神只是被动地执行主人的命令不同，张承先家的鬼还很有主见。有一次，他自作主张偷了一个箭筒给主人，再三叮嘱，这箭筒是从陶家偷来的，千万不要声张。张承先没当一回事，竟然把箭筒借给别人了。这小鬼勃然大怒，放话说要烧了主人家的屋子，张承先只好赶快命人取回来。

役鬼很可能源自招魂法术，《拾遗记》记载，汉武帝思念去世的李夫人，术士董仲君花费十年工夫，找到珍贵的潜英之石，雕刻成李夫人的形象，其魂魄会依附于石像。不过，汉武帝"可远见而不可同于帷席"，也就是只能意淫而已。这类招魂法术经过改装升级，成为术士的基本功，即通过咒语、法术、宝物等手段役使鬼神。在葛洪的《神仙传》中，擅长役使鬼神的神仙、术士比比皆是。曾戏弄曹操的著名方士左慈，在宴会上钓松江鲈鱼、买四川生姜，恐怕都是指挥鬼神所为。对于这类技能，道教文献有一套玄妙的理论解释，《关尹子·一宇》说："知道非方之所能碍者，能以一里为百里，能以百里为一里；知道无气能运有气者，可以召风雨；知道无形能变有形者，可以易鸟兽。……知此道者，可以制鬼神。"简单地说，就是掌握了宇宙、人生的运转规律后，就可以无所不能，指挥个把小鬼当然不在话下。

《关尹子》所说的"道"，原本是形而上的追求精神自由，体现在形而下的层面，就是呼风唤雨、役使鬼神这样的方术。方术的泛滥，往往会催生《如来神掌》之类的秘籍在坊间传抄。比如《幽明录》记载，某太守阳圣卿年幼时无意中得到《素书》一卷，里面记载了各种谴劾百鬼的方法。他一试之下，灵验无比。他曾经逮到一个肃霜之神作为自己的奴仆，遇到和自己不合的人，就派它半夜里到对方床头，把人家吓得半死。

　　随着道教仪轨的逐渐完善乃至清整道教运动，对于役使鬼神这类民间法术有了严格的限制。这种限制首先体现在伦理规范上，即各种法术只能用来行善积德，不能为非作歹。而且，很多记载都在暗示，那些被奴役驱使的鬼，也是会揭竿而起的。比如《后汉书·方术列传》所记载的费长房，修仙不成，功亏一篑，但是掌握了法术，"能医疗众病，鞭笞百鬼，及驱使社公"。虽然做了很多善事，可是"后失其符，为众鬼所杀"。另一个反面典型是唐高宗时期的明崇俨，曾任正谏大夫，皇帝特许他入阁供奉。他从小就学了一套役使鬼神的法术，经常在皇帝面前炫技。比如盛夏里给皇帝弄来一捧雪，五月天帮皇帝买来西瓜……这么一位弄臣，却在半夜死于非命。据说他是因为卷入宫廷斗争而被刺杀的，但大家都说，"崇俨役鬼劳苦，为鬼所杀"。张鷟在《朝野佥载》中评价此事说："孔子曰：'攻乎异端，斯害也已。'信哉！"尽管明崇俨没有做什么伤天害理的事，但朝廷的舆论已将他的技能归于妖术。

　　按照人间一般的道德规范，费长房和明崇俨最多也就是喜欢卖弄，罪不至死。但我们要意识到，阴间的伦理规范及法律规范比阳间要严格、苛刻得多。换句话说，这两位并不是死于阳律，而是死于阴律。《夷坚丙志》卷十四"郑道士"条记载的故事可以很清楚地看出阴律的严苛：

　　南宋一位郑道士修习了五雷法，在江西一带为人求雨驱魅，"召呼雷霆，若响若答"。某年他游历到临川，很多粉丝闻风而来，想请他召唤雷神现身，开开眼界。郑道士被粉丝大灌迷魂汤，脑袋发热，"乃如常时诵咒书符，仗剑叱咤"。果然有一神人手持雷斧出现，请郑道士下令。郑道士说："因为我的粉丝想瞻仰雷神，所以我冒昧请你跑一趟，并没有什么行云布雨的任务。"雷神大怒："我每次下界公干，必须有正当理由，回去还要写工作报告的。你以为是小孩子过家家吗？雷斧不容虚行。"当场就将郑道士劈死。

纪晓岚曾说，那些擅长法术的道士，"操持符印，役使鬼神，以驱除妖厉，此其权与官吏侔矣"。他们就像掌握了权力的官员一样，如果为非作歹、贪赃枉法，"天道神明，岂逃鉴察"。但是，古人很清楚，所谓"天网恢恢，疏而不漏"，只是美好的愿望。对道士滥用法术的制约，人们除了寄托于天罚之外，还想出了非常有效的方法。《阅微草堂笔记》卷一记载，纪晓岚曾向张真人请教驱役鬼神的原理，真人竟然说："我也不知道是怎么回事，反正就是按照祖传的套路施展。"大致说来，鬼神都受制于类似玉玺和官府印章的道教法印，但是符箓却掌握在具体施法的法官手中，符箓和法印结合，才能役使鬼神。"真人如官长，法官如胥吏；真人非法官不能为符箓，法官非真人之印，其符箓亦不灵。"也就是说，真人与法官，就像长官与胥吏一样，在役鬼祛魅时，是互相牵制的。至于法术偶尔无效，则是因为符箓像公文一样在按照程序运转，上级有时批准，有时不批准。纪晓岚认为"此言颇近理"。面对时灵时不灵的役鬼法术，古人并不会轻易质疑，因为在他们看来，这很可能是那个世界在公平与效率之间寻求平衡造成的。

很多宗教在初创时期，往往通过展示神通、奇迹来吸引信徒，但宗教的最终目的并非展示神通，而是寻求某种解脱、救赎。作为对比，也许可以这么说，时至明清，役鬼已不再是术士炫技、骗粉乃至小偷小摸的游戏，更像是他们修行的一种手段，并且受到阳间、阴间两种不同规范的制约。

阴间的穿越

作为读过《三体》的文科生，有鬼君在看《星际穿越》时没有太多的感觉，因为大多数核心概念在《三体》中都有。与这些年流行的穿越小说相比，至少《星际穿越》指出时间不能倒流，最多只能因为弯曲而变慢。"虫洞"也不算很新奇，人类经由某种特殊途径来到其他空间，古代的志怪中就有记载。至于年轻的父亲与垂老的女儿相遇，更是常见。

空间穿越

古人眼中的世界不仅互相关联，而且不同空间之间都是可以来往的。虽然有一些人造或天然的障碍阻止不同空间的成员随意交流，但那只是针对凡人的。对于神仙以及修炼成功的人来说，那些障碍完全不存在。即便是凡人，如果运气好，也会不由自主地走到另一个空间去。著名的刘、阮入天台的故事就是如此，刘晨、阮肇进山采药，遇到仙女，住了半年后再回家，"子孙已历七世"。仙界中的半年，相当于凡间的上百年。我们大可以将天台山中的那个仙境，视作另一个三维空间，其中的时空尺度与人间不一样。事实上，在修仙故事中，特别强调的就是凡人在深山老林里修炼之后，面对凡间沧海桑田时的震撼。大部分人在经历了这样的震撼后，往往看破红尘。

阴阳之间的穿越当然更常见了，否则人鬼的交流就没有可能了。至于穿越的速度，虽然古人不会明确记载，但我们可以推算。

《还冤记》记载，东晋永嘉年间，九真（在现在越南北部）太守诸葛覆在任上去世，他的儿子诸葛元崇扶灵回家乡扬州。刚刚动身，与其一同护送灵柩的诸葛覆的门生何法僧见财起意，找人将诸葛元崇推入水中淹死，将财物据为己有。元崇被杀的当晚，就托梦给在扬州的母亲陈氏，诉说自己悲惨的遭遇。陈氏醒后，上疏官府，官府命交州（今广州一带）刺史查验，正好交州长史徐道立就是陈氏的侄子，派人检查送丧的船，果然如元崇冤魂所说。凶手被抓获伏法。

在这个故事里，元崇的冤魂可以在一夜之间从越南赶到扬州，即使我们现代人也要坐飞机才可能办到。在那个时代，除了类似虫洞的通道，我们想不出更好的解释。当然，有人会说，这不过是心灵感应而已。不过，故事中还有几个细节可以回答这个疑问。元崇在向母亲托梦时，说自己连夜赶路，非常困倦，就靠在床上睡了一会儿。母亲醒来后，正是看到了儿子沾湿的床单呈人形（元崇溺水而死，浑身湿淋淋的很正常）才相信托梦是真。也就是说，元崇是在阴间的空间里连夜赶路，然后穿越到阳间的。感谢作者颜之推。

有鬼君读志怪的体会是，永远不敢低估古人的智慧和想象力，穿越到另一个星系，对他们来说也不是难事。

　　张华《博物志》卷十记载：当时有个住在海边的人，见到每年八月都有木筏从海上飘来，年年不变，似乎在来回运什么。他脑洞大开，想着也许乘着这木筏可以环游大海。就提前做好准备，等到木筏再来时，就在木筏上安装船舱、设备，将粮食搬上去，随着木筏漂流。十几天过去了，最初还能看到日月星辰，后来就晨昏不分了。又漂了十多天，木筏漂到岸边。此人尚未上岸，远远望见有一座城池，似乎与人间无异。这时有人牵着头牛到水边饮牛。牵牛人见到此人大惊：你怎么会来这里？这人说明来意，还向牵牛人打听这是何处。牵牛人说，这不是你该来的地方，你回去到四川找一个叫严君平的人，一问便知。此人大约也觉得不宜久留，没上岸就坐着木筏又漂了回去。后来找到严君平，严说："某年月日有客星犯牵牛宿。"就是说夜观天象，在某天曾有客星接近牵牛星。正是这人见到牵牛人那一天。客星就是指类似流星一样的天象，因为出没没有规律，像客人一样，故名客星。

　　牵牛星距离地球有十六光年，这哥们儿竟然靠木筏就划过去了。星际旅行如此便捷，说不定就是通过虫洞穿过去的。按照《星际穿越》的说法，既然未来的人类像暖男一样贴心，摆个虫洞拯救现在的人类，为什么不会在两三千年前就考虑拯救古人呢？而且他们多半会很贴心地选用适合那时技术水平的通道。当然，理科生对此可以呵呵。

时间换算

　　在《星际穿越》中，某个星球因为接近黑洞，所以时间特别慢，一小时等于地球的七年。库珀在经历了虫洞、黑洞等一系列星际旅行后，已过了近一百年。这是根据爱因斯坦的相对论推演出来的。对于不懂物理学的古人来说，他们天才的想象力也能达到类似的结果。

最为人熟知的就是《西游记》中反复植入的天上一日、人间一年的概念，所以孙猴子搬救兵都是快进快出，不敢耽搁。关于他打得过天上的天兵天将，却打不过地上的妖怪，这几年被翻出来反复讨论，大多是从官场哲学的角度分析的。换一个视角其实也好理解，大闹天宫时他在天界，取经时则在凡间，两个不同的空间，时空维度和重力全不一样，当然战斗力会有差别。

不过，阴间和阳间时间换算的比例却很难得出统一的结论，因为不同的记载中，换算的尺度并不一样。

大唐贞观年间，咸阳有一梁姓妇人，死后七天复活。据她自述，当时是有冥吏说她命数已到，带她到阴间报到。结果阴间的官员一查冥簿，发现抓错了，应该是同名的另一人。于是命人将其放回，不过在放回之前，查知她因说话刻薄，被判"两舌恶骂之罪"，冥官说，既然来了，索性就行刑之后再放回。梁氏因此每天舌头被割四次，一连受了七天的罪才还阳。复生之后，她的舌头溃烂，只能永远禁断酒肉。（《太平广记》卷三百八十六"梁氏"）

在这个故事里，阴间的七天等于阳间的七天，所以时间换算的比例是一比一。

宋代乐平县村民陈五，死后三日复活，他说自己在阴间神游西湖。当时魂魄离家，正无所归依，忽有自称将军者出现，还有几个马仔，将军先带他大吃一顿，然后说：我听说西湖是人间天堂，可恨平生不曾去过。你做个地陪，带我西湖一游，玩得开心，我再放你还阳。陈五因为生前受雇做挑夫，常常出远门，就带着将军一行人一路向东，往杭州进发。一路上遇到有人祭祀，将军就带着陈五去大吃大喝。吃完继续赶路，五天后到了杭州，"天竺灵隐，市肆园林，逐一行遍，只不敢入道观"。在杭州游玩结束后，将军又让他带着出海，从海路到福建，再从福建往西北方向经抚州回去。在途经查姓一家混吃混喝时，忽有"道士戴星冠，仗剑，捧水诵咒，念到火发烧屋"，将军和他的马仔狼狈逃窜，匆忙间，陈五被他们踩踏在地，这才苏醒。后来一打听，姓查的那户人家染上瘟疫，请道士"行五雷雨法祛之而愈"。原来自称将军者，是一群疫鬼，四处游历是为了传播瘟疫。（《夷坚支志》癸卷五"神游西湖"）

这个故事中涉及的阴阳时间可以简单分析一下，阳间为三天，这是明确的。阴间的游历，从乐平至杭州，用了五天，杭州走海路到福建，恐怕需要十天。从福建回江西，按照走陆路的速度，可能也需要十天。这样看来阳间的三天，阴间可能是二十五天左右，时间换算的比例大致是一比八。

不过，并非每一处阴间的时间都比阳间慢。有时阳间七八天才相当于阴间一天。比如《夷坚三志》辛卷九"郭二还魂"条中，郭二死后七天复活，可是按照他自己的叙述，在阴间最多只待了一天，所以，这里的时间换算比例可能是七比一。类似的记载还有不少，总之，我们很难推算出让处女座满意的、一致的换算比例。

为什么阴阳之间时间换算的比例有如此大的差异？可以有两个解释：一是记录者不仔细，有差错；另一种可能，则是阴间的时间忽快忽慢，既然在《星际穿越》中，五维空间里的时间可以实体化，阴间的时间实体化、卷曲、折叠都是可能的，如果用阳间的时间来换算，自然就会呈现出忽快忽慢、不一致的现象。文科生和理科生的差别是，在没法判定哪一种假设可能性更大时，文科生多半会选择有趣的那个。

穿越时空的爱

在《星际穿越》中，除了迪伦·托马斯的那几句诗，更加煽情的是库珀与墨菲的父女之情，尤其是在剧终父女重逢时。很多表现时光倒流的科幻片也有类似的场景，但是震撼力似乎都不如此片。在志怪小说中，这种由于时间尺度的差异导致的穿越时空的感情，也同样存在。

《阅微草堂笔记》卷十中就有这样的故事：有个乡下人走夜路，看见墓地里有两个人"倚肩笑语，意若甚相悦"，显然是一对恋人。可奇怪的是，男子是只有十六七岁的小鲜肉，而女子却是鹤发鸡皮七八十岁的老妪。乡下人逐渐走近，他俩就像青烟一样缓缓消散了。第二天一打听才知道，这是一对合葬的夫妻，当年新媳妇才过门丈夫就死了，她守寡五十年，最近才去世。

在这个故事中，早夭的丈夫在阴间的时间是极其缓慢甚至是停止的，就是为了等待守寡的妻了，然后一起投胎转世。所以才会有老妻少夫这样的奇观。当然，也有记载说，阴律中有一条，丈夫先去世之后，不能即刻转世，必须等守节的妻子也来到阴间，一起转世。这规则似乎有点不合理，但规则是规则，人情是人情，我们不必非要放在对立的角度看。纪晓岚也感慨地说："圣人通幽明之礼，故能以人情知鬼神之情也。不近人情，又乌知礼意哉！"批评者大可扯一通封建礼教杀人的套话，可是，即使在今天，如果在相信转世、来生的情侣眼中，这样的等待不值得吗？

　　上文所述的故事，其实是人的感情延续到阴间，在志怪小说中，比较多的桥段表现为前世的感情延续到今世，也颇令人感慨。

　　唐代柳子升与妻子郑氏夫妻情深，郑氏后来无疾而终，临终前对丈夫说："我不愿离开你，十八年后再做你的妻子。"十八年后，柳子升已年近七十，又娶了崔氏。崔氏果然是郑氏的后身，很多前世的事情都记得清清楚楚。（《独异志》卷上）

　　类似这种两世夫妻的故事，在志怪小说中很多，不必多列举了。除了夫妻，父子之间也会有类似的情感延续。

　　中唐的诗人顾况，中年丧子，悲伤不已，作诗怀念孩子，一边吟诵一边痛哭。这孩子虽然去世，但是魂魄总是不肯离开家，听到父亲诗中的伤感，也不由得悲痛，发誓要再做顾家子。果然，他被冥官判令再托生于顾家。刚出生时，心中虽然明白，却没法说话，很快孟婆汤就发挥效力了，对于前世之事完全忘记了。直到七岁的某天，哥哥欺负他，打了他一个耳光，仿佛唤醒了他沉睡的记忆。前世的事蓦地涌上心头，回击哥哥说："我是你哥哥，你怎么敢打我？"将前生的事娓娓道来，丝毫不误。顾况的这个儿子叫顾非熊，后来也考中进士，但只做了个小官，并且对官场毫无兴趣，最后索性到茅山隐居，不知所终。（《酉阳杂俎》卷十三"冥迹"）

　　意念或曰感情在转世中的作用，往往会给现实世界带来伦理上的困境，好在大多能得到合理的解决。明代有一神童戴大宾，是福建莆田人。十三岁就在乡试中考得第三名举人，二十岁就在正德三年（1508年）的科考中高中探花。可惜天妒英才，他三十岁就因病去世。仆人扶灵回乡，父母见到棺椁，悲痛不已，一定要再看看孩子。可奇怪的是，打开棺材，却发现里面是一具白发老翁的尸体。父母怒斥仆人办事不力，可是一路上棺材都捆得好好的，不可能掉包，仆人也莫名其妙。当晚，戴大宾托梦给父亲说："您不要责怪下人。这老翁确实不是我，但之前的我也不是我自己。这老翁是我的前身，虽多年苦学，但科场屡屡失利，只能白首郁郁而终。上天怜悯他，让他投胎转世到我们家。我之所以科举连战连捷，就是为了满足前世的夙愿。之所以尸体又变成前世的模样，是表示不忘本心之意。"父母这才明白，将白头老翁作为自己的儿子安葬了。（《耳谈》卷三"戴探花"）

与《星际穿越》不同的是，这几个故事都是由轮回转世引发的，不过，如果我们把转世的过程理解为时间的扭曲，甚至扭曲到前后相接成为一个圆环，那么时间的前后相继、循环往复就豁然开朗了。

幽明一理

在金庸小说《鹿鼎记》中，康熙为酬韦小宝东奔西走之劳，给了他一个轻松的差使，去扬州修忠烈祠，可是康熙拒绝给岳飞封号。"修关帝庙，那是很好，关羽忠心报主，大有义气，我来赐他一个封号。那岳飞打的是金兵。咱们大清，本来叫作后金，金就是清，金兵就是清兵。这岳王庙，就不用理会了。"韦小宝心中想："原来你们鞑子是金兀术、哈迷蚩的后代。你们祖宗可差劲得很。"

康熙希望以官方名义宣扬关羽的忠心，淡化处理岳飞，以免给自己的统治添麻烦。这种在立庙资格上做文章的心思，并非到康熙才有，实际上，历朝对于能否进祀典吃官方冷猪肉，都会进行资格审查，甚至会列出"负面清单"。比如在《国语·鲁语上》中，展禽（柳下惠）曾概述春秋时期祀典的原则："夫圣王之制祀也，法施于民则祀之，以死勤事则祀之，以劳定国则祀之，能御大灾则祀之，能捍大患则祀之。非是族也，不在祀典。"简单地说，就是为国家民族立下大功劳的人，死后才有可能得到官方的祭拜。

对那些未能列入祀典的民间祠祀，朝廷统称为"淫祀"，虽然明知无法禁绝，但是官面上还是要狠狠打击的。所以，"禁淫祀"的诏书从西汉开始，就一直史不绝书。只不过，这种打击往往流于表面，有时甚至会收到很荒谬的结果。史载唐代狄仁杰持节江南，毁淫祠千七百所，一直为人称道。可是他担任魏州刺史时，因有善政，"吏民为之立生祠。及入朝，魏之士女，每至月首，皆诣祠奠醊"（《太平广记》卷三一三引《玉堂闲话》）。而且有意思的是，每当魏州百姓献果酒祭拜他之时，在遥远的长安朝堂上，狄仁杰还会有感应，面带醉酒之色，颇为尴尬。

这种官方与民间在祭祀问题上的反差，从宗教社会学的角度研究分析，当然有其意义，可是对于阴间来说，却殊无必要，因为以阴间的视角看，无分官民，这些全是阳间对自己这个世界成员的供奉，照单全收。换句话说，阳间对于阴间的祭拜，无论是否有章可循，多多少少都会起到作用。更进一步说，阳间的政策规范，即便不直接涉及祭祀，在阴间也能通行。这就像中国一些名牌大学的学分，美国的大学也会承认。

正是因为意识到阳间的法令在阴间也能通用，鬼有时就会请生人帮忙，比如《庸庵笔记》"旅鬼索路凭归费"条说的故事：

山西学台有一幕僚被鬼附体患病，经常胡言乱语。同事待他清醒后详细询问，得知附体的鬼是前任学台的幕僚，四十多岁在任上去世。因为他死于病人所住的房间，所以经常附体过来找人闲聊，于是……众人趁他下次附体时，劝他早日回乡，不要在这里祟人。此鬼说："我也久客思归，可是阴间也有关卡，没有路凭（路条）过不了关。诸位都是公务员，如能为我办理一份官方通行证，感激不尽。"众幕僚说这好办，于是取来空白通行证，填上鬼的姓名，盖好公章，将其烧化。过了一会儿，鬼又附体病人说："多谢诸位同僚的厚爱，路凭已经收到。不过我囊中羞涩，能不能再惠赐些盘缠。"众人大喜，又买了纸钱烧化。此时"旋风忽起于地上，纸灰乱飞如蝴蝶，渐转渐高，结成圆球，吹入云霄，倏忽不见"。那鬼显然已将钱收走。病人也霍然而愈。

在这个故事中，阳间烧的纸钱能供阴间的鬼开销，早已为人熟知。有意思的是，阳间的通行证在阴间也完全通用，说明阴阳其实是在共享一些法律规范（《阅微草堂笔记》卷一也有关于阴阳路条通用的记载）。当然，这种共享不完全对等，阳间对阴律的认可度更高，比如生人或建筑遭遇雷击，往往被视为阴谴。人的生死寿夭以及贫富穷通，也被认为是阴德之损益、触发了阴间的法律及道德规范在起作用。由于阴间进入阳间更容易，有些阴律因此能越界判罚，让人瞠目结舌。

《客窗闲话》卷五的一则故事说：河北的某武举人脾气暴躁，素来不信鬼神。因为中年丧子，迁怒于鬼神。在村民祭赛之时，公然在戏台上辱骂城隍爷。当时就遭到报应，被阴律判决杖责，仿佛被人驾着奔到城隍像前，"俯伏如有扑之者，两臀现紫黑色，哀叫不敢"。杖责之后，他回家告知妻子，挨一百大板之外，还要充军发配到滇南烟瘴之地，并且一路有鬼使押解。此人当天就取了行李，直奔滇南，在蛮荒之地做长工，多年不敢回乡。作者感慨说："世之获咎于神明，闻有在疾革时被谴责者，以肉身昭昭遭戍，直闻所未闻。"我们一直知道有跨省追捕，也知道有跨阴阳追捕，但是因触犯阴律，而让生人在阳间服刑的，确实少见。

当然，阴间对生人做出惩罚或奖赏，行为背后的理据是对阳间一系列规范的认同甚至提升。当这种认同在阳间以特殊形式表现时，会显得比较神奇。孔子说君子有三畏：畏天命、畏大人、畏圣人之言。阴间对此也同样敬畏，很多志怪故事都提到阴差对士大夫阶层的尊重和礼敬，因为阴差大多知道这些人今后的命运，所以在这些士大夫飞黄腾达之前，就提前敬畏起来。

《都公谈纂》卷下记载：明代宗时，四川幼童李实经过村里的土地庙，庙里的塑像见到他就主动起立，不敢坐着。他觉得可能是有精怪捣鬼，想要砸毁塑像，被母亲劝阻。当晚土地爷就托梦给村民："小神敬重李大人，每次他经过时就起立致敬，可是他不清楚，请诸位乡邻帮小神解释一下。"李实知道后，顽童心起，跑到土地庙，故意在塑像背后写上"此人无礼，合送酆都"。当晚，土地又托梦给村民，已经吓哭了："小神不知如何又得罪了李大人，竟要把我们发配到酆都去，请诸位代小神向李大人的母亲求救。"村民告知李母，李母大怒，将李实呵斥一顿，命他将塑像背后的字迹洗去。而李实后来果然仕途顺畅，官拜右都御史，在"土木之变"后，还奉命出使瓦剌，拜见了被俘虏的明英宗，对瓦剌送回英宗起到重要作用。

在这个故事里，李实虽未发迹，但其将来的官位显然远胜小小的土地爷，土地对他的敬畏，一方面是对他将来官位的尊重，另一方面也说明阴间对于阳间职位、权力的认可。可以更进一步说，阴间对阳间的职位、权力的认可，其实是对阳间文化价值观的认可。虽说阴阳异路、人鬼殊途，但是在古人的信仰中，阴阳两界并非截然不同的两段。在他们眼中，正是因为两个世界互相依存、互相承认对方存在的必要和价值，现实世界和超现实世界才能真正和谐。

对于阴律的作用，纪晓岚曾有一段话，说得很有意味："幽明异路，人所能治者，鬼神不必更治之，示不渎也；幽明一理，人所不及治者，鬼神或亦代治之，示不测也。"（《阅微草堂笔记》卷二）幽明异路但幽明一理，也许古人正是想到阴阳界共同认可一个理，才不至于过分焦虑。

有趣的灵魂

　　《倚天屠龙记》中，五散人之一的周颠仿佛是个可有可无的角色。在明教中，五散人地位尊崇，却没有实权。周颠的武功，看起来也一般，只为张无忌贡献了一把宝刀，结果才斗了数合就被灭绝师太削断。整部书中，他除了与杨逍斗嘴，对明教的贡献值貌似很少。但有鬼君因为三十八回的一段，却觉得周颠这人很不错。彼时，周芷若在少林寺前击败张无忌：

　　　　周芷若站在场中，山风吹动衫裙，似乎连她娇柔的身子也吹得摇摇晃晃，但周围来自三山五岳、四面八方的数千英雄好汉，竟无一人敢再上前挑战。

　　　　周芷若又待片刻，仍是无人上前。那达摩堂的老僧走了出来，合十说道："峨嵋派掌门人宋夫人技冠群雄，武功为天下第一。有哪一位英雄不服？"周颠叫道："我周颠不服。"那老僧道："那么请周英雄下场比试。"周颠道："我打她不过，又比个什么？"那老僧道："周英雄既然自知不敌，那便是服了？"周颠道："我自知不敌，却仍是不服，不可以吗？"那老僧不再跟他纠缠不清，又问："除了这位周英雄外，还有哪一位不服？"连问三声，周颠嘘了三次，却无人出声不服。

　　整部书中周颠都在插科打诨，可是并不贪生怕死，对周芷若"自知不敌，仍是不服"。同样姓周，差距还是蛮大的。周颠虽然言行如小丑一般，但胜在灵魂有趣。有鬼君感兴趣的是，灵魂究竟长什么样？

　　在大多数记载中，灵魂都是迷你小人的形象。比如《子不语》卷二"刘刺史奇梦"中，刘介石受观音指派赴冥府办事，办完回到观音庙述职。正在陈述时，忽见自己身旁有一小童，也在絮絮叨叨，与自己说的一样。再仔细一看，这小童耳目口鼻与自己也一模一样，"但缩小如婴儿"。刘介石惊呼是妖怪，观音说，这是你的魂。你魂恶而魄善，所以做事坚定却不能持久，我给你换个善的。刘介石很高兴，可是小童却满脸不高兴，明明占据了一副好皮囊，却要被赶走。观音用金簪从刘介石的左肋插入，挑出一根肠子，绕在手腕上，每绕一圈，小童就缩小一截，几圈绕完，小童就不见了。等刘介石醒来，左肋只有一道印痕，其他一点没影响。

　　类似的记载很多，有时灵魂还会与肉身讨论问题，当然按照常理，见到自己的灵魂，也就预示肉身的衰颓，命不长了。至于魂魄各种出窍的情况，栾保群先生在《说魂儿》的《"脱窍"种种》一文中有详细的分析说明，诸位自可参看。

　　在少数的记载中，灵魂并不是人形的，而是各种小动物的形象。《太平广记》卷第三百二十七"马道猷"提出了一个有意思的看法：

　　南齐的尚书令史马道猷在办理公务时，忽然见到满屋都坐了鬼，别人却都看不到。其中有两个鬼还钻入他耳朵里，把他的魂推出去，掉在鞋子上。马尚书指着鞋子上的魂魄对同事说，你们看到了吗？同事说什么都看不到。马尚书说，像"蛤蟆"（青蛙）一样。又跟同事说，这下我活不了了，鬼待在我耳朵里不出来，魂回不去了。果然，当晚他的双耳就肿起来，第二天就去世了。

《庚巳编》卷四的"人魂出游"则认为，魂灵出窍时化为一小蛇：

嘉定有个秀才去拜访一和尚，正好和尚在午睡，秀才就在床边等着。忽见一条小蛇从和尚的鼻子里钻出来，秀才觉得很神奇，就顺手从桌上拿了把刀插在地上。这条蛇从刀旁爬过时，似乎有点害怕的样子。绕过刀之后，它一路游走到门外的水潭中，又穿过花丛，再回到床前，从和尚鼻子中钻回去。和尚醒来后，对秀才说，自己做了个梦，梦见出门时遇到强盗持刀拦路抢劫，差点被杀。然后又梦到自己到大海里洗澡，到花园赏花，其乐融融。

看起来，强盗剪径、畅游大海云云，都是魂游时自行脑补、加戏产生的。灵魂果然比皮囊有趣得多。

在有鬼君看来，灵魂之所以有趣，其实在于其永生不灭，"精骛八极，心游万仞"，可以随意放飞。至于皮囊，雄如一代英主康熙，也不过想再活五百年。

阎王爷，快放人！

志怪作品中入冥后复生的故事很多，在阴间出于各种原因重返阳间，有时是冥府阴差搞错，有时是和尚走通地藏菩萨的路子捞出来，有时则是罪不至死，冥府进行处罚后释放……

还有一类有点特别，就是肉身在阳间正常生活，魂魄却在阴间受刑，这种情况，要让冥府放人，需要机缘巧合。

关于魂魄在阴间受刑，《玄怪录》卷三"崔环"的故事介绍说："凡人有三魂，一魂在家，二魂受杖耳。"更神奇的是，魂魄在阴间受刑，阳间的肉身也会相应受到伤害。形神之间，有奇妙的感应。

唐太宗贞观年间，有个七十岁的孤老李氏，膝下无子女，只有两个婢女帮着经营一个小酒肆。李老太去世后又活过来，说自己命数已到，被追摄至阴间受审。判官翻阅冥簿，质问她：为什么卖劣质酒，还短斤缺两？而且，你发愿抄写《法华经》，为什么拖了十年都不做？李老太说，酿酒和卖酒的是两个婢女负责的，自己一无所知。至于造经之事，很早就把钱交给隐禅师，请他抄写。判官命阴差将婢女（魂魄）抓来，问明案情，将婢女打了四十板子。隐禅师那里，经过核实，老太并未撒谎。审理完毕，判官放老太还阳七天，安排后事，再来转世好人家。老太还阳后，发现两个婢女得了癔症，刚刚清醒，"腹皆青肿，盖是四十杖迹"。老太连忙央求人去找隐禅师，禅师约请诸人抄写经书，抄完正好七天。老太完成心愿，跟着阴差转世去了。两婢女和禅师则不受影响。（《太平广记》卷一百零九）

如果不是老太短暂还阳，两婢女并未亡故，却"腹皆青肿"，就没法解释。显然是肉身在阳间，魂魄入冥受刑。这种情况和我们熟知的"阴谴"有些差别，"阴谴"更多是指在阳间的罪恶会被记入冥簿，死时一起算总账。而魂魄入冥受刑，更像是即时的惩戒，在不知情的情况下受刑，更加显得诡异。《太平广记》卷三百零四记载，一个六十岁的县官畅璀，因为自觉怀才不遇，想方设法找到了一位走阴差的部下，咨询自己的命数。部下介绍说，自己其实在阴间也是普通的执行庭法警，负责给魂魄打板子："某非幽明主者，所掌亦冥中伍伯耳。但于杖数量人之死生。凡人将有厄，皆先受数杖，二十已上皆死，二十已下，但重病耳。以此斟酌，往往误言于里中，未尝差也。"按照这位法警的说法，如果有人忽然得了疑难杂症，大夫束手，往往是在阴间受罚挨板子，超过二十板就要出人命（这个标准与上一则故事不合，不过可以理解）。

换句话说，人们并不是死后才去阴间，在漫长的生命过程中，魂魄恐怕常常要到冥府受罚，只是自己并不知道而已。

张某被阴差追摄到冥府，冥王检索冥簿，发现捉错了，责令送他还阳。张某出去后，照例请求阴差带他游历阴狱。阴差变导游，领着他游览了刀山、剑树等各种刑罚展示景点。玩到最后一个项目时，见一个和尚被绳子穿过大腿倒悬着，在那里大呼小叫地喊痛。张某一看，这不是自己出家的哥哥吗？忙问阴差导游是怎么回事？阴差说，这个和尚，打着建庙的旗号募集金钱，却用来吃喝嫖赌。所以在阴间受此肉刑，"欲脱此厄，须其自忏"。张某还阳后，怀疑哥哥已经死了，赶紧去他出家的庙里探问。一进门就听见哥哥的惨叫声，只见他大腿上生了个疮，"脓血崩溃，挂足壁上，宛然冥司倒悬状"。跟在阴间受刑是同样的姿势（貌似挺难解锁）。哥哥解释说，只有把腿这么挂着才能稍微缓解，否则痛彻心扉。张某告诉他自己在阴间所见，果然句句属实。哥哥吓坏了，从此远离吃喝嫖赌，虔心诵经，过了半个月，腿上的疮就痊愈了。（《聊斋志异》卷一"僧孽"）

这种莫名的病患，如果不是恰好有亲戚入冥，很难找到病因并且根治。而且从冥府的处理来看，患者罪不至死，所以是让其受罪，只要有人求情，一般阎王爷会在患者改过迁善后，取消处罚。

山东临朐人李常久，因为机缘巧合，被阎王爷邀请去冥府做客。闲逛时见到自己嫂子被钉在门板上受刑，他想起嫂子手臂确实生了恶疽，一年多都未痊愈。常久问阎王，阎王说，这个悍妇毫无人性，你哥哥的小妾三年前生娃，盘肠而产，她身为正房，却"阴以针刺肠上，俾至今脏腑常痛"。如此恶行，必须在阴间受刑。常久向阎王求情，阎王答应了，但让他回去规劝嫂子，否则病好不了。

常久回去后，见嫂子手臂恶疽还在，正在那里呵斥小妾。常久上前劝说，嫂子大怒："小郎若个好男儿，又房中娘子贤似孟姑姑，任郎君东家眠，西家宿，不敢一作声。……便曾不盗得王母筐中线，又未与玉皇案前吏一眨眼，中怀坦坦，何处可用哭者！"这话特别有趣，意思是，小叔子你在这说风凉话，你家里的娘子贤惠不嫉妒，所以任由你在外面胡搞。老娘我胸怀坦荡，有什么可怕的？常久见劝说不动，悄悄在她耳边说了一句："针刺人肠，宜何罪？"嫂子隐私被揭穿，立刻战战兢兢，誓言再也不敢了。此后，善待小妾，成为正房的典范。不久，她手臂的恶疾很快就痊愈了。（《聊斋志异》卷五"阎王"）

阎王爷并非我们想象中那样凶神恶煞，也是秉持惩前毖后、治病救人的方针。当然，受惩处的一方，也不用恶声恶气地声明自己"中怀坦荡"。

不过，阴阳之间这么心平气和地处理问题，其实并不刺激。真正让人觉得爽的，还是韦公子小宝。《鹿鼎记》第三十一回，韦小宝得知王可儿行刺吴三桂被擒：

只见张康年快步走来，说道："启禀总管：行刺平西王的官女，名叫王可儿。"韦小宝身子晃了一晃，颤声道："她……她……为了什么？"王可儿便是阿珂的化名，是将"珂"字拆开而成。……张康年道："大家都说，又有谁主使她了？这王可儿是个十六七岁的小姑娘，定是她忠于公主，眼见公主受辱自尽，心下不忿，因此要为公主出气报仇。"

韦小宝在一团漆黑之中，陡然见到一线光明，忙道："对，对，定是如此。这样一个美貌小姑娘，跟平西王有什么怨仇？咱们就是要行刺平西王，也决计不会派个小姑娘去。"

赵齐贤和张康年互望一眼，均想："韦副总管说话有些乱了，咱们怎会派人去行刺平西王？"张康年道："想来平西王也不会疑心到别人头上。这件事张扬开来，谁都没好处。他多半派人悄悄将这官女杀了，就此了事。"韦小宝颤声道："杀不得，杀不得！他如杀了，老子跟他拼命，跟这老乌龟大汉奸白刀子进，红刀子出。"

宅舍与皮囊

古代当然没有发达的房地产业，但是古人的住宅观可能比我们更强烈、更普世。生人的居所称为阳宅，安葬逝者的墓地被称为阴宅，祭祀祖先的称为明堂（明堂的格局历来就是礼学的大课题），就连魂魄所寄居的肉身，也被称为宅舍。

人们有时会用"臭皮囊"来形容肉身，仔细揣摩，不难从中体会出一些微妙的情绪，既有不厌恶，更有留恋。而将肉身称为宅舍，则是一种中性的描述，将肉身客体化、非人格化了。在这种说法里，肉身与魂魄可以分离，且肉身不过是尢生命的、可以替换的住宅。当然，古人只是在描述与死亡相关的现象时，才会用到这个词。不到生死关头，我们还不至于如此豁达，对"臭皮囊"还是很爱惜的。

《朝野金载》卷二曾记述了一个借尸还魂的故事：余杭人陆彦，在夏天病故，可是到了阴间，阎罗王却说他命数未尽，命令放他还阳。手下的小鬼说，陆已死了十几天，"宅舍亡坏不堪"。意思是他的尸体已经腐败，没法复生了。后来他只能借尸还魂，用另外新死者的"宅舍"安放魂魄，后来还惹出了一些麻烦。

在这个故事中，阴间的冥官、冥吏在提到肉身时，都是用很平静、客观而疏离的口吻描述，在看透了生死的他们眼中，肉身和宅舍并无实质的差别。可是对活着的人来说，这个门槛却不那么容易跨过去，形神的剥离、替换，会给生人带来一系列的困惑。比如《觚剩》卷七《粤觚上》"巡检附魂"条所说的故事：

清康熙年间，河源县蓝口司的王巡检因病去世，他的女儿"心伤失怙，悲恸而亡"。在下葬的时候，她忽然复活，而且口吻、做派俨然就是其父。女版"王巡检"对于女儿身极为惊奇，命令仆人给自己放开小脚、"剃发留辫，索戴缨笠，披袍曳履"。家人还以为是诈尸，无不惊骇。"王巡检"一番折腾之后，逐渐清醒了，把儿子叫来嘱咐："我阳寿未完，阎罗王让我还阳。可是我尸身已坏，正巧你姐姐刚刚去世，我就借她的宅舍还阳。王某壮志未酬，还想为国家多做贡献，不知上级能不能还让我官复原职？"儿子不敢拂逆父意，只能由着这位"女儿身、男儿心"的王巡检穿着官服去拜见县令。王巡检真真是热衷仕进，持名片去官衙拜见上司，跪拜叩头，礼数上一点不含糊，然后絮絮叨叨地陈述自己的政见，恳求县令让其"还秩"。

在这个故事中需要辨析的问题是，还魂并非我们通常所说的附体。附体是指鬼魂附着在活人身上，或者说是死者的鬼魂暂时取代生者的魂魄。而王巡检之所以算还魂，是因为其魂魄附着于已死去女儿的肉身。这么解释可能还是有点缠杂不清，我们不妨换用房地产的术语吧：附体是指房屋出租，产权还是属于房东的；而还魂则相当于买了一套二手房，房屋的产权已经转移了。

虽然古人将肉身看成宅舍，但毕竟不能完全等同。魂魄与肉身的分离既不能随随便便，分开的时间也有限定。形神分离不是生命的常态，时间久了，肯定要出问题。

《子不语》卷九"梦乞儿煮狗"记载：绍兴的私塾先生陈秀才，因为梦游土地庙，目击了阴间的一桩命案。三天后又在梦中被冥吏招去阴间出庭做证，冥吏还出示了城隍签发的传票，"果有己名，且有听审日期"。陈秀才不敢不信，事先叮嘱一位亲戚："我在某天会去世，但只是入冥做证而已，很快就会复生。因为阴阳相隔，我担心回来会迷路。麻烦你那天买一只白公鸡，写上我的名字，到城隍庙去给我带路。"这位亲戚当然不相信这种无稽之谈，但见陈秀才说得诚恳，也就敷衍着答应了。到了那天，陈秀才果然无疾而终，家人向这位亲戚报丧。他立刻意识到陈秀才不是胡说八道，赶快买了白鸡去城隍庙。不巧的是，那天正赶上城隍庙搭台演戏，人山人海，他直到日落时分才挤到城隍像前，大呼陈秀才的名字以招魂。可是，当时正值盛夏，等他回到家，陈秀才的尸体已经腐败了。

这个例子可能过于极端，不过我们应该考虑这一悲剧中的一些偶然因素。在诸多形神分离的故事里，魂魄与肉身分离的时间可长可短，并无明确的标准，但都说明了两者之间的依存关系。因为宅舍被毁而导致无家可归者也大有人在。

《夷坚甲志》卷十九"毛烈阴狱"条记载：泸州合江县村民毛烈不义而富，勾结官府，强取村民陈祈的良田。陈祈走投无路，只能在东岳庙烧了状纸，向阴间上访。东岳大帝立案开庭，将原告被告全部拘往阴间对质。在阴间的断案利器——业镜——的显示下，所有罪行清清楚楚地展示。案情明了，被告毛烈、受贿的县令、经纪人都受到惩处。只有当时在场作为见证的一个和尚，因为并不知情，被放回与陈祈一起复生。由于案件一审就是七天，寺庙按照惯例，将和尚的尸体火化了。这和尚虽然可以还阳，但宅舍已被焚毁，魂魄无家可归，竟然到毛家大闹："我命本不该绝，现在鬼录不受，又没法还阳做人。因为你们毛家的案子，害得我成了孤魂野鬼，要等此世命数已尽，才能转世投胎。我以后就天天在你家门口守着。"毛家无奈，只能再出钱给和尚做道场。

与前述《朝野佥载》的故事不同的是，这次阎罗王显然没有采用变通的办法，让和尚借尸还魂。很可能因为这个失误是阳间造成的，地府并无多大责任。与和尚同去阴间的陈祈因为尸体保持完好，成功复生。说起来，和尚的倒霉更在于他的魂魄介于阴间与阳间的不管地带，所以了无趣味，如果真的留在阴间，他未必乐于还阳。

比如《冥报记》卷中所载，江都人孙宝因为被冥吏误捕至地府，判官发觉后放其还阳，但并未派人押送。孙宝就在地府闲逛，看到很多豪宅里"众人男女，受乐其中"，竟然乐不思蜀。东游西逛了个把月，见到已去世的伯父，呵斥他："你还没死，为什么还不早点回去？"并且告诫他，你是以游客身份登录阴间的，以你在阳间的恶业，死后不可能有好运转世到这里的。说着用一瓶水将他从头到脚淋了一遍，因为水不够，手臂上有些地方没有淋到。然后"指一空舍，令宝入中，既入而苏"。孙宝就此还阳，只是手臂上没淋到水的地方，"肉遂糜烂堕落，至今见骨"。这个桥段有点像阿喀琉斯之踵吧？

在古代志怪作品中，入冥故事是极其常见的，因此魂魄与宅舍的关系也被反复叙述。在房地产业方兴未艾的今天，古人的这些观念，对我们不无启示。比如我国房屋的产权是七十年，我一直搞不清楚这个数字是怎么算出来的。按照世界卫生组织的报告，2011 年我国的人均寿命为七十四岁，联想到古人也说过"人生七十古来稀"。如果我们能意识到肉身与宅舍的对应关系，对七十年产权的规定也就豁然开朗了。

猪肉自由

古人一直认为，人生的一饮一啄都是有定数的。换句话说，每个人一生消耗的资源是命中注定的，当分配给个人的资源消耗完之时，也就是此人生命终结之日。民以食为天，所以，古人也常用"食料"来解释命数。栾保群先生对此曾有细致的分析，有鬼君不再多说，举几个比较神奇的例子：

南宋孝宗淳熙年间，龙虎山副知官万景川外放担任住持，一做就是十几年。有一年冬天，他梦见自己准备吃饭，桌上摆着猪肉、羊肉、鹅肉各一盘，都是自己爱吃的，想着要是有瓶酒就好了。这么一念之间，桌上立刻出现了一瓶酒。万道士大喜，正要大快朵颐，忽然边上有一青衣童子对他拱手道：道长，您的食料余额不足，这些菜不能吃。万道士大怒，童子说：您若不信，回头问问志公和尚，万道士回头一看，果然有个和尚坐在佛龛之中，和尚说："诚如其说，食料真个尽了。"再一转脸，桌上的食物全都不见了。他又惧又怒，从梦中惊醒。没过多久，就因病去世了。（《夷坚三志》辛卷七"万道士"）

万道士梦中食料已尽，暗示他的生命走到了尽头。当然，托梦是象征性的，并不意味着他到死前绝对再没有吃过猪肉。有些故事，为了渲染命数的精准，将食料的有无也神化了：

唐德宗贞元年间，长安万年县的捕快李公，请同僚吃饭，有一不速之客也要入席，众人问他何德何能。此人自称术士，"善知人食料"，李公说，今天这桌菜，最上档次的是鱼鲙，老兄说说看，在座的谁吃不到呢？术士嘿嘿一笑，在座各位都吃得到，唯独李公您吃不到。李公大怒，我是请客的东道主，怎么可能吃不到？咱们就赌上一赌，赌注五千文钱。说着连声催促厨子上菜。正在这时，有人来找李公，说是京兆尹召见，这可不敢迟疑。李公吩咐诸位客人先吃，让厨子给自己留两碟鱼鲙。厨子答应了。李公忙完公事回来，诸人已经吃完，不过给他留了两碟鱼鲙。李公坐下就大骂术士是骗子，术士岿然不动，李公一边骂一边拿起筷子。然后，见证奇迹的时刻到了，屋顶忽然落下一大块泥，正好把碟子砸得粉碎，鱼鲙也掉在地上，没法吃了。李公惊魂初定，再问厨子，厨子说鱼鲙已经没了。术士料算得太准，他果然没能吃到鱼鲙。（《太平广记》卷一百五十三"李公"）

类似精准预料的例子很多，主要是为了显示术士的神通以及命运的神奇。但是，比起到嘴的鸭子会不会飞掉，人们更关心的还是一生中食料的尽头。说起来也有趣，冥府对食料的计算竟然没有统一的标准，有时是米面等主食，有时是鸡鸭，有时是鱼虾，有时则是猪肉。而且经常混用作为标准。

《搜神秘览》卷上"王丞相"记载，北宋名相王旦尚未发迹时，曾见一牧童牧羊几百头，说是"王旦相公食料"，过了几天，又见一牧童牧牛数头，其中还夹杂着猪和鸡鸭，混合放牧，牧童也说是"王旦相公食料耳"。一介布衣，一辈子哪能吃得了如此多的猪牛羊？果然，王旦后来官至丞相，这些食料其实是作为丞相的王旦的份额。

如果机械地看，一个人的食料应该是固定的，但古人绝非如此僵化，他们有自己的解决之道。比如，当某人知道自己一生的食料是十头猪，他就会尽量少吃猪肉，改吃羊肉、鸡鸭，或者吃素（当然，这些招数在冥府看来，其实都是小儿科）。还有其他办法，有点像到电子游戏的后台程序更改资源数据：

南宋苏州人林乂，曾担任嘉兴县主簿，一个小官，因他"刚正尚谊"，所以被冥府托梦，要征召他为"酆都宫使"。林乂推辞不掉，只能尽快处理后事。他的弟媳有个怪癖，从不吃猪肉，据弟媳解释说："自少小时，闻烧猪气，辄头痛不可忍。今见则畏之，非有所择也。"林乂对弟媳说，如果我真的到冥府任职，一定要让你爱上吃猪肉。弟媳也笑着说，能吃猪肉是好事啊！我们家里条件差，不大吃得起羊肉，猪肉也是荤菜，如何不可？林乂不久在外地去世，家里人还不知道。那天林家做晚饭，吃大肉面，弟媳闻到肉味，忽然不再反感，自己装了一碗，一边大呼"真香"，一边如风卷残云般吃了个罄尽，此后对猪肉不再禁忌。后来林乂的死讯传来，家人发现，弟媳吃大肉面时，林乂已去世半个月了，显然是在冥府任上，给弟媳的食料簿做了改动。（《夷坚丙志》卷九"酆都宫使"）

冥府食料簿改动的细节，可参看下面这条材料：

泉南为海错崇观之地，杯盘之间，非醋不可举箸。李氏一妇独不能饮涓滴，其弟因梦入冥对事，临放还，过廊庑诸曹局，见门上榜曰"食料案"，就视之，正得泉州一簿，白吏借检视。于女兄之下，每日所食，纤细悉具，但无"醋"字，乃取笔书"醋半升"三字。及寤而病瘳。女兄自是日遂啖醋如常人。（《夷坚丁志》卷十二"李妇食醋"）

　　表面上看，一个人能吃到多少猪肉，与价格的涨跌有关，可是，我们误以为在阳间起作用的"看不见的手"或"看得见的手"，实际上被阴间另一种"看不见的手"所操纵。一本食料簿，决定了我们明天吃什么！

后记

这本小册子是我阅读志怪笔记的一些零星随感，五六年间陆续在自己做的微信公号"有鬼"（现更名为"天下无鬼"）发布，没想到竟然有机会出版，幸何如之。

十多年前，我断断续续读了一些中国古代志怪小说，惊叹于古人对谈神论鬼无穷无尽的热情。那些作者显然相信幽冥世界的存在，甚至可以说，他们认为人类每天都生活在人鬼杂处的世界里（当然也包括神、仙、精怪）。可是，他们中很少有人会向我们描述那个世界的整体情况，或者介绍那个世界运转的基本规则。除了纪晓岚在《阅微草堂笔记》中偶尔会有一些思考，其余的人似乎很有默契地遵守关于那个世界的一些传统（家法），却很少向读者说明。也许，在他们看来，这些"一般知识"无须深究。在佛教或道教经典中，有大量关于幽冥世界的描述，但总感觉过于精致了。就像《周礼》，虽然展示了一幅完善的国家典章制度画面，但我们却不能简单地认为那就是周代制度的实际情况。有时我翻阅《云笈七签》和《法苑珠林》，其中对冥界的描述，繁复得有些叠床架屋，很难想象这对一两千年前的普通民众了解幽冥世界能有多大帮助。

学者面对的幽冥世界，大概也是如此。无论在历史还是文学的研究中，幽冥世界一般是作为研究对象的背景出现的。学者的研究往往是通过某些特定信仰的兴起、发展、流传乃至规训，来说明阳间社会的状况。可是我们对这一背景本身的认识，却有点模糊或零碎。比如，我们知道有阎罗王、判官、牛头马面这些冥官和阴差，也能从文献中梳理其源流。可是若我们想描述作为整体的幽冥世界，比如那里的政治、经济、文化以及日常生活、衣食住行，就会有点困难。

我想做的，就是将志怪小说中关于幽冥世界的不同元素分门别类地找出来，像做拼图游戏一样，尽力拼出一幅那个世界的整体图景。换句话说，我是把志怪小说看作民族志的材料，将那个原本在人们想象中的幽冥世界描绘出来。进一步说，本书不只是描述一种整体图景，还试图了解这一图景是怎么一步步层累而变得完整的，这个过程所表达的就是叙事元素背后的更广阔的人文与历史。这第一份草图，就是《关于鬼世界的九十五条论纲》。

相对于佛教、道教文献中对幽冥世界的构想，志怪小说以讲故事的形式展现出的幽冥世界的样子，也许更接近葛兆光先生所说的"一般知识、思想与信仰的世界"。他在《中国思想史》导论里说：

　　假如一百年以后，有一个历史学家来描述二十世纪九十年代的思想史，而他依据的仅仅是当今领导人在公众场合的讲话、经典作家的著作、官方报纸的社论、经过认可的档案资料、新闻发言人事先准备的讲稿，那么，他笔下出现的将是一个与我们熟悉的世界完全不同的思想世界，可能他笔下的人都是思想正统、行为严肃、讲起话来如同作报告的领导或思想深刻、精神恍惚、说起话来如同外星人似的文人，而读者感觉到的今天的思想世界的面貌不是一篇社论就是一篇散文，似乎每一个人都在中南海、人民大会堂里穿梭或在书斋、讲堂里沉思。可是，如果他依据的资料中还包括了现今报摊上流行的通俗读物、歌厅中流行的通俗歌曲、胡同里的三老四少聊天时的公众话题、日常生活中人们的关心焦点，那么，也许他笔下的思想与今天的生活会更接近。

在阅读中的另一个困惑是，几千年来深深影响人们的幽冥世界，是否和阳间世界遥相呼应、与时俱进？或者说，那个世界的画面究竟是静止的还是不断变动的？以最捉摸不透的鬼的形质为例：

颜之推的《还冤记》记载：

> 晋夏侯玄，字太初，亦当时才望，为司马景王所忌，面杀之。玄宗族为之设祭，见玄来灵座，脱头置其旁，悉取果食酒肉以内颈中。既毕，还自安，言曰："吾得诉于上帝矣！"

显然，时人认为鬼是有形有质的，而且吃相比较难看。可是在《新辑搜神后记》卷九的记载中，人们对于这一点又不怎么有把握了：

> 乐安刘他苟，家在夏口。忽有一鬼，来住刘家。……有人语刘："此鬼偷食，乃食尽，必有形之物，可以毒药中之。"刘即于他家煮冶葛，取二升汁，密赍还家。向夜，令举家作糜。食余一瓯，因泻冶葛汁着内，着于几上，以盆覆之。至人定后，更闻鬼从外来，发

盆取糜。既吃，掷破瓯出去。须臾，闻在屋头吐，嗔怒非常，便棒打窗户。刘先以防备，与斗，亦不敢入户。至四更中寂然，然后遂绝。

正因为有毒的粥对恶鬼有效，人们才能确认鬼是有形之物。而在清代《子不语》卷四的记载中，陈鹏年年轻时遇缢鬼：

> 妇不答，但耸立张口吹陈，冷风一阵如冰，毛发蝾齘，灯荧荧青色将灭。陈私念：鬼尚有气，我独无气乎？乃亦鼓气吹妇。妇当公吹处，成一空洞，始而腹穿，继而胸穿，终乃头灭。顷刻，如轻烟散尽，不复见矣。

这里描述的鬼，则完全是气聚而成了。

这三篇的作者颜之推、陶潜（伪托）、袁枚，都属于各自时代文化程度最高的那群人，又各自遵循着描述那个世界的"家法"，可是对鬼之形质的看法却有如此大的差异。

在我看来，幽冥世界是累层构建的产物，越来越丰富精细，并非静止不动。不同时代对于那个世界的想象，既有一些共通的基本规则，也受到彼时社会思潮（阳间主流文化）的影响。而且这个图景的描绘，并非简单地以阳间社会镜像的形式呈现，而是有自己的逻辑和规则。就像好的小说家在创作了一个人物形象，为其安排了基本人设之后，人物在小说中就具备了自由意志，并不完全受小说家本人意愿的支配。换句话说，这个志怪小说创作的接龙拼图游戏，在相信鬼世界的人们那里，是不会停止的。

作为一个业余码字工，我无力对这些现象给出理论上的解释。对我来说，面对形色各异的图版碎片，能像孩子一样努力寻找关联加以拼接，就有无限的快乐了。最该感谢的是我的妻子杨帆，对我多年来不求上进、耗费心力做这些无用的游戏，她表现出了极大的宽容甚至纵容。在拼图过程中，前辈学者栾保群先生的《扪虱谈鬼录》三册陆续出版，让我在暗夜中的摸索，有了更清晰的方向。此外，这些年得到很多师友热情的鼓励和支持，在此就不一一致谢了。

特别感谢东方出版社的陈卓先生，在如此环境下，还能惠允出版这样一部无甚可观的小册子。